KB066091

오후의 문장

# 오후의 문장

김애현  소설

은행나무

# 차 례

·

백
야

# 1

플래시를 쓰지 않은 사진은 약간 어둡다. 사진 속의 사람들은 제 각각의 시선과 모습으로 앉아 있다. 카메라를 전혀 눈치채지 못했다는 증거다. 등을 돌린 누군가의 어깨너머로 내 얼굴이 보인다. 카메라의 초점은 나의 오른쪽 볼을 향한 것 같다. 어둑했던 카페를 떠올린다. 해가 질 무렵이었다. 도로가 훤히 내다보이는 창가를 향해 햇빛이 뒷걸음치고 있었다. 읊조림 같은 노랫소리가 낮은 포복으로 바닥을 기었다. 사람들의 목소리는 통로를 오가는 종업원들의 재빠른 걸음만큼이나 가벼웠다. 카페 안은 노래와 목소리와 걸음이 무관심하게 서로를 비껴 지났다. 나는 창가와는 다소 먼 자리에 앉아 사위어가는 빛을 바라보고 있었다. 누군가와 만날 약속 따위는 없었다. 내가 앉아 있는 4인용 테이블의 빈자리는 끝내 채워지지 않을 것이었다. 몸을 움직일 때마다 소매 밖으로 흰 팔목이 드러났다. 웃옷의 소매 끝을 잡아당겨 팔목을 덮었다. 그러자 목 주위가 허전했다. 나는 모자챙을 끌어내렸다. 두 팔을 테이블 밑으로 내리고 힘껏 깍지를 꼈다. 두껍고 투명한 유리 테이블 아래에서 내 두 손이 빛나기 시작했다. 그즈음 카메라의 셔터가 눌러졌을 것이다. 사진 속의 나는 빛나고 있다. 모자챙 아래의 얼굴과 목 주위가 환하다. 그 빛은 몇 럭스일까, 생각해본다. 반딧불이 한 마리쯤? 형광맨이라는 사진의 제목은 그 빛 때문이었고 그것은 나의 일곱 번째 별명이기도 하다.

사진은 인터넷 검색어 1순위를 차지하며 삽시간에 퍼졌다. 그 후로 모든 일들이 빛의 속도보다 빠르게 내게 다가왔다. 방송국에서 걸려온 전화도 그 중 하나였다. 전화를 건 사람은 나의 이름과 나이와 집 주소까지 이미 알고 있었다. 나는 어떻게 그 모든 사실을 그토록 빨리 알 수 있었느냐고 물으려다가 입을 다물었다. 몇 차례 제작진들의 회의가 있었다고 했다. 수화기 너머의 사람은 잠시 머뭇거리다가 어떻게 몸에서 빛이 날 수 있는가에 대해 에둘러 물었다. 몰라요.

이틀 후 제작진이 집으로 찾아 왔다. 거실 바닥에 앉은 카메라맨은 방송국 로고가 찍힌 이동식카메라의 검은 손잡이를 잡은 채 집 안을 둘러보았다. 나와 마주앉은 담당PD의 시선이 내 팔목에 와 닿았다. 나는 웃옷의 소매 끝을 잡아당겼다. 그리고 헐렁한 웃옷 안으로 몸을 웅크렸다. 담당PD가 손목시계를 내려다보았다.

— 해가 질 때까지 기다릴 필요가 없겠는데요.

카메라맨의 말에 담당PD는 내 어깨 너머로 베란다 창을 바라보았다. 맞은편 건물 때문에 해가 한창일 때도 집 안에는 늘 빛이 부족했다. 여러 번 이사를 다녔지만 햇빛을 가리는 버티컬이나 커튼 따위가 필요한 적은 없었다.

— 그렇군. 여기서 한번 시작해 볼까?

— 거실보다는 방에서 문 닫고 보는 게 더 확실하지 않을까요?

카메라맨이 담당PD에게 말했다. 나는 어머니를 바라보았다. 바지의 보풀을 뜯고 있던 어머니는 나와 눈이 마주치자 곧바로 담당PD를 향해 고개를 돌렸다. 우리 아들이 싫다는데요. 어머니의 무표정한 얼굴이 그렇게 말하고 있었다.

다음날부터 촬영이 시작되었다. 카메라맨은 어깨에 카메라를 얹고 나를 좇았다. 카메라 렌즈는 오로지 나를 향해 있었다. 시간이 흐를수록 카메라맨의 얼굴이 자주 일그러졌다. 담당PD는 어머니에게 이것저것 물어보는 눈치였지만 예의 무표정한 그 얼굴 앞에서는 난감해 했다. 카메라는 잠시 바닥에 내려져 있는 동안에도 쉬지 않고 돌아갔다. 며칠 뒤 담당PD는 내게 전화를 걸어 방영이 불가하다는 제작진의 결정을 알려주었다. 결정을 내리기까지 회의는 길고 지루한 마라톤 같았다고 했다. 열흘이 넘는 촬영에도 불구하고 내 몸에서 빛을 볼 수 없었던 것이 결정적이었다고 말했다. 담당PD는 나의 얘기가 '이렇게 놀라운 일이'라는 텔레비전 프로그램으로 넘어가는 일에 대해 지극한 우려감을 표시했다. 아울러 그와 유사한 그 어떤 예능프로그램의 유혹에도 흔들리지 말아달라고 당부했다. 그 말끝에 담당PD는 언제가 될지는 알 수 없으나 다시 한 번 도전할 기회를 달라고 말했다. 나는 그와의 통화가 길고 지루하게 느껴졌다.

— 댁으로 사과 상자를 배달시켰습니다. 그간 촬영에 협조해주신 것에 대한 저의 작은 성의라고 생각해주십시오.

내가 아무 말 없자 담당PD는 조금 가벼워진 목소리로 나의 팬 카페가 생겼다고 전했다. '친절한 금자 씨'가 주인인 카페 이름은 '형광맨'이라고 했다. 그곳에 자신도 '밑줄 쫙', 이라는 애칭으로 가입했노라고 말했다. 담당PD는 잠시 뜸을 들인 후 내게 빛에 대해 물었다. 그것이 어디서 왔는지 어떻게 내 몸에 스며들어 수백만 개의 땀구멍을 통해 또다시 뿜어져 나오는지 알고 싶다고 말했다. 몰라요.

어머니가 방문을 열고 나를 부른다.

사과 먹자.

방에서 나온 나는 어머니와 비좁은 거실 바닥에 마주앉는다. 사과 두 개와 접시 그리고 칼이 쟁반 위에 놓여 있다. 어머니가 사과를 깎는다. 두툼한 손 안에서 사과가 돈다. 하루에 두 개씩. 배달된 사과 상자를 열고 그 안을 들여다 본 어머니는 그렇게 내게 말했다. 어머니의 규칙대로라면 다용도실에 내다 놓은 사과 상자들은 그 자리에서 너끈히 한 달을 버티고도 남을 것이다.

좀 더 꺼내오지 그랬어요.

어머니는 사과를 아무렇게나 잘라내 접시 위에 쌓아 놓은 뒤 두 번째 사과를 깎는다. 나는 어머니의 무표정한 얼굴이 무얼 뜻하는지 잘 알고 있다. 어쨌든 사과는 하루에 두 개씩. 어머니에게 사과는 빛이 불러들인 열매다. 아끼고 아껴 먹을 것이 뻔하다.

다 먹기도 전에 썩어버릴 거예요.

어머니가 칼을 내려놓고 사과심을 집는다. 나는 사과심 주위를 베어 먹고 있는 어머니에게로 사과 접시를 민다. 어머니는 고개를 저으며 사과심을 통째로 입에 넣는다. 나는 어머니의 얼굴을 물끄러미 바라본다. 내게 광채란 이름을 지어준 사람은 어머니다. 빛을 한 아름 끌어안은 태몽 때문이기도 하겠지만 갓난아기 옆에는 어머니밖에 없었다고 한다. 그러니 내가 지을 수밖에. 그렇게 말하는 어머니의 얼굴에서 아버지의 부재는 아주 사소해 보였다. 어쩌면 아버지는 어머니의 다른 이름인지도 모른다고 생각했다. 그러나 동네아이들은 아버지의 부재가 아주 중요한 결핍이라는 것을 조롱을 통해 내게 일러주었다. 어머니는 아버지가 될 수 없다는 것을 깨달았다.

티브이 드라마에서 보았던 커다란 통유리창의 버티컬이나 커튼. 그것들을 통해 걸러진 연한 빛이 내 몸에 와 닿는 것을 느끼며 창밖에 있는 아버지가 유난히 흰, 내 살갗을 놀려대는 동네 아이들을 흠씬 두들겨 주는 소리를 상상했다. 어린 나는 그런 아버지가 꼭 있어야만 한다기보다는 있으면 좋겠다고 생각했다. 그러나 어머니에게 있어서 나쁠 게 없는 것들이란 낭비나 다름없었다. 그런 것들은 없는 것이나 마찬가지라 생각하며 살라고 말할 것이 틀림없었다. 나는 방 벽에 기대어 앉아 두 무릎을 껴안고 어머니를 바라보았다. 새삼 아버지가 왜 필요한지 어머니에게 잘 설명할 수 없을 것 같았다. 어머니는 발뒤꿈치에 잡힌 커다란 물집을 손가락 끝으로 쓰다듬었다. 물집이 터지기 전에 용기를 내야 한다고 내게 일렀다. 어머니가 쥐고 있던 대바늘 끝에 콧김을 쐬었다. 나는 주눅 든 목소리로 아비 없는 자식들은 살갗이 하얀 것이냐고 어머니에게 물었다. 웃기고 자빠졌네. 대바늘 끝이 물집을 터뜨리자 말간 진물이 나왔다. 어머니의 눈물은 늘 물집에서만 흘러나왔다. 내 목구멍을 간질이던 아버지가 필요해, 란 말이 앙금처럼 가라앉았다. 그 후로 나는 또래의 조롱과 따돌림에 대해 웃기고 자빠졌다는 말 한 마디로 일갈하던 어머니가 어딘지 모르게 든든한 구석이 있다고 여겼다. 자라면서 아주 가끔 어머니는 특별한 사람이 아닐까, 생각했다. 내게 광채란 이름을 지어준 것부터가 그랬다. 태몽으로 기인한 자연스러운 작명이었겠으나 어쩌면 어머니는 아주 오랜 뒤 내 몸에서 빛이 날 것이란 사실을 이미 알고 있었는지도 모를 일이었다. 하지만, 어머니는 돌연변이라 불리는 사춘기의 내게 아무런 도움도 주지 않았다. 자주 이사를 다녔다. 이삿짐을 싸는 어머니의 널찍한 등을 바라보며 한번쯤 어머니가 나를 따돌리는 동네에 미련 따위는 없다고 말해주길 바랐다. 어머니는 이삿짐을 둘러친 누런 테이프를 악착스레 이빨로 끊어낼 뿐 아무 말이 없었다. 이사를 하고 나면 얼마 지나지 않아 어김없이 새로운 별명을 얻었다. 나는 그때마다 어머니에게 아버지의 부재를 아프게 꼬집었지만 부질없는 일이었다. 나는 아버지를 잊기로 했고 그즈음 쑥쑥 키가 자라고 있었다.

어머니가 집게손가락을 입안으로 넣고 이 사이에 낀 무언가를 열심히 파낸다. 나는 미간을 찌푸린다. 어둑한 집 안도 신경에 거슬린다.

불 좀 켜자고요.

어머니는 물끄러미 나를 바라본다.

아끼는 것도 정도껏 해요.

어머니가 웃는다. 나는 조금 더 짜증을 내기로 마음먹는다.

거 봐요, 어두우니까 웃는 건지 우는 건지 잘 모르겠잖아요.

이렇게 환한데 무슨. 네 옆에서라면 신문도 읽겠다.

사실 나는 빛이 언제 어디서 어떻게 내게로 왔는지 알지 못한다. 생각건대 그것은 내 의지와는 무관한 일이다. 어찌 보면 내 의지와 무관하다고 생각하는 순간부터 대답은 정해져 있었는지 모른다. 빛은 내게 '있는 것'이다. 빛은 내게 '있고' 남들에게는 '없는(적어도 지금까지 몸에서 빛이 난다는 사람은 듣지도 보지도 못했으므로)' 것이다. 누군가에게는 없는 것이 내게만 있다는 사실을 깨달았을 때 나는 더 이상 빛과 무관하지 않았다. 몸이 빛나는 것은 대체 무슨 연유에서일까. 그 말의 꼬리처럼 나는 누군가로부터 혹은 무엇으로부터 외따로 떨어져 나온 기분에 빠져 들었다. 배척이나 배타 같은 단어들이 무시로 떠올랐다. 내 존재는 빛 가운데 있었으나 의식은 육체의 결핍과 과잉의 사이에서 부대꼈다. 그러나 나는, 나의 발광(發光)을 그 어느 것으로도 함축하지 못했다. 그 와중에 나는 내 빛에 관한 한 최초의 목격자인 어머니의 증언이 아주 유효할 것이라는 생각이 들었다.

— 언제부터 내 몸에서 빛이 나기 시작한 거죠?

— 몰라. 그냥, 해가 져도 어둡지 않았어. 그래서 불을 켜지 않은 거다. 그게 다야.

어머니는 내 몸의 빛으로 어둑한 집안을 밝힐 수 있다는 것이 고마울 따름이라고 덧붙여 말했다.

어머니가 길게 하품을 한다. 두 눈에 졸음이 가득하다. 방으로 들어간 어머니는 불을 켜지 않는다. 어둠 속에서 이불을 내려 바닥에 깐 뒤 그 속으로 몸을 디민다. 어머니는 방문을 열어 둔 채 잠이 들 것이다. 어둠이 짙고 깊으면 가위에 눌리고 마는 어머니에게 태몽은 빛을 욕망하는 것의 다른 이름이었는지도 모를 일이다. 빛을 부른 건 어머니였을까.

마우스를 움직이자 화면 보호기가 사라지고 컴퓨터 화면에 형광맨의 사진이 나타난다. 지금쯤, 촬영을 중단한 방송국과 끝내 발광의 원인을 밝혀내지 못한 병원 측은 형광맨의 사진이 조작일 수도 있다는 사람들의 뒷말이 더 근거 있다고 생각할지도 모르겠다. 나는 그때 내 속에서 꿈쩍하지 않던 빛을 또렷하게 기억한다. 카메라렌즈가 내게 가까울수록 빛은 단단하게 뭉쳐졌다. 빛의 덩어리는 서서히 나의 아랫배를 향해 움직였다. 내 몸은 바짝 움츠러들었다. 카메라맨의 눈이 충혈되었다. 담당PD는 어디론가 전화를 걸었다. 휴대폰을 귀에 대고 있던 그의 미간이 잔뜩 찌푸려졌었다.

어머니의 코 고는 소리가 거칠다. 나는 컴퓨터 화면을 메일함으로 옮긴다. 밑줄 쫙, 이 보낸 두 통의 메일은 그대로 삭제 버튼을 눌러 휴지통으로 날려 보낸다. 친절한 금자 씨의 메일

한 통을 제외한 나머지 것들은 모두 처음 보는 이름이다. 나는 싸이키조명이라는 사람의 메일을 연다. 형광맨이라는 커다란 형광 글씨가 물결치듯 움직이는 혀 위에서 빛난다. 마우스를 쥔 채 집게손가락을 까닥인다. 손가락 끝으로 짜증이 몰린다. 나는 어릴 적 눈사람이란 별명을 떠올린다. 눈사람은 나의 첫 번째 별명이다. 유난히 흰 피부색 때문이었다. 검은 눈망울만이 기억나는 나의 여자 짝은 검은 모자를 비뚜름하게 쓴 눈사람의 그림을 내게 주었었다. 이건 너야. 짝이 가리킨 눈사람의 양 옆으로 서넛의 아이들이 있었다. 눈사람과 손을 잡고 있는 아이들은 즐거운 듯 웃고 있었다. 나는, 눈사람이 아이들보다 키가 두 배는 크게 그려졌다는 사실이 마음에 들었다. 때문에 한동안 눈사람이라고 불리는 것이 그다지 싫지 않았던 것 같다. 잦은 이사 때문에 눈사람과 형광맨 사이에 오래 남지 못한 별명들도 꽤 된다. 대부분 눈사람보다 더 구체적이고 노골적이다. 그런 별명일수록 내가 무리로부터 얼마나 멀리 튕겨졌는지 절실히 깨닫게 해주었다.

나는 싸이키조명의 메일을 휴지통으로 보낸 뒤 친절한 금자 씨의 메일을 연다. 형광맨 팬 카페의 첫 번째 정례모임을 알리는 내용이다.

어머니의 코 고는 소리가 가팔라진다. 나는 속으로 숫자를 센다. ……, 다섯. 어머니가 참았던 숨을 내뱉는다. 나는 속으로 웃는다. 어머니는 친절한 금자 씨와 이름이 같다. 혹 친절한 금자 씨는 어머니가 아닐까 생각한 적이 있다. 그러나 어머니는 컴퓨터와는 거리가 멀어도 한참이나 멀다. 더더군다나 팬 카페의 회장이라니. 나는 웃고 만다. 두 손을 자판 위에 올려놓는다. 두 손이 빛나고 있다. 그 빛이 자판 주위를 밝혀 준다. 나는 친절한 금자 씨에게 답장을 쓴다. 간단한 인사말과 카페 관리에 대한 지극한 고마움을 전한다. 기꺼이 초대에 응하겠노라고 정중히 쓴다. 나의 열 손가락이 자판 위에서 부산스럽다.


2


카페 안으로 들어선 나는 카운터 앞에서 걸음을 멈춘다. 홀 안을 둘러본다. 입구 쪽으로 등을 돌린 채 창가자리에 앉아 있는 손님 한 명이 전부다. 허탈한 기분이 든다. 적어도 스무 명 안팎의 회원들이 모일 것이라는 말에 나는 조금 설레었던

20

모양이다. 어서 오세요, 라고 인사말을 건넨 종업원이 나를 빤히 바라본다. 나는 두 손을 주머니에 찔러 넣으며 고개를 숙인다. 창가 자리로 걸어간다.

단 한 명의 손님은 여자다. 굵고 웨이브가 진 머리칼을 귀 뒤로 한 움큼 모아 묶은 머리 다발이 굵다. 나는 느린 걸음으로 여자 곁을 지나친다. 그녀는 여전히 창밖을 바라보고 있다. 나는 걸으면서 홀 안의 벽시계를 바라본다. 십여 분이나 지나버린 약속시간과 단 한 명의 손님인 여자. 그녀가 친절한 금자 씨일 수밖에 없는 이유는 그것만으로도 충분할 것이다. 뒤를 돌아본다. 여자와 눈이 마주친다. 돌아서서 여자에게로 다가간다.

저어, 친절한……

김광채 씨?

여자가 나를 올려다보며 묻는다. 나는 고개를 끄덕이며 친절한 금자 씨와 마주앉는다. 그녀가 쓰고 있는 검은색 선글라스는 짙고 어둡다. 그 너머 두 눈이 보이지 않는다. 어느 새 종업원이 다가와 메뉴판을 탁자 위에 내려놓는다. 친절한 금자 씨는 메뉴판을 펼치고 얼굴을 가까이 댄다. 한참 후 그녀는 오렌지주스, 라고 말한다. 종업원이 나를 바라본다. 빨리 정해, 라고 말하고 싶은 표정이다. 같은 걸로. 종업원이 메뉴판을 집어 들고 잠시 나와 친절한 금자 씨를 번갈아 바라보고는 돌아선다.

친절한 금자 씨가 핸드백을 연다. 반으로 접힌 종이를 꺼내 들고 펼친다.

밑줄 쫙, 님은 방송국 사정상 불참하십니다. 형광펜과 형광 오빠짱, 님은 오늘 중요한 회사 미팅으로 불참하시고 백열전구와 십오야 밝은 달, 님은 상(喪) 중인 친지와 친구 방문으로 각각……지독한 몸살과 오한……시험 중이고……그래서 불참하십니다.

나는 탁자 밑으로 두 손을 내리고 맞잡는다. 그러니까, 친절한 금자 씨의 말은 모두 안 온다는 얘기다. 종업원이 다가와 쟁반 위에서 허리가 잘록한 유리컵 두 잔을 탁자 위에 내려놓고 돌아선다. 나는 유리컵의 잘록한 부분을 한 손으로 잡고 내 앞으로 끌어당긴다. 나는 오렌지주스를 단숨에 마셔버린다. 밑줄 쫙과 형광펜과 형광 오빠짱과 십오야 밝은 달……, 오지 않은 열아홉 명의 정회원이 목 안으로 쏠려 넘어간다. 위산과 뒤섞여버려라. 나는 속으로 중얼거리며 빈 유리컵을 탁자 위에 내려놓는다. 크어억—. 나의 트림 소리는 위산에

22

버무려진 열아홉 명의 비명소리 같다.

한 잔 더 시킬까요?

친절한 금자 씨가 묻는다. 나는 고개를 젓는다.

실망했어요?

친절한 금자 씨가 집게손가락으로 선글라스를 추어올리며 말한다. 나는 대답 대신 웃는다.

나를 일당백이라고 생각하세요.

어머니를 떠올린다. 친절한 금자 씨의 조금 전 말을 어머니의 투로 바꿔보면 그냥 똥 밟았다고 생각해, 였을 것이다.

지금 이 시간 이후로 무얼 하실 거죠?

친절한 금자 씨가 내게 묻는다. 당황스럽다. 만나서 무얼 해야 하는 것은 일당백을 자처하는 친절한 금자 씨와 불참한 회원들의 몫이 아니었을까. 내가 머뭇거리는 사이 친절한 금자 씨가 벌떡, 자리에서 일어선다.

일단 여길 나가고 보죠.

친절한 금자 씨는 핸드백을 들고 입구 쪽으로 걸어간다. 나는 앉은 채로 카페 문을 열고 나가는 친절한 금자 씨의 뒷모습을 멍하니 바라본다.

친절한 금자 씨는 카페로 오르는 계단 바로 앞에 서 있다.

그녀의 발밑으로 입구 위쪽에 달린 차양이 만든 그늘이 있다. 나는 계단 두 개를 남기고 멈춰 선다. 친절한 금자 씨가 뒤돌 아본다. 그녀의 선글라스는 무엇엔가 놀란 검은 눈망울 같다. 커다란 그것이 내게 무어라 말하는 듯도 하다. 나는 계단을 내려서 그녀와 나란히 선다. 오후 두 시. 햇빛이 쨍쨍하다. 그 속으로는 한 발자국도 들여놓지 않겠다는 듯 그녀의 두 발 이 그늘 속에서 가지런하다. 친절한 금자 씨가 흘끗, 나를 바 라보더니 이내 왼쪽으로 몸을 틀고 앞서 걷는다.

친절한 금자 씨를 따라 걷는다. 그녀의 걸음은 발자국모양 의 표식을 내딛는 것처럼, 꼭 그 만큼만의 보폭으로 걷겠다는 듯 느리지도 빠르지도 않다. 주위를 두리번거리지도 않는다. 하지만, 갈 곳이 있는 것처럼 보이지는 않는다. 때문에 그녀를 따라 걷는 나는 지금 어디로 가고 있는지 알지 못한다. 친절 한 금자 씨가 걸음을 멈추고 돌아선다.

영화 볼래요?

집에 가고 싶어요, 라고 말하고 싶었으나 나는 입을 다문다.


일 분 간격으로 웃겨드립니다. 영화 광고 문구는 틀린 말 이 아니었다. 어둑한 극장 안에서 사람들의 웃음소리가 연발

탄처럼 터진다. 나는 자주 친절한 금자 씨의 옆얼굴을 훔쳐본다. 처음 좌석에 앉을 때와 똑같은, 흐트러짐 없는 자세였지만 잔뜩 미간을 찌푸린 채다. 영화를 보는 내내 친절한 금자 씨는 웃지 않는다. 가끔씩 손가락으로 미간을 문지를 뿐이다. 그러나 나는 친절한 금자 씨가 쓰고 있는 선글라스가 더 신경이 쓰인다. 저러고 영화를 볼 수 있을까, 의심스럽기까지 했다. 스크린 가득 햇살이 눈부실 때마다 친절한 금자 씨는 고개를 숙이며 한 손으로 선글라스 앞을 가린다.

영화가 끝나자 각각의 출입구 쪽으로 사람들이 몰려간다. 친절한 금자 씨는 좌석에 그대로 앉아 있다. 통로를 지나던 사람들이 친절한 금자 씨를 흘끔거린다. 더러는 웃기도 한다. 친절한 금자 씨는 그에 아랑곳없이 입을 벌리고 하품을 한다. 그녀를 바라보던 나도 입이 저절로 벌어진다. 입술에 힘을 주고 하품을 삼켜버린다.

밥 먹으러 가요.

영화관 매표소 앞을 지나며 친절한 금자 씨가 내게 말한다. 나는 대답 대신 따라 걷는다. 앞서 걷던 친절한 금자 씨가 걸음을 멈추고 돌아선다.

왜 아무 말 안 해요?

……

나는 그녀를 바라본다. 그녀의 검은 선글라스는 분명 나의 시선과 어긋나 있다. 내가 아무 말 없이 바라만 보자 그녀는 재빨리 얼굴을 돌린다. 그제야 선글라스는 내 시선과 마주한다. 0.5초 정도였을까. 다급하게 내 시선을 찾던 선글라스 너머의 그녀는 당황스러운 듯 보인다. 나는 아무 말이라도 해야겠다는 생각이 든다. 그때 친절한 금자 씨가 핸드백을 연다. 휴대폰을 꺼내 선글라스 가까이에 대고 액정화면을 들여다본다. 친절한 금자 씨의 미간은 여전히 찌푸려져 있다. 그녀는 손가락으로 미간을 문지르며 휴대폰을 귀에 갖다 댄다. 화장기가 옅어진 미간에 가는 주름이 드러난다.

아뇨. 안 나왔어요. 글쎄요, 집에 없다면 어디 다른 곳에 가 있겠죠. 제가 그 남자 엄마예요, 그 딴 걸 알게? 아, 글쎄 안 나왔다니까. 그럴 거면 방송이고 나발이고 모임에 나와서 두 눈으로 확인해야 하는 거잖아! 그놈의 입에다가 밑줄을 쫙, 그어 버릴까부다!

친절한 금자 씨가 휴대폰 종료 버튼을 거칠게 눌러 버린다.

주위가 어둑해진다. 친절한 금자 씨는 음식점이 양옆으로 즐비한 길로 들어선다. 간판들이 휘황찬란하다. 목숨을 건 싸움에서처럼 서로를 향해 욕설을 퍼붓듯 빛을 뿜어내고 있다.
대박보쌈을 지나고 진짜원조 32년 전통의 해장국집을 지나친
다. 골목이 끝나려나 싶은 곳에서 친절한 금자 씨가 걸음을 멈
춘다. 나는 건물 외벽에 달린 간판을 쳐다본다. 돈가스의 집.

친절한 금자 씨는 고개를 깊게 숙이고 탁자 위에 놓인 메뉴
판을 들여다보고 있다. 테이블 옆에 서서 주문을 기다리던 주
인은 맞잡은 손을 풀며 낮은 기침소리를 낸다.

오리지널 돈가스.

마침내 친절한 금자 씨가 메뉴판을 덮으며 말한다. 나는
주인에게 같은 것을 주문한다. 주인이 카운터로 가고 식당 안
에서 달그락거리는 소리가 들리기 시작한다. 친절한 금자 씨
는 또 창밖을 내다본다. 나도 아무 말 하지 않고 친절한 금자
씨처럼 밖을 내다본다. 내가 앉아 있는 자리에서 골목 끝이
내다보인다. 아파트 단지를 둘러싼 방음벽에 막혀 골목은 왼
쪽으로 방향을 틀고 있다. 친절한 금자 씨의 얼굴이 오른쪽
눈에 자꾸만 들어온다. 나는 고개를 좀 더 왼쪽으로 돌린다.
휘황한 간판 불빛이 왼쪽 눈 끝에 악착스레 매달린다. 조금
지나자 목이 아파 온다. 하는 수 없이 친절한 금자 씨를 바라
본다.

늦었지만 이름이…….

친절한 금자 씨가 고개를 돌리고 나를 바라본다.

정금자.

나는 유금자인 어머니의 이름이 당신과 같다고 말하려다 그만둔다. 어쩌면 주인도 금자 씨인지 모른다. 멋있는 금자 씨 혹은 예의 바른 금자 씨.

아까, 영화 어땠어요?

친절한 금자 씨가 묻는다.

웃겼죠, 뭐.

친절한 금자 씨는 고개를 끄덕인다. 영화를 보는 내내 무표정했던 그녀의 얼굴이 떠오른다. 눈곱만큼도 안 웃겼다고 말했어야 했나, 싶다.

금자 씨는 재미없었어요?

눈만 아팠어요. 영화인데도 햇빛이 그렇게 눈부실 줄 몰랐어요. 보지 말았어야 하는데. 식구들은 내가 낮에 나온 줄 몰라요. 알면 기절들 할 거예요.

짙은 검은색 선글라스와 쨍쨍한 햇빛을 코앞에 두고 머뭇거리던 두 발 그리고 나와 어긋났던 그녀의 시선을 떠올린다. 오래된 것 같은 미간의 주름처럼 그것들은 빛에 대한 그녀만의 표정인지도 모른다.

그런데 이 집 분위기는 어때요?

친절한 금자 씨의 말에 나는 허둥댄다. 별로라고 해야 할지 탁월한 선택이라고 해야 할지 난감하다.

느낌이……밖에서 볼 땐 안이 이렇게 밝을 줄은 몰랐는데 어쨌든 느낌이 나쁘지는 않아요.

친절한 금자 씨의 고개가 한쪽으로 비스듬히 기운다.

그러니까 뭐랄까, 생각보다 화려하다고나 할까요.

친절한 금자 씨가 고개를 바로 세운다. 그리고 집게손가락 으로 선글라스 가운데 부분을 추어올린다.

메뉴가 네 개밖에 되지 않는 걸 보면 돈가스에 대한 자부심 이 대단한 것 같아요.

나는 일부러 친절한 금자 씨의 어깨너머를 바라보며 말한 다. 그럼에도, 나의 시선은 간혹 친절한 금자 씨의 검은 선글 라스와 마주친다.

지금 어딜 보고 있는 거죠?

네?

친절한 금자 씨가 한숨을 쉰다.

낮이나 밤이나 세상은 너무 환해요. 찡그리지 않고서는 도무지 볼 수가 없어요. 하긴 찡그리고 봐도 제대로 보이는 건 별로 없지만. 그래도 밤이 되길 기다렸는데……당신이 잘 안 보여요.

친절한 금자 씨는 고개를 숙여 탁자 위를 잠시 바라보고는 이내 창밖으로 시선을 돌린다.

주인은 나이프와 크기가 다른 두 개의 포크 그리고 수저를 친절한 금자 씨와 내 앞에 가지런히 놓아준다. 이어 수프와 샐러드를 날라 온다. 친절한 금자 씨를 따라 나는 앞수건을 펼쳐 무릎 위에 올려놓는다. 그러나 친절한 금자 씨는 수프와 샐러드를 물끄러미 내려다볼 뿐이다. 주인이 커다랗고 하얀 접시 두 개를 가져와 탁자 위에 내려놓는다. 연한 갈색의 소스에서 김이 올라온다. 친절한 금자 씨가 자신의 접시를 내 앞으로 민다.

잘라주세요, 아주 작게.

나는 나이프와 포크를 나눠 쥔 채 친절한 금자 씨를 바라본다. 친절한 금자 씨는 두 손을 탁자 밑으로 내리고 다소곳하다. 나는 크고 두툼한 돈가스를 조각낸 뒤 접시를 다시 친절한 금자 씨 앞으로 민다. 그녀의 한 손이 느리게 포크에 다가간다.

친절한 금자 씨가 접시 한가운데에 포크를 꽂는다. 두 개의 돈가스 조각이 포크의 날렵한 끝에 찍힌다.

이렇게 작은 조각이라면 누구라도 이럴 수 있는 거겠죠?

포크 끝에 아슬아슬하게 매달린 듯, 한 조각이 찍히기도 하고 나란히 두 조각이 찍히기도 한다. 세 조각이 동시에 찍혔지만 그녀의 입으로 들어가기 전 한 조각이 허벅지 위에 펼쳐둔 흰 수건에 떨어지고 만다. 어쩌다 한 번씩, 그녀의 포크에 돈가스 조각 하나가 정확히 찍힌다. 돈가스 조각을 비껴 간 그녀의 포크가 접시의 매끄러운 곳에 부딪쳐 날카로운 소리를 내기도 한다.

— 누구라도 이럴 수 있는 거겠죠?

나는 그녀의 말을 떠올리며 내 앞에 놓인 접시를 내려다본다. 나는 이미 조각 낸 돈가스를 더 잘게 자른다. 그리고 조용히 포크를 내리꽂는다. 한 조각이 포크 끝에 정확히 찍힌다. 나는 그 조각을 입에 넣고 우물거리며 그녀를 바라본다. 매달린 듯 아슬아슬하게, 그리고 나란하거나 엉성하게 돈가스 조각들을 찍어 올리는 일이란 아무나 할 수 없는 일이라고 속으로 중얼거린다. 그녀는 이제 막 두 조각이 찍힌 포크를 입으로 가져가려던 참이다. 통로 천장에 달린 할로겐 불빛이 닿아 그녀의 포크가 반짝, 빛난다.

친절한 금자 씨가 접시 위에 남은 마지막 한 조각을 내려다
보고 있다. 조각은 아주 작은 부채꼴이다. 둥근 돈가스를 자르
다보니 어쩔 수 없이 생긴 것이다. 단번에 찍기가 어려울 것
같다. 친절한 금자 씨는 마지막 조각을 포기라도 한다는 듯
포크를 접시 옆에 내려놓는다. 나는 물끄러미 친절한 금자 씨
를 바라본다. 마지막 조각을 포크로 찍어 그녀의 입에 넣어
주고 싶다.

영화도 봤고 밥도 먹었고 이제 뭐하죠?

나는 후식으로 나온 뜨거운 커피를 내려다본다. 지금까지
무얼 하는 것에 대한 결정은 오로지 친절한 금자 씨만의 것이
었다. 한번쯤은 나도 무얼 하자고 먼저 말해야 할 순간인 것
같다. 하지만, 도무지 생각나는 것이 없다. 무얼 한다지.

연애 안 해봤죠?

나는 화끈 달아오르는 귓불이 친절한 금자 씨의 눈에 띨까
봐 조바심이 난다. 대답 대신 웃는다. 사실 나는 연애 경험이
없다. 연애가 쌍방에 관한 것이라면 분명 없다. 문득, 나는 연
애가 하고 싶어진다. 만나서 차를 마시고 얘기를 나누며 영화
도 보고 밥도 먹는, 연애를 하고 싶다. 내 얼굴이 홧홧하게 달

아오른다. 친절한 금자 씨가 벌떡 자리에서 일어선다.

친절한 금자 씨는 건물 입구의 오른쪽, 셔터가 내려진 상가 앞에 서 있다. 나는 그녀 옆에 나란히 선다. 그녀가 주위를 둘러본다. 그녀의 선글라스에 간판의 불빛들이 어룽댄다.

내가 가자면 어디든 갈래요?

그녀의 말에 나는 피식, 웃는다. 지금까지 친절한 금자 씨의 뒤를 쫓은 나였다. 연애라는 달콤한 소통이 자석처럼 나를 끌어당긴다.

어디……갈 건데요?

친절한 금자 씨는 아무 말 없이 걷는다.

방음벽을 따라 아파트 단지를 벗어난다. 친절한 금자 씨는 또 다른 골목으로 들어선다. 나는 길 양옆으로 즐비한 숙박업소의 간판들을 번갈아 쳐다보며 걷는다. 이대로라면 친절한 금자 씨와의 연애는 속도위반이다.

안단테. 낮은 소리로 간판을 읽는다. 모텔은 삼 층짜리 건물이다. 나는 친절한 금자 씨가 들어가 버린 입구 앞에서 멈춰 선 채 숨을 고른다. 친절한 금자 씨가 유리문을 열고 몸을 반쯤 내민다.

안 들어오고 뭐 해요?

나는 머뭇거린다. 친절한 금자 씨가 유리문 안으로 들어가 버린다. 나는 주위를 둘러본다. 누군가 걸어온다. 나는 재빨리 모텔입구의 유리문을 밀친다.

방이 좁다. 침대와 벽에 걸린 소형 텔레비전 그리고 화장대와 그 밑에 키 낮은 냉장고 하나. 천장에 달린 둥근 형광등 빛이 비좁은 방을 밝히고 있다. 친절한 금자 씨는 침대 끝에 앉아 한 발을 무릎 위에 올려놓고 발바닥을 주무르고 있다. 나는 주춤거리며 방으로 들어간다. 한쪽 벽에 붙여 놓은 침대와 그 맞은편 벽 사이가 좁다. 베개 두 개가 침대 머리맡에 나란하다. 하얀 천으로 덧씌운 침대 위에 석 장의 수건이 잘 접힌 채로 놓여 있다. 침대와 베개와 잘 접힌 수건이 이제 무얼 할 거냐고 내게 물을 것만 같다. 나는 재빨리 친절한 금자 씨 옆에 앉는다. 무작정 앞만 바라본다. 흰색 벽지 위에 마름모꼴 사방 무늬가 돋을새김으로 퍼져 있다. 나는 무늬를 따라 고개를 돌리다가 친절한 금자 씨의 옆얼굴을 본다. 친절한 금자 씨도 벽을 바라보고 있다. 나는 조금 더 고개를 돌린다. 벽에 붙어 있는 소형 텔레비전이 친절한 금자 씨의 머리 너머로 보인다. 한눈에 보아도 구형임을 알 수 있다. 골목 끝 안단테. 새 모텔들이 생기기 전, 안단테는 골목에서 가장 멋진 건물이었는지도 모른다. 빠르게, 아주 빠르게 모텔들이 속속 생기고 안단테 모텔은 벽지 위에 새 벽지를 덧바르면서 골목 끝까지 닿지 않는 손님들의 발길을 애타게 기다렸을 것이다. 사소하고 밋밋한, 그래서 누군가 토를 달아주지 않으면 결코 떠오르지 않는 지난날의 기억. 나는 안단테 모텔이 그와 같을 것이라고 생각한다.

친절한 금자 씨는 두 다리를 곧게 뻗은 뒤 발을 포개 얹는다. 나는 친절한 금자 씨의 발을 내려다본다. 곧추세워진 발가락이 검은 스타킹 안에서 꼬물거린다. 나도 그녀처럼 두 발을 포개 얹는다. 발가락을 움직여본다.

불을 꺼요.

친절한 금자 씨가 말한다. 나는 일어서서 벽의 스위치를 누르고 다시 침대 위에 앉는다. 어둠이 짙고 깊다.

내 안은 늘 이 방 같아요. 언젠간 내 두 눈도 이렇게 어두워질 거예요. 장님이 되고 말겠죠?

…….

사진을 봤을 때 당신이 빛나고 있다는 것을 알았어요. 당신의 시선이 사진의 왼쪽을 향해 있더군요. 모자를 푹 눌러 쓰지만 않았더라도 나는 당신이 두 눈을 찡그리지 않고 무언가를 보고 있단 사실을 쉽게 알았을 거예요. 무얼 본다는 일은 내게 꽤나 어려운 일에 속해요. 하지만 나는 오랫동안 사진을 들여다보았어요. 당신이, 그러니까 그때 그 아이가 빛날 줄은 몰랐어요.

친절한 금자 씨가 선글라스를 벗고 나를 바라본다. 빛이 그녀의 얼굴에 닿는다. 크고 동그란 눈망울이 어둠 속에서 서서히 다가온다. 눈사람, 눈사람……. 검은 모자를 비뚜름하게 쓰고 크기가 다른 두 개의 눈 뭉치가 몸이 되었던, 그리고 세 가닥의 앙상한 가지 끝 같은 양손이 둥근 원의 경계에서 곧게 뻗어나 있던. 나는 속으로 눈사람을 부른다. 어릴 적, 눈망울이 또렷했던 내 짝이 한 손을 휘휘 내저으며 더딘 걸음으로 내게 걸어온다. 어린 내 짝은 키가 쑥쑥 자란다. 어깨에 닿은 검은 머리칼이 여린 넝쿨의 끝처럼 보드랍게 말린다. 그녀의 커다랗고 검은 눈망울이 자꾸만 자란다. 자라서 검은 선글라스가 된다.

당신의 빛은 은은해요. 두 눈을 찡그리지 않아도 되겠어요. 당신이 있으면 잔뜩 찌푸려진 내 미간도 언젠간 부드러워지겠죠. 아아, 그러지 마요. 아주 오래전이었잖아요. 기억 못 하는 것은 당연해요. 내가 준 그림, 아직 갖고 있어요?

나는 고개를 젓는다. 그 낱장의 그림이 언제 어디서 사라졌
는지 나는 알지 못한다. 병신과 변태라는 별명 사이에서 눈사
람을 잊었는지도 모른다. 혹은 흰둥이와 흰쥐 사이에서 버려
졌을까. 나는 사는 동안 버리고 싶었던 것이 아주 많았다. 목
숨을 버리는 일에 온 힘을 쏟았던 적도 있다. 아니, 셀 수도 없
이 많이 이삿짐을 쌌노라고 변명하고도 싶다.

　괜찮아요. 또 그려주면 되죠, 뭐.

　친절한 금자 씨가 웃는다. 이가 고르다. 나도 따라 웃는다.
이를 드러내고 웃는다.

　자, 이제 내 속으로 들어와 줄래요?

　친절한 금자 씨가 내 머리를 가슴에 안는다. 나는 어리고
순한 아이처럼 그녀의 품속을 파고든다. 그녀의 손이 내 등을
부드럽게 쓸어내린다. 서서히 내 몸은 단단하게 뭉쳐진다. 작
아지고 또 작아진 어느 순간, 나는 친절한 금자 씨의 목구멍
을 빠르게 지난다. 순조로운 피돌기처럼 나는 그녀의 몸속을
돈다. 그녀의 몸이 차츰 느슨해진다. 이제 나는 그녀의 아랫배
로 향한다. 그녀의 방이 환해진다. 나는 그곳에서 몸을 웅크린
채로 길게 하품을 한다. 친절한 금자 씨가 아랫배를 쓰다듬는
것이 느껴진다. 부드럽고 따뜻한 물살이 내 몸에 와 닿는다.

잠이 쏟아진다.

　나는 당신을 낳을 거예요.

　나는 고개를 끄덕이며 두 눈을 감는다.

·

래
퍼

K

1

선배의 사표는 택배로 배달되었다. 맞은편 선배가 나직한 목소리로 그 자식 미친 거 아냐? 했다. 선배의 옆자리에 앉아 있는 또 다른 선배가 멍한 표정으로 그러게, 했다. 그 자식 미친 거 아냐? 했던 선배가 나를 쳐다보며 너, 뭐 아는 거 없냐? 물었다. 내가, 뭘요? 하는 눈빛으로 바라보자 선배는 관둬라, 자식아, 하는 표정으로 내 눈빛을 받았다. 그때 선배의 사표를 읽은 편집장이 우리에게 이렇게 물었다. 여기에 적힌 이 쉐키의 뜻한 바가 뭘까요? 당연, 우리는 선배의 뜻한 바가 뭔지 모른다. 선배의 사표가 뜬금없고 당황스럽기는 피차 마찬가지일 뿐. 편집장은 그래, 니들이 뭘 알겠냐는 듯 한숨을 내쉬었다. 그리고 약 오 분간 사표 낸 선배를 욕했다. 선배는 그가 등에 업고 키운 거나 마찬가지인 늦둥이 동생도 되었다가 그의 발등을 찍은 믿는 도끼도 되었다가 그의 아내의 친구의 동생의 직장동료를 소개해 줄만큼 믿음직스런 부하직원도 되었다가 마지막엔 편집장보다 먼저 사표를 내면 죽을 줄 알라던 그의 말을 어긴 아주 죽일 놈이 되어버렸다. 그런데 말이야, 대체 뜻한 바가 뭐냔 말이야. 편집장의 혼잣말은 정말 궁금해서 죽겠단 소리로 들렸다. 뭘 알아먹을 수가 있어야지 원. 편집장은 책상서랍에 사표를 넣은 뒤 그건 그렇고, 했다.

정일주 씨!

편집장이 평소처럼 삼년아, 하지 않고 왜 내 이름을 부르는지 모르겠어서 잠시 뜸을 들이다가 에? 했다.

옆자리 고릴라 쉐키랑 친하죠?

그야······.

같은 지역구에 살고. 전철도 같이 타고 그러잖아요, 사 호선 당고개 방향.

선배가 두 정거장 먼저 내려요.

둘 다 외아들 맞죠?

전 위로 누나 둘 있어요.

내 말이 맞네, 아들 하나밖에 없는 거.

뭔가 이상했다. 마치 한 줄로 묶이는 굴비 같은 느낌이랄까. 나는 고개를 돌려 과감히 편집장과 눈을 마주쳤다. 선배랑 나랑 다른 점이 얼마나 많은데요, 하는 표정으로 말이다. 185센티미터 키와 90킬로그램이 넘는 선배의 몸무게가 그러하고 심하게 낙천적인 성격 또한 그렇다. 나는 선배처럼 사무실 화분에 꼬박꼬박 물 줘본 적도 없고 자기생일이라고 케이크를 사들고 와 일회용 접시에 나눠 돌린 적도 없다. 그런데 그거 말고 다른 건 없나? 싶은데 별로 생각나는 게 없었다. 내가 시선을 피하자 편집장은 기회다, 싶었는지 내게 선배가 펑크 낸 기사 원고를 떠넘겼다. 그걸 왜 제가…….

이 사무실 삼 년 차는 언제부터 편집장 말마다 왜, 라고 토 달게 되었습니까? 위, 아래가 이래도 되는 겁니까, 당신들?

선배들은 누가 먼저랄 것도 없이 나를 쳐다보았다. 누군가의 시선은 야, 야, 제발 입 좀 다물라고 하고 또 누군가의 시선은 너, 너, 이럴래, 하며 두 눈에 힘을 주었고 또, 또, 누군가의 시선은 조용히 그러나 약간은 연민의 의미를 담아 피할 수 없으면 즐기라고 말해주었다.

딱, 삼 일 줍니다. 그 안에 그 고릴라 쉐키보다 더 잘 써오십시오. 쌈빡하게. 만약 기한 넘기면 한 방에 훅! 가는 게 어떤 건지 보여줄 겁니다. 알았습니까, 정일주 씨?

선배도 없는 마당에 뭘 갖고 쓰라고,

그때 편집장이 야앗—! 소리치며 자리에서 벌떡 일어났다.

뒤져! 그 쉐키 자리를 홀랑 까뒤집어서라도 뭐든 찾아내, 찾아내라구. 그리고 삼 일 안에 원고 만들어 갖고 와. 이제 내 말 알아듣겠지? 혹시 뭐, 또, 왜냐고 묻고 싶으면 지금 다 물어. 물어보라구!

……없어요.

얼마 후.

선배의 책상을 뒤져서 그의 수첩을 찾았다. 수첩은 선배의 애첩이나 마찬가지였으므로 나는 약간 들뜬 기분으로 환호성 멘트, 찾았다! 를 외쳤는데 뭐든 찾아내라던 편집장은 정작 웬 호들갑이야? 하는 표정이었다. 선배들도 떨떠름한 얼굴이었다. 나는 곧바로 진지 모드로 표정을 바꾸고 수첩을 살펴보았다. '신동(神童)래퍼K'와 관련된 것은 달랑 열세 개의 전화번호뿐이었다. 결국 처음부터 다시 해야 한다는 거로군……. 선배가 미웠다. 그런데 선배는 지금 어디에 있는 걸까. 편집장이 사무실을 나가며 나더러 딱 삼 일이야, 했다. 선배 생각에 잠시 멍했던 머릿속이 갑자기 단단하게 스크럼을 짰다. 재빨리 수화기를 들고 수첩에 적힌 번호를 눌렀다. 구로동에 사는 정某 씨의 전화번호는 결번이었다. 선배의 수첩에 적힌 열세 명의 명단 중 첫 번째 사람이었다. 두 번째 사람은 가까스로 통화가 되었다. 스물여덟 살의 청년은 면접 대기 중이라고 했다. 래퍼K에 대한 인터뷰 재요청을 하자 청년은 대뜸 선배에 대해 물었다. 무슨 일이 생긴 거죠?


2


선배의 수첩을 보지 않았다 해도 서른두 살의 남자에게서는 래퍼 말고는 그 어떤 다른 직업도 상상할 수가 없었다. 종업원이 남자에게는 우유를 내 앞에는 에스프레소를 놓고는 가버렸다. 남자 앞에 놓인 우유를 바라보다가 좀 웃기네, 하는 생각이 들었다.

그 형한테 무슨 일이 생긴 거죠?

그걸 어떻게…….

그 형이 술 마시고 싶으면 언제든 연락하라고 했었는데 며칠 전부터 전화를 안 받더라구요. 피할 사람은 아니다 싶어서 그냥 말았는데.

그럴 사람은 아니죠, 가을 타기는 해도.

그 형, 가을 탑니까?

남자들은 보통 그러지 않습니까? 여자들은 봄에 그러고.

라디오에서 들었는데 오히려 여자들이 가을 더 탄다더군요.

하긴 계절이 무슨 상관이겠습니까. 다 저 타고난 지랄 같은
성격 때문이지.

그 형, 성격 좋던데. 덩치는 크지만 아주 순한 고릴라 같잖
아요. 그런데 절 만나자하신 이유가 뭡니까?

남자는 우유 한 모금을 마시고 입안을 헹군 뒤 소리 나게
삼켜버렸다.

전화로 잠깐 말씀드린 것처럼 래퍼K에 대한 얘기 좀 하려
구요.

래퍼K? 어, 그거 그때 그 형이랑 다 얘기 끝났는데요?

그 형, 아니 선배랑 한 얘기 저랑 다시 하자구요.

왜요?

나는 갑자기 목이 말랐다. 그래서 에스프레소를 마셨다. 무
척 썼다. 나도 모르게 미간을 찌푸린 모양이었다.

제가 뭐 실수라도 한 거예요?

남자는 어린아이처럼 물었다.

아뇨, 절대 아닙니다. 선생님 때문이 아니라 이 에스프레소, 너무 씁니다.

그거 원래 그런 건데. 그리고 전 선생님 아니에요. 준성이에요, 오준성. 그때 그 형처럼 편하게 불러 주세요.

처음 만난 사람과도 호형호제할 수 있는 선배의 성격이 늘 부러웠던 것은 사실이지만 나는 선배처럼 굴 수가 없다. 그것이 내 성격이라고 믿었고 그 믿음대로 사는 것이 전혀 불편하지 않았다면 거짓말일 테지만 기적이 아니고서야 하루아침에 바뀔 턱이 없다는 것조차 그 믿음의 한 줄기라는 것을 남자에게 어떻게 설명해야 할지 나로서는 난감할 뿐이다. 내가 머뭇거리자 남자는 보기 좋은 웃음을 띠며 말했다.

하긴 그 형이랑은 그날 오래 같이 있었고 느낌이 괜찮아서 그랬는지 술 마시면서 이 얘기 저 얘기 많이 했었죠. 아마 그래서 서로가 편하게 부를 수 있었던 걸 거예요.

그날처럼 저랑 이 얘기 저 얘기 하면 안 될까요?

그날처럼요?

왜요, 전 느낌이 별롭니까?

내 말에 남자는 당황하는 눈치였고 솔직히 나 또한 그랬다.

남자의 표정으로 보건대 둘 중에 하나라고 생각했다. 느낌이 별로든가, 아니면 느낌조차 없든가. 그때 남자가 양손을 입에 대고 비트박스를 시작했다. 빠른 속도의 드럼소리가 들렸다. 그리고 남자가 읊조렸다. 그러나 내가 알아들은 것은 마지막 예~, 뿐이었다.

해드릴게요.

뭘요?

래퍼K. 그 형보단 그 얘기가 더 궁금하신 거잖아요, 지금.

제가 그렇게 별롭니까?

아마도 제 생각엔 그것은 중요한 게 아니겠죠, 지금.

제가 별론가 보군요.

아마도 본인에겐 그것도 중요한 게 아닐 테죠, 지금.

리듬이 섞인 남자의 말 한마디 한마디가 정확히 나의 본심을 찌르고 있다는 데에 생각이 미치자 불쑥, 속이 상했다. 선배가 펑크 내버린 기사 때문에 어쩔 수 없이 이러고는 있다만 선배에 대해서라면 그 누구보다 걱정이 크다는 것을 남자가 어떻게든 알아주었으면 좋겠다 싶었다. 부질없는 기대감은 늘 끝이 똑같다. 쓸쓸하고 멍청한 짓. 나도 한번 랩으로 맞장을 떠 봐? 하고 생각했지만 나는 곧바로 포기해버렸다.

저, 제 스타일로 얘기해도 될까요?

어떻게요?

전 래퍼니까 당연히 랩이죠.

아, 네. 하지만 아까 그 정도로 빠르면 제가 못 알아듣습니다.

느리다고 해서 모든 걸 다 알아들을 수 있는 건 아니에요. 사람들은 자기가 원하는 것만 들으려는 속성이 있다고 봐요. 빠르든 느리든 상관없이. 자신이 원하는 것과 다른 얘기는 그냥 흘려버리는 거죠. 쓰ㅡ, 윽.

나는 남자의 오른손 집게손가락이 오른쪽 귀에 꽂히고 왼손 집게손가락이 왼쪽 귀에서 빠져나오는 것을 물끄러미 바라보았다. 딸깍. 나도 모르게 눌러버린 볼펜꼭지 소리에 남자는 신호라도 받은 듯 몸을 움직였다.

그, 그럼 시작하죠. 래퍼K란 이름이 진짜는 아니겠고, 그렇게 불리게 된 데에 무슨 까닭이라도 있는 건가요?

서울남산에서/돌멩이툭!던져/으악!김씨맞고/아얏!김양맞고/여기저기퍼진/흔한성씨김씨/그래서누구?/그래서래퍼K!/이제시작/잘들어라/놓치고서/울지마라/한번뿐인얘기/다시없을얘기/신동래퍼K! Yo~

남자는 그날 명동에 나간 이유는 잘 모르겠다고 했다. 그때의 기분은 몹시 바닥이었는데 그것은 전날 랩배틀에서 무참히 깨졌기 때문이었다. 4강전에 오를 때까지만 해도 남자는 의기양양했다고 했다. 열심히 연습했고 노력했으므로. 그러나 4강에서 만난 상대방의 디스가 문제였다.

디스가 뭡니까?

남자가 잠시 랩을 멈췄다.

배틀에서 상대방을 기죽이는 말 같은 거라고 보면 되요. 이를 테면 니네 엄마 젖이나 더 먹고 와, YO~. 지금 예를 든 건 아주, 지극히 순한 거예요.

사실 남자도 4강에 오를 때까지 강한 디스를 전략으로 세웠다고 했다. 남자의 디스에 어떤 상대방은 입 한 번 못 열고 나가떨어지기도 했다. 4강에는 더 독한 디스를 생각했고 그것에 대해 얼마만큼의 자신도 있었다. 게다가 4강에서 만나게 될 상대방은 남자에 비하면 신인이나 다름없었다. 신인이 4강까지 온 데에는 그만한 이유가 있을 거란 생각은 했지만 남자는 자신도 만만치 않다고 생각했다. 그러나 결론은 남자의 패배였다. 그것도 신참 래퍼한테 단 한 번의 디스로.

그게 어떤 거였는데요?

내가 묻자 남자의 눈빛이 흐려졌다.

……넌 욕밖에 할 줄 아는 게 없니.

전문가 앞에서 이런 말 하기는 좀 뭣 합니다만 아까 말한 그 순한 디스 수준과 별반 차이가 없어 보이는데요?

남자는 쓰고 있던 모자를 벗어 한 손으로 머리칼을 쓰다듬어 내렸다. 작은 먼지들이 공기 중에 흩어졌다. 남자는 다시 모자를 삐딱하게 썼고 랩을 시작했다. 남자는 뒤통수를 망치로 때려 맞은 느낌이었다고 했다. 고작 그 정도 수준의 디스로 그랬다는 게 선뜻 이해하기는 어려웠지만 그 느낌만큼은 알 것 같았다. 지금도 선배를 생각하면 그 느낌이니까. 남자는 다음 날 거지 같은 몰골로 명동엘 갔다. 래퍼K는 사람들로 둘러싸여 있었는데 이상하리만치 그곳은 조용했다고 했다.

명동 한복판이……?

남자는 불가사의한 것에 대한 설명은 자신으로선 불가능하다고 말했다. 내겐 선배의 느닷없는 사표가 그랬다. 그래서 나는 남자를 이해한다는 표시로 고개를 끄덕였다. 래퍼 생활을 접기로 한 남자였지만 어쩔 수 없는 래퍼의 본능으로 사람들 틈에 섞이게 되었고 래퍼K의 랩을 들었다. 듣고 있자니 래퍼K는 마치 자신의 얘기를 하고 있는 듯 했다. 내가 배틀에서 깨진 걸 어떻게 알고? 이상하다는 생각은 얼마 후 묘한 끌림으로 전이되었다. 그래서 앞으로 나갔고 래퍼K와 랩을 주고받게 되었다. 남자는 맹세컨대 단 한마디의 디스도 없었다고 했다.

이제 전처럼 살지 않을 거예요.

래퍼를 그만 둔다는 뜻입니까?

아뇨. 전 영원한 래퍼로 살 겁니다. 다만 이전의 난 이제는 없다는 거죠.

혹시 종교 같은 거 있습니까?

아뇨. 그런데 그건 왜요?

오늘 아침 통화 한 어떤 청년도 그런 말 비슷하게 하더군요. 면접만 백 번 넘게 봤는데 낙방에 낙방을 거듭하면서 자신을 더 이상 믿지 못하게 되었답니다. 그런데 그날 명동 공연에서 래퍼K를 만난 후에 자신을 도로 믿게 되었다더군요. 기적처럼. 물론 종교 같은 건 없구요.

아, 네.

그거 이상하지 않아요?

뭐가요?

그 청년도 래퍼K가 자기 얘기를 하더랍니다. 그날 래퍼K와 아주 많은 얘기를 주고받았답니다. 물론 선생님처럼, 아니, 오준성 씨처럼 랩을 주고받은 건 아니고 단지 속으로 그랬답니다. 믿겨지세요?

안 믿으시는 거죠? 그럼 제 얘기도 그렇게 생각하시겠군요. 그러고 보면 그 형, 진짜 좋은 사람 맞아요. 나 같은 걸 뭘 보고 내 말을 믿어줬는지 새삼 감동이네요. 그나저나 그 형, 별일 없을 테니 너무 걱정 마세요. 무슨 일이 있다면 어떤 의미로든 그건 분명 좋은 일일 테니까요. 하지만……이 말도 안 믿으실 거죠?


3


선배도 그 사내로부터 당신이 내 마누라 거시기요? 하는 소리를 들었을까. 나는 기자라는 신분을 밝히고 인터뷰를 위해 아내 되시는 분에게 전화를 한 것뿐이라고 했지만 사내는 기자? 하더니 이젠 만나는 놈들이 아주 버라이어티해졌다고 말했다. 그런데 뭘 물어보려고 남의 마누라한테 전화를 거셨나? 나는 화를 꾹, 눌러 참으며 래퍼K에 대해 물어 볼 것이 있었다고 대답했다. 그러자 사내는 대뜸 래퍼K? 하더니 혼잣말

처럼 아주 국제적으로다가 노는구만, 했다. 그리고는 결혼은
했냐, 직업은 있느냐, 생긴 건 어떠냐, 묻고는 내가 대답할 틈
도 주지 않고 그 새끼, 대체 나이가 몇이요? 했다. 내가 래퍼K
는 십대라고 하자 남자는 한동안 말이 없다가 어떻게 그 어린
놈하고……, 하고는 전화를 끊어버렸다. 사내는 십여 분이 지
난 후 다시 전화를 걸어 와 또 한 번 내 마누라에게 전화를 하
면 손목을 비틀어버리겠다고 말한 뒤 전화를 끊었다. 또 얼마
후 전화를 걸어 와 대한민국을 포함한 전 세계 불륜들에게 고
하는 악담을 퍼부은 뒤 전화를 끊었다. 나는 화도 났다가 어
이도 없었다가, 그걸 두세 번 반복한 뒤에 결국 선배를 욕했
다. 이 고릴라 쉐키. 나타나기만 해봐라, 털이란 털은 몽땅 머
리 땋듯이 땋아 버릴 테다. 그런데……선배의 뜻한 바는 뭘까.
대체……뭐였을까.

　그게 어젯밤의 일이다.

　사무실에 도착하자마자 나는 수화기부터 들었다. 인도여행
중이라는 안내음성이 나오는 5번과 당분간 휴대폰 착신금지
가 걸려있는 6번 그리고 투병 중인 남편이 일반병실에서 이
틀 전 중환자실로 옮겨졌다는 7번까지, 사실상 인터뷰가 불
가능한 상태였다. 전화를 걸기 시작한 지 한 시간도 채 안 돼

난 좀 애가 탔다. 사무실에 도착하기 전 나는 편집장이 말한 삼 일 중 고작 하루가 지났다고 생각했지만 8번의 전화번호를 누르며 벌써 하루, 하는 기분이 들었다. 4번 아줌마의 의처증 남편으로부터 문자를 받았다. 어제는 미안했수다. 수화기를 귀에 댄 채 휴대폰 문자 메시지를 삭제했다. 그러는 사이 수화기 저쪽에서 누구? 한다.

중학교 2학년인 소녀가 내게 만날 장소와 시간을 말해주었다. 나는 수업은 어쩌고? 했는데 소녀가 오늘 토요일이에요, 했다. 나는 오늘이, 그러니까 오늘이 무슨 요일인 줄도 몰랐고 토요일인 줄은 더더욱 몰랐다. 이틀 새 내 자신이 아주 망가져버린 느낌이 들었다. 선배가 생각났다. 이 고릴라……, 하다가 갑자기 코끝이 찡― 했다. 시간에 맞춰 그 장소까지 가려면 서둘러야 했다. 사무실을 나오는데 아무도 어디 가냐고 묻지 않았다.

전철을 타고 소녀가 일러준 대로 출입구를 빠져나와 십오 미터쯤 걸었다. 소녀가 보였다. 교복 윗옷 주머니에 두 손을 찔러 넣은 채 신고 있는 슬리퍼로 바닥을 긁어대는 소녀는 내 인사를 받는 둥 마는 둥했다. 등에 멘 가방에 아이 주먹만 한 보라색 고릴라 인형이 매달려 있었다. 이미 몇 년 전부터 입

시전쟁에 돌입하고도 남았을 전교 일등의 무거운 삶을 상징적으로 보여주는 듯 했다. 소녀가 슬리퍼로 길바닥을 툭툭 차자 보라색 고릴라가 흔들렸다. 나는 소녀라고 무겁게 살고 싶었겠나, 생각했다. 사느냐, 죽느냐, 햄릿만 고민하는 거 아니지. 하루에도 열두 번씩 그런다고 해봐 안 믿어줄 사람 하나도 없는 게 요즘 세상이고 보면 선배 또한 그랬을 테지, 싶다. 그렇지만 선배만 그렇게 살았나? 전화 한 통도 없이 그것도 안부라고 꼴랑 사표 한 장 보내고 우리 사이에 마침표를 찍으려 들다니, 이 나쁜……쉐키. 덩치 큰 고릴라가 내 마음속에서 그네를 탔다. 마음이 정말 무거웠다.

그 기자 아저씨한테 무슨 일 생긴 거죠?

너도? 그걸 어떻게…….

도대체 선배의 수첩에 적힌 사람들은 어떤 사람들일까. 도대체 어떤 사람들이기에 모두 선배에게 무슨 일이 생겼다는 걸 본능처럼 예감하고 있었던 것일까. 그들이 나보다 더 선배와 가까웠던가, 나는 자문했다. 아니란 대답이 나를 더욱 더 초라하게 만든다.

전화 받았을 때 그냥 그런 생각이 들었어요.

전교 일등이 공부로만 되는 게 아닌 것 같다는 생각이 들었다. 소녀가 한숨을 내쉬었다. 나도 그러고 싶었다.

그런데 무슨 일인데요?

그걸……모르겠어.

둘이 친한 사이인 줄 알았는데.

친해. 친한 사이라구.

그런데 안 친한 나 정도밖에 아는 게 없어요?

어른들끼리는 아무리 친한 사이라도 숨기는 거, 더러 있는 법이야.

그럼 반만 친한 거군요.

소녀는 마치 프라이드 반 양념 반! 하는 투로 말했다.

그런 거 아냐. 선배랑 나랑은 아주 친했는데 어느 날 그 일이 순식간에 벌어졌을 뿐더러 내가 아무런 낌새도 못 챘던 건 선배가 아무 말도 없었기 때문인데, 그러니까 그게 무슨 일인지 모르는 건 어찌 보면 당연하단 거, 뭐 대충 사건이 그렇단 얘기지 우리가 반반씩, 아무튼 그런 뜻은 아니란 말이지.

하지만 아무 말이 없었다고 아무 낌새도 못 챘다는 건 좀 그래요.

뭐가 좀 그런데?

난요, 엄마가 암 말 안하고 있을 때 그게 우울증 때문인지 아니면 열받쳐서 뚜껑 열리기 직전의 침묵인지 느낌으로 알수 있어요. 저러다 펑펑 울 것인가 아니면 골프채를 휘두를 것인가, 다 알 수 있다구요. 그런데 난 엄마랑 별로 안 친하거든요. 안 친한 사이도 이 정돈데 친한 사이라면서 어떻게 느낌조차 없을 수가 있어요? 떨어져서는 죽고 못 살 것처럼 찰싹 달라붙어서 매일매일 수다 떨다가 하루아침에 생 까는 애들 많이 봤어요. 양이 문제가 아니라 질이 문제였던 거죠. 말만 많이 하면 뭐해요, 느낌이 없는 걸. 아, 그러고 보니 그 아저씨가 너무 불쌍해요.

학생은 우울증이 아니라 사춘기겠지?

그렇게 말하면 못 알아들을 아저씨 마음이 덜 상해요? 그런데 아저씨, 왜 자꾸 반말하세요?

뭐?

말이 짧잖아요. 처음 보는 사이인데. 그러면 안 되는 거죠. 그 아저씨는 꼬박꼬박 존댓말 썼단 말이에요.

내 나이가 학생 나이에 두 배도 넘거든?

오늘이 환갑이라고 해도 그렇죠. 예의란 건 그런 거 아닌가요? 그 아저씨랑 완전 차이 나네.

난 그 아저씨가 아니잖아.

그럼 나 갈래요.

소녀가 휙, 돌아섰다. 보라색 고릴라가 심하게 요동쳤다. 잠깐! 소녀가 돌아보았다. 나는 어금니를 힘주어 물었다.

미안해……요.

그럼 됐어요.

여기서 이러지 말고 어디 앉아서 얘기할 데는 없니, 요?

이 길로 조금만 걸어가면 스타벅스 나와요. 거기서 카라멜 마끼아또 사주세요. 하지만 거기 앉아서 마시는 건 안 할래요. 그냥 걸으면서 얘기할 거예요. 난 운동 부족이거든요.

조금만 걸으면 나온다던 스타벅스는 가로수 밑에서 출발한 지 삼십 분이 지나서야 나타났다. 거기서부터 또 다시 소녀와 걸었다. 나는 서서히 다리가 아프기 시작했는데 소녀는 멀쩡해보였다.

한 얘기 또 하려고 하니 좀 그러네요. 하지만 뭐, 이거 받았으니 값은 해야겠죠.

소녀가 카라멜마끼아또 컵을 들어보였다.

그날 중간고사 땡 친 날이었는데 예감이 별로 안 좋았어요.

중간고사 망쳤니, 요?

그럴 리가요. 또 일등이다 싶은, 뭐 그런 거지 같은 느낌.

내가 피식, 웃자 소녀가 눈을 흘겼다.

그날 왜 명동에 갔는지 잘 모르겠어요.

소녀, 너만 그런 게 아니라 다들 왜 명동엘 갔는지 모르게 그곳에 있었다고 나는 속으로 중얼거렸다. 맞은편에서 바람이 불었다. 소녀가 고개를 살짝 숙였다. 나는 어깨를 펴고 목을 한 바퀴 돌렸다. 으드득, 소리가 났다. 소녀가 웃었다.

처음엔 그냥 듣기만 하자, 뭐 그랬어요. 그래서 앞으로 파고들지 않았죠. 그런데 그 랩이 내게 말을 거는 거예요. 안녕? 만나서 반가워, 였어요. 저도 모르게 작은 목소리로 대답했죠. 안녕? 나도 반가워. 뭔가에 이끌리듯이 난 사람들을 헤치고 앞으로 나갔죠. 막상 앞줄에 서고 보니까 거기에 초딩 티가 더럭더럭 나는 어떤 애가 있었어요. 약간 마른 체구에 키는 한 백사십? 초등학교 사오 학년쯤 되어보였고 검정색 진 바지에 노란 체크무늬 긴 팔 남방 그리고 조금 때 탄 것 같기는 한데, 어쨌든 올리브색 벙거지 모자. 스타일은 군이 힙합 쪽이라고 하기에는 좀 뭣하지만 아무튼 그런 쪽. 아이, 씨이—. 이거 뭐 수배 전단지 수준이네. 이러니 내가 논술 쪽엔 약하단 소리를 듣는 거야. 한 오 분인가? 있었는데 좋은 나라 착한 백성 같은 기분으로 래퍼K와 랩을 주고받았어요.

랩도 할 줄 알아, 요?

그런 거 할 줄 몰라요. 그럴 시간도 없지만 그래서도 안 되거든요.

공부만 해야 해서?

언젠가 식탁에서 빅뱅노래 따라 불렀다가 엄마한테 밥그릇 뺏긴 적도 있어요. 그런데 아저씨, 걷는 거 힘들어요?

발바닥이 화끈거린 지 오래였지만 나는 입술에 약간의 미소를 띠며 고개를 저었다.

학생. 뭐 하나 물어봐도 되나, 요?

네.

어떤 아줌마랑 통화했었는데 학생처럼 그날 명동에 있었답니다. 그 아줌마도 학생이랑 비슷한 얘기하던데. 난 랩할 줄 모른다, 그런데 알아듣겠더라, 그게 꼭 내 얘기더라, 등등. 내가 만나고 통화한 사람들 모두 그러더라, 구요.

그래요? 그런데 그게 뭐요?

소녀는 컵에 꽂힌 빨대를 물고 나를 올려다보았다. 맑고 투명한 빛이 소녀의 얼굴에 닿았다.

왜 다들 래퍼K가 자기 얘기를 하더라고 하는 걸까, 요? 그 아줌마가 의처증 남편에게 흠씬 얻어맞은 걸 어떻게 알고? 면접만 백 번 넘게 본 청년이 이젠 죽어버려야지, 마음먹은 걸 어떻게 알 수 있었던 거지? 서른 두 살의 래퍼는 또 어떻고. 거기다가 학생의 중간고사 시험이 또 전교 일등으로 이어질 재수 없는 예감까지 알고 있었냔 말이냐구, 요.

귀신인가 보죠. 아니면 신이거나.

나는 걸음을 멈추고 소녀를 바라보았다. 소녀가 입에 문 빨대에서 쪼르륵, 소리가 났다.

정말 그렇게 생각해, 요?

귀신 신, 아이 동. 귀신 신은 귀신이란 뜻도 있지만 불가사의한 것이란 뜻도 있어요. 그러니까 신동은 아이 귀신이기도 하고 불가사의한 아이이기도 하고. 하지만 난 아무래도 상관없어요. 귀신에 씌든 불가사의한 일에 빠져들든 난 내 길로 갈 거니까요.

소녀가 또 다시 걷기 시작했다. 나는 소녀를 따라 걸으며 물었다.

래퍼K가 그러래, 요?

아저씨한테는 누가 그랬냐는 게 그렇게 중요해요?

그거 내가 사줬잖아요.

나는 소녀가 들고 있는 카라멜마끼아또 컵을 가리켰다.

그거 값은 하겠다면서요. 그럼 질문에 대답을 해줘야 하잖아, 요.

쳇! 그때 그 기자아저씨는 그런 거 안 묻던데.

비교당하는 거 싫으시죠? 어른들도 그래, 요.

그래요, 래퍼K가 그랬어요. 원하는 길로 가라고요. 이젠 됐어요? 그런데 아저씨.

소녀가 걸음을 멈췄다. 나도 소녀를 따라 걸음을 멈췄다. 소녀가 가방끈을 추스르자 보라색 고릴라가 장난스레 흔들렸다.

왜, 요?

아까 그, 목에서 소리 나던 거. 이렇게 돌리니까 으드득, 했잖아요. 한 번만 더 해주세요. 네?

소녀의 눈빛이 반짝였다.

싫은데…….

나는 주위를 한 번 둘러본 뒤 목을 한 바퀴 돌렸다. 목에서 으드득, 소리가 났다. 소녀가 웃으며 집게손가락을 곧게 폈다. 한 번 더. 나는 다시 목을 돌렸다. 소녀의 웃음소리가 맑았다. 몇 번 더 목을 돌려주었다. 살짝 목이 아팠다.

학생, 혹시 신의 존재를 믿어요?

나는 목덜미를 쓰다듬으며 소녀에게 물었다. 소녀는 부모의 카드를 훔쳐 하루에 몇백만 원어치 옷을 질러버린, 지름신 내린 짝꿍에 대해 말했다. 그런 거 말고. 나는 한숨을 내쉬었다.


4


검은색으로 코팅이 된 출입문에는 살몬모텔이라고 쓰여 있다. 살몬? 연어? 그 물고기의 회귀본능에서 착안한 이름이라면 오신 손님, 다시 오란 뜻이겠다 싶었다. 이름 한 번 끝내준다, 는 생각이 들어서 웃음이 났다. 출입문을 열고 들어서자 오른쪽 카운터 안에서 모텔주인이 나를 올려다보았다.

아까 전화 드린…….

나는 명함을 꺼내 건넸다. 모텔주인이 카운터 안쪽으로 들어오라고 말한 뒤 내게 의자를 내어주었다.

그 기자양반한테 무슨 일이 생긴 게로군.

의자에 앉자마자 모텔주인이 혼잣말로 중얼거렸다. 모두가, 하나같이, 그러는 것이 이젠 새삼 놀랍지도 않았다. 나는 아주 익숙한 태도로 고개를 끄덕였다. 모텔주인은 그렇군, 하고는 담배를 피워 물었다. 모텔주인이 담배를 피우는 동안 나는 아무 말 없이 공중에 흩어지는 담배연기를 바라보았다. 괜히 힘이 빠졌다.

살몬이란 이름은 어르신이 지으신 겁니까?

십 년 전 리모델링할 때 딱 하나밖에 없는 내 아들놈이 그렇게 지었소이다. 그 전엔 바다였는데 그게 내가 지은 거요.

아, 네. 아드님이랑 같이 하시는 모양이군요.

뭘?

이 모텔 경영 말입니다.

경영은 무슨. 돈만 나눌 뿐이지. 미국 유학 보냈더니 거기서 결혼하고 애까지 낳았소. 아예 거기서 눌러 살고 있지. 내 아들놈은 말이요, 연어랑 아주 딴 판인 족속이야.

나는 속으로 아차, 싶었지만 어쩔 도리가 없었다. 모텔주인이 담배를 재떨이에 짓이기고는 손바닥을 마주쳐 툭툭, 털었다.

뭐 좋은 얘기라고 처음 본 사람한테 자식 얘기를 꺼냈을까 모르겠군. 그런데 그 기자양반은 지금 어딨소?

……잘 모릅니다. 무슨 일이 있었을 거란 짐작만 할 뿐이죠.

그거 참. 걱정이 이만저만이 아니겠군.

함부로 살 사람은 아니라는 믿음은 있습니다만 그래도 걱정은 됩니다. 어디서 뭘 하고 있는지……. 하루에도 몇 번씩

생각나고 걱정되고 그러다가 화가 치밀고

왜?

왜긴요, 한마디 말도 없이, 나한테 그러면 안 되는 거죠. 같이 먹은 밥이 얼마고 같이 목욕한 횟수가 얼만데, 그 선배 보셔서 아시겠지만 덩치 크잖습니까? 등 밀어달라고 할 때마다 제가 얼마나 힘들었는지 짐작 가시죠? 물론 그게 억울해서 화가 나는 것은 아닙니다만.

아주 절친한 사이였나 보군.

이런 일이 있기까지 그렇다고 생각했고 그렇게 믿고 있었습니다.

지금도 그래 보이는걸 뭐.

선배도 그렇게 생각할까요?

그야 모르지. 자네 선배라는 사람하고는 여기서 본 게 처음이니까. 속사정이야 잘은 몰라도 자네 선배란 사람도 아마 젊은 기자 양반하고 무척 친하다고 생각할 걸세. 왜 그런 말 있지 않은가, 서로 친한 사람들끼리 통하는 게 있다고.

통한다구요? 네, 저도 그렇다고 생각했었어요. 그런데 이 일이 벌어진 겁니다. 다들 저를 어떻게 생각하는지 아세요? 대놓고 말은 안하지만 표정으로는 니들끼리 안 통, 하는 사이

였군, 하는 거예요. 그러니까 나도 그런가, 싶은 거예요. 저 쪽
에선 통~했는데 내 쪽에서 안 통!한 것 같은 생각이 마구 드
는 겁니다. 하지만 저도 할 말은 있어요. 뭘 알아듣게 통~했
어야 제가 통!할 거 아닙니까? 자기스타일로 통~해 놓고 나
더러 알아서 통!하란 거나 마찬가진데 그건요, 안 통!하는 게
아니고 못 통!한 거라구요.

하긴 아무리 좋은 말도 내가 못 알아들으면 말짱 꽝이지.

그건 좀……다른 얘기긴 하지만 어쩐지 틀린 말씀도 아닌
것 같습니다. 아, 그런데 제가 왜 처음 뵙는 분에게 이런 말까
지 하는지 모르겠네요.

나도 그랬는걸, 뭐.

모텔주인이 담뱃갑을 만지작거렸다.

같이 피려나?

아뇨. 전 담배 안 핍니다.

그래? 원래부터 안 폈나, 아니면 금연에 성공한 건가?

원래부터 안 핀 건 아니고 금연에 성공한 것도 아닌데 어쩌
다 그렇게 됐어요.

어디가 아팠나?

아뇨. 뭐 감기 정도는 해마다 서너 번 걸립니다만.

흐음. 담배가 저절로 끊어졌다는 얘긴데. 그거 참 기적이로 군. 나는 매년 금연에 도전하고 매번 실패하는데 말이야.

그까짓 걸 기적이라고 할 수 있나요, 뭐.

앉은뱅이가 일어서고 장님이 눈을 떠야만 기적인가? 남들은 수도 없이 실패하는데 자넨 그냥 한 방에 이뤄냈잖아. 난 그런 것도 기적이라고 생각하네.

그렇게 생각하신다면야 뭐…….

모텔주인이 새 담배에 불을 붙였다.

젊은 양반이 좀 진정된 것 같으니 이제 본론으로 들어가지. 전화로도 말했지만 난 그저 재워준 것밖에 없어. 여긴 모텔이지만 내 집이기도 해. 물론 자네 선배라는 사람은 굳이 돈을 내겠다고 해서 어쩔 수 없이 일 박 요금 받았네만 그 녀석한테는 절대 안 그랬네.

그 녀석이라면 래퍼K?

나는 그렇게 말하고는 참았던 기침을 했다. 모텔주인이 담배를 재떨이에 짓이겨 꺼버렸다. 미안했다.

그 기자양반이 녀석을 래퍼K라고 부른다고 알려주더군.

나는 취재수첩을 펼쳐들고 볼펜 꼭지를 눌렀다.

어느 날인가, 우리 모텔 앞에서 서성거리더라구. 그런데 어느 순간 출입문을 내다보니 녀석이 춤을 추면서 노래를 부르고 있더란 말이지. 송대관의 네 박자는 아니었지만 그런대로 박자가 듣기 좋더군. 손님도 없는데 구경이나 하자 싶어서 그냥 있었지. 그런데 이게 점점 구성지더란 말이야. 장담컨대 절대로 송대관 쪽은 아니었어. 그런데도 끌리더란 말이지. 할 일도 없고 해서 출입문 열고 나가서 넌 누구냐, 했지. 녀석이 뒤를 돌아보는데 두 눈이 똘망똘망하고 큰 게 자식 놈 어릴 적 모습이 덜컥, 생각나는 거라. 거 참 기분 묘하데. 아무튼 녀석이 씨익—, 웃고는 다시 노랠 부르는 거야. 길 가던 사람들이 멈춰 서서 녀석이 노랠 부르는 걸 지켜봤네. 나도 그랬지.

노래가사라든지 뭐 그런 거 생각나시는 거 있으세요?

아, 낼 모레면 팔십인데 젊은 애들 노래 가사를 어떻게 알아듣나?

그럼 끌린 건 뭐예요? 구성지더란 말씀도 하셨잖아요.

코앞에 앉아 있는데도 말이 이렇게 어긋나는구면. 그거야 필받아서 그런 거지. 내 나이쯤 돼 봐, 가슴이 두 귀야. 귀로 알아들으면 뭘 해, 가슴이 못 느끼면 말짱 도루묵이지. 필은 그냥 여기에, 여기에 팍! 팍! 꽂히면 되는 거라구.

모텔주인이 엄지손끝으로 자신의 가슴을 쿡쿡, 찔렀다. 가슴에 필이 꽂힌 모텔주인은 래퍼K를 안으로 불러들인 뒤 순두부백반을 시켜 주었다고 말했다. 어린 것이 노래 부르느라 힘 빠졌을 것 같아서였다고 했다. 밥을 먹은 뒤 래퍼K는 다시 모텔 앞으로 나가 노래를 불렀고 저녁이 되었을 때 모텔주인과 함께 오징어덮밥을 먹었다. 장소는 바로 자네가 앉아 있는 자리였네, 라고 모텔주인이 말했다. 모텔주인은 래퍼K에게 자고 갈래? 하고 물었다고 했다. 이번에도 어린 것이 노래 부르느라 힘 빠졌을 것 같아서였다. 래퍼K는 쏼라쏼라, 하고 대답했다고 했다. 쏼라……쏼라요?

말했잖은가, 난 랩 같은 거 모른다고. 그러니 나한테는 쏼라쏼라일 밖에. 그게 그렇게 이상하면 기자양반 식으로다가 바꿔 써.

그러면 그게 자고 간다는 뜻이었단 겁니까?

난 그렇게 알아들었네.

그럼 래퍼K는 어디서 묵었나요?

모텔주인이 담배에 불을 붙인 뒤 길게 연기를 내뱉었다. 그리고는 이층 복도 끝, 13호실이라고 말했다. 담배연기가 콧속으로 파고들었다. 문득 선배에게 자주 얻어먹던 담백한 맛의 비스킷이 생각났다. 담배가 피고 싶어졌다. 모텔주인에게 한 대만 구걸해볼까 생각했지만 그만두었다. 기적이라는 데야.

선배는 어디서 잤죠?

1호실.

13호실이 아니구요?

13호실은 거들떠보지도 않던 걸? 출입문에서 제일 가까운 방을 달랬어. 녀석을 만나겠단 거야. 녀석이 언제 올 줄 알고. 그래서 내가 녀석이 오면 연락할 테니 돌아가라고 해도 굳이 기다리겠단 거야. 아무튼 거길 달라기에 내줬네. 그리고 며칠 뒤에 그 녀석이 와서 자네 선배를 만났지. 이틀인가, 같이 지냈던 걸로 아네만.

나는 고개를 돌려 1호실 쪽을 바라보았다. 문 위쪽에 붙은 금색의 '1'이란 숫자가 밝고 선명했다. 그때 모텔주인의 휴대폰이 울렸다. 강산에가 노래했다. 흐르는 강물을― / 거슬러 오르는 연어들―, 에서 모텔주인이 전화를 받았다.

누구요?

모텔주인이 고개를 쳐들며 말했다. 딱 하나밖에 없는 아들임에 틀림없는 자와 통화 중인 모텔주인의 말대로라면 선배는 래퍼K와 이틀을 지냈고 그 이틀이 선배가 사표를 쓰게 된 가장 큰 이유라고 나는 짐작했다.

그래! 내가 가진 모든 재산은 몽땅! 이 사회에 환원할 거다. 그러고 나서 나도 한 번 멋들어지게 살아볼란다. 그러니 이제 와서 들어와 살겠단 생각 말고 거기서 니들끼리 잘 먹고 잘 살아라.

그 이틀 동안 무슨 일이 있었던 걸까, 생각하며 나는 모텔주인의 담뱃갑으로 손을 뻗었다. 담배 한 개를 꺼내 입에 문 뒤 주위를 두리번거렸다. 모텔주인이 라이터를 집어 들었다.

그래! 누가 그랬다. 이렇게 살지 말고 나 하고 싶은 대로 하라더라.

나는 라이터를 건네받으려고 손을 뻗었지만 모텔주인이 손수 불을 켜주었다. 퍼벅! 라이터 불이 치솟았다. 나는 담배 끝을 조심스레 라이터 불에 댔다. 그리고 힘껏 담배를 빨았다.

래퍼K! 래퍼K가 그랬다, 이 연어만도 못한 놈아—.

모텔주인은 휴대폰을 카운터 한쪽 바구니에 던져 넣고 담배를 찾았다. 나는 새 담배를 건네고 라이터 불을 켰다.

저……혹시 종교 있으세요?

아니, 그런 거 없네만 왕은 있었네.

왕이요?

내 자식. 한때는 그놈을 왕으로 모셨거든. 그래서 지금 이 모양 이 꼴이질 않은가, 내가.


　모텔주인을 만나고 사무실로 들어가던 중에 9번의 전화를 받았다. 헤어샵 보조스태프로 일하는 스물한 살의 아가씨는 너무도 바쁜 나머지 이제야 전화를 할 수 있었다고 말했다. 나는 재인터뷰를 해야 하는 이유를 간략하게 설명하고는 만나줄 수 있겠느냐고 물었다. 그러자 그녀는 대뜸 그 아저씨한테 무슨 일 있죠? 했다. 대답 대신 다시 한 번 만나줄 수 있겠느냐고 아가씨에게 물었더니 그녀는 단박에 거절했다. 바빠서요. 아, 네, 할 수밖에. 아가씨는 거절한 게 미안했는지 그럼 전화로 하면 안 될까요? 했다. 안 될 거야 없죠. 다들 어디로 갔는지 사무실이 텅 비어 있었다. 아가씨는 점심시간이 삼십 분밖에 안 되기 때문에 뭘 좀 먹으면서 말해도 되겠냐고 물었다. 내 자리에 앉으며 맞은편 벽시계를 바라보았다. 오후세 시였다. 그럼요. 나도 아직 점심 전이란 걸 그제야 깨달았다. 그러자 쓰나미처럼 허기가 몰려왔다. 아가씨는 우물거리며 선배와 래퍼K를 오가며 얘기를 했다. 뭘 먹으면서 하는 말이라서 그런지 자꾸만 아가씨의 말이 귓가에서 뭉그러졌다. 하지만 나는 그게 무슨 소리냐고 묻지 않았다. 아가씨는 자기를 차버린 그 개자식을 완전히 잊고 새 출발하겠다는 다짐을 끝으로 얘기를 마쳤다. 래퍼K 때문인가요? 물었다. 아가씨는 뭐라고 대답하려고 했던 것 같았는데 누군가 그녀를 불렀는지 곧바로 그만 가봐야 해요, 하고는 전화를 끊었다.

10번은 끝내 전화를 받지 않았다. 나는 10번이 114 안내원이라고 상상해보았다. 물론 그(혹은 그녀)도 다른 사람들처럼 그날 명동에 있었을 것이고 왜 갔는지 이유를 모를 것이며 어떻게 래퍼K와 소통할 수 있었는지 알 수 없었겠지만 어쨌든, 이제 난 더 이상 전화를 받지 않겠어, 하지 않았을까. 12번은 작가지망생이었는데 장편소설을 쓰기 위해 아무도 만나지 않겠단 규칙을 세운 뒤로는 일체 바깥출입은 하지 않는다고 했다. 그럼 전화 통화라도……. 그러자 작가지망생은 내 메일 주소를 알려달라고 했다. 몇 시간 후 12번에게서 메일 한 통을 받았다. 첨부된 문서 파일을 열었다. 문서 분량이 단편소설 하나쯤은 너끈히 돼보였다. 나는 그걸 화면에 띄워놓은 채 자리에서 일어났다. 그리고 사무실에 있는 모든 화분마다 물을 주었다. 편집장이 사무실로 들어오면서 뭐하는 거냐? 했다. 나도 모르게 배가 고파서요, 대답했다. 편집장은 배가 고프면 밥을 먹어야지 왜 거기다 물을 주고 그래? 했다. 내가 왜, 이

놈들만 보면 배가 불러요, 그랬는지 나도 잘 모르겠다. 편집장이 이상한 눈초리로 나를 보더니 너도 고릴라처럼 뜻한 바가 생겼냐? 했다. 뭔 뜻이요? 편집장이 자리에 앉으면서 그걸 왜 나한테 물어? 그게 니 뜻이지 내 뜻이냐? 했다. 그러면서 사표를 내려면 제대로 내라고 했다. 누구처럼 택배로 보내지 말고. 그러죠, 대답했다.


## 마지막 셋째 날 밤


1호실의 벽시계는 자정을 오 분 남겨두었다. 오늘로서 선배의 수첩에 적힌 명단 중 열두 명을 어떤 식으로든 다 만난 셈이 되었다. 마지막 열세 번째는 래퍼K였지만 전화번호도 없고 명동공연 이후 서너 번의 출현을 마지막으로 종적을 감추었으므로 만날 확률은 제로에 가까웠다.

　— 올까요?

　— 글쎄. 요즘 통 얼굴을 못 봤으니 장담할 수는 없고. 그런데 그 앨 만나서 뭐하게?

　— 뭣 좀 물어볼까 해서요.

　— 뭘?

— 그게……뭐 이것저것, 두루두루…….

— 기자라면서 그리 두리뭉실하면 쓰나. 핵심을 짚어야지,
핵심을.

— 핵심이라면 어떤…….

— 아, 자네가 기자지 내가 기잔가? 자네가 원하는 게 있을
거 아닌가. 그걸 물어봐야지. 안 그래? 그런데, 기자양반.

— 네.

— 기자란 직업이 본인 적성에 맞는다고 생각하나?

— …….


나는 침대에 누워 양손을 머리 밑으로 넣고 베개를 삼았다.
울적했다. 왼쪽으로 몸을 돌려 누웠다. 나도 모르게 두 다리가
구부러지며 가슴 가까이로 올라왔고 왼팔로 괸 머리를 수그
리자 어쩐지 내 자신이 새우가 된 느낌이 들었다. 모텔은 살
몬이기 전에 바다였다고 했다. 소금처럼 하얀 침대시트를 오
른손바닥으로 훑었다. 문득 내일 아침은 어떤 느낌일까, 생각
했다. 한 방에 훅, 가는 게 어떤 건지 알게 되겠지. 반대로 돌
아누웠다. 까짓, 한 방? 사표로 반사! 시켜버릴 테다. 나는 두
눈을 질끈 감았다.

76

인기척에 눈꺼풀을 조금 밀어 올렸을 때 누군가 침대 옆에 서 있었다. 누군가의 등 뒤에서 형광등빛이 강렬하게 두 눈을 쏘아대고 있었기 때문에 누군가가 누구인지를 확실하게 알아볼 수가 없었다.

누구……세요?

누군가는 대답하지 않았다. 좀 무섭단 생각이 들었지만 잠이 달아나지 않았다. 치한인지도 모르는데 내가 왜 이러는 걸까, 이상했지만 그냥 누워 있기로 했다. 착한 사람일 수도 있잖아, 선배 같은. 순간 나는 피식, 웃음이 났다. 저게 어디 선배 덩치냐, 래퍼K이면 몰라도. 나는 머리를 괴고 있던 팔에 어린애처럼 얼굴을 부비며 누군가에게 물었다.

혹시 래퍼K?

그러자 아주 작은, 허밍과도 같은 소리가 들려왔다. 소리에는 간간이 심장박동 같은 비트가 섞여 있었는데 급하지도 느리지도 않았다. 나는 그게 랩, 이라고 생각했다. 그러자 그날 고요한 명동 한복판이 떠올랐다. 서른 두 살의 래퍼와 소녀와 4번 아줌마와 면접청년……. 래퍼K를 둘러싼 수많은 사람들 속에서 나를 발견하는 상상을 했다. 선배도 그랬을까. 1호실의 침대에 누워 그런 상상을 했을까.

그런데…….

누군가는 계속해서 노래를 부르고 나는 자꾸만 감기는 두 눈을 밀어 올리려 애썼다.

선배의 뜻한 바가 뭘까.

갑자기 누군가의 목소리는 빠르고 가쁘게 앞으로 내달렸다. 도무지 알아들을 수가 없어서 좀 천천히 말해달라고 하려는데 그때 눈물이 핑, 돌 정도로 하품이 났다. 감기는 두 눈을 내버려두었다.

그래. 선배처럼……, 나도 그런 게 있었으면 좋겠어. 뜻한 바가 있었으면…….

그러자 누군가의 목소리가 멈췄다. 잠시 후. 조심스레 방문이 열리고 닫히는 소리가 들렸다.

빠삐루파,  빠삐루파

# 1

쩍. 아버지가 나무젓가락을 가른다. 깔끔하게 나눠진 나무 젓가락을 내려다보며 흡족한 표정을 짓는다. 아버지는 비닐 봉지 안에서 삼겹살 한 점을 꺼내 팬 위에 올려 놓는다. 살점 이 요란한 소리를 내며 팬에 들러붙는다. 불의 세기를 조절하 려고 허리를 구부린 아버지 너머로 나는 창밖을 바라본다. 가 스버너의 불처럼 햇살이 드세다. 가운데가 봉긋 솟은 둥근 팬 위에 본격적으로 삼겹살이 올려진다. 언뜻, 붉은 반점처럼 보 인다.

아버지가 쥐고 있는 나무젓가락 끝에 연한 핏물이 묻어 있 다. 펼쳐 놓은 신문지 위로 기름이 튄다. 아버지가 바싹 익은 삼겹살 두 점을 그의 앞에 놓인 접시에 놓는다. 아, 예. 그는 고개를 끄덕이고는 나무젓가락을 든다. 그러나 선뜻 입에 대지 않는다. 아버지는 병마개를 비틀어 열고 그의 잔에 술을 따라준다. 아, 예. 잔을 들고 그는 또다시 망설인다. 아버지가 그를 바라본다. 그는 마지못해 술을 입안에 털어 넣는다. 그가 잔뜩 얼굴을 찌푸리며 재빨리 삼겹살 한 점을 입안에 넣고 우물거린다.

조카라는 놈이 사돈의 팔촌보다 보기 힘들구나. 대체 이게 얼마만이냐.

그는 대꾸도 없이 고기를 씹고 있다. 아버지의 말이 반갑다는 인사말로 들리지 않는 게 분명하다. 하긴, 아홉 번씩이나 아버지의 초대를 거절한 그로서는 끌려오다시피 와 있는 셈이니 그 어떤 말도 달가울 리 없겠다. 나는 비닐봉지 안에 수북이 쌓여 있는 분홍빛 살점들을 바라본다. 숨이 막힌다.

이미 친척들에게는 잘 알려진 아버지의 고기대접은 협박성 퍼포먼스다. 처음, 아버지는 자신이 의도한 바를 관철시키기 위해 누군가를 불러들여 끊임없이 고기를 굽곤 했다. 한 번 겪어본 사람이라면 불러도 찾아오지 않았다. 그 후로 아버지는 제 발로 찾아가 고기를 굽는다.

오늘처럼 내 일자리 부탁을 위해 고기를 굽기도 하지만 대부분은 돈 때문이다. 사람들이 그나마 다행으로 여기는 것은 요구하는 액수가 푼돈에 지나지 않는다는 것이다. 아버지의 고기대접을 받느니 차라리 주고 말지, 라고 생각해왔던 것도 그 탓이다. 하지만 두 해 전부턴가, 사정이 달라졌다. 사람들이 아버지의 고기대접에 이력이 붙은 것이다. 아버지가 그의 집을 찾아가 무려 일곱 차례나 고기를 구웠던 것도, 그가 이제야 찾아온 것도 다 그때문이다. 고기를 굽기 전, 나무젓가락의 갈라진 형태로 운세를 점쳐야 할 만큼 아버지의 퍼포먼스는 이제 쇠락의 기운이 드리웠다.

기름이 튀었는지 그가 놀란 듯 움찔한다. 불편한 기색이 역력하다. 그러나 어떤 술수에도 휘말리지 않으리란 표정으로 그는 입을 다물고 있다.

너, 좋은 구경 한번 할래?

아버지가 그를 바라본다. 그가 마지못해 고개를 끄덕인다. 나는 한숨을 삼키며 나무젓가락을 든다. 지금부터 나는 아버지 대신 고기를 구워야 한다. 팬 위에서 제각각 익어가는 살점들의 무질서를 다스려야 한다.

아버지가 느릿느릿, 색 바랜 셔츠를 벗는다. 그는 흘끔거리며 아버지의 단단한 팔 근육을 훔쳐본다. 웃옷을 벗은 아버지는 러닝머신을 향해 두 팔로 걸어간다. 퍼포먼스의 절정이 랄까. 수북이 남아 있는 분홍빛 살점에 비할 바가 아니다. 그가 나를 노려본다. 공범에게 보내는 눈빛이다. 나는 아직 아버지가 일러준, 독 오른 뱀처럼 머리를 빳빳하게 쳐드는 방법을 터득하지 못했다. 나는 그의 눈길을 슬그머니 피한다. 그러다가 흘끔, 그를 훔쳐본다. 그의 얼굴은 잔뜩 일그러져 있다. 이제 막 FD(Floor Director)보조 딱지를 뗀 그의 안부가 족보의 사다리를 타고 급기야 방송국에서 일한다는 풍문으로 부풀려졌을 때, 그 사실을 알고도 모른 체 했던 자신을 책망하고 있는지도 모를 일이다. 여라칸. 그가 일하는 곳에서 이름 대신 그렇게 불린다던가. 궁색한 처지로 보면 자식 노릇을 톡톡히 해내는 그를 작은 아버지는 칭기즈 칸이라 부르고 싶었을 것이다.

아버지가 가까스로 러닝머신 위에 오른다. 그러나 쉽사리 팔을 내딛지는 못한다.

열 네 개의 롤러가 가로로 누운 채 비스듬히 경사를 이룬 수동의 러닝머신은 무엇보다 내딛는 힘의 안배가 중요하다. 무심코 발을 내딛었다가는 핑그르르, 돌아버리는 롤러 때문에 벨트 위에서 미끄러지기 일쑤다.

—몸 쪽 가까운 곳에 첫발을 내딛어. 올라선다는 기분으로 말야. 그런 다음 다른 발을 앞으로 내딛는 거다. 그 발에 힘을 옮겨주면 롤러가 구르면서 발이 미끄러져. 그러면 재빨리 다른 발로, 벨트를 밟아 내린다는 생각으로 걷는 거야. 처음엔 걷는 것처럼 하란 말이다. 알았냐?

뒤에서 내 허리를 잡은 채 아버지가 말했지만 어릴 적 나는 늘 욕심껏 발을 내딛었다. 먹으면 키가 큰다는, 쓰디쓴 한약을 마시는 일보다야 러닝머신 위에서 미끄러지는 일이 차라리 좋았던 나이였다. 검은 색 러닝벨트 위에 발을 내딛기만 해도 숨겨진 내 키가 용수철처럼 튀어오를 것만 같았다. 거저 준다 해도 고개를 내저을 만큼 고물이 되었지만 러닝머신은 한때 집 안에서 가장 폼 나던 물건이었다. 그때, 아버지에게는 두 다리가 있었고 나는 더디지만 조금씩 자라고 있었다.

롤러가 구를 때마다 나는 오래 앓은 기침소리를 떠올린다. 그 기침 끝에 '한때 좋았던 기억'이 가래처럼 떠밀려 나오곤 한다. 그러나 그 기억은 아버지와 내게 술을 권하고 누구에게 인지 모를 적의만을 충동질할 뿐이었다.

드륵 드르륵. 아버지가 러닝머신 위에서 걷는다.

저어…….

그의 말소리는 롤러가 돌아가는 소리에 파묻힌다. 그가 아버지를 돌아본다. 돌아보다가 흠칫, 놀란 듯 다시 고개를 돌린다. 두 팔로 러닝머신 위를 걷고 있는 아버지의 모습이 힘에 부쳐 보인다. 그가 나를 바라본다. 제발 이쯤 해 둬. 그의 눈길이 간절해 보인다. 이쯤 해두고 싶은 것은 오히려 나다.

아버지. 아버지이—!

아버지가 나를 쳐다본다. 나는 턱으로 그를 가리키며 아버지에게 그만두라는 사인을 보낸다. 아버지가 고개를 끄덕이며 나를 부른다. 아버지에게, 러닝머신 위에서 내려오는 일은 그 위에 오르는 일만큼이나 어렵기 때문이다.

나는 아버지의 뒤에서 러닝벨트를 발로 밟는다. 롤러가 멈춘다. 허리를 구부려 안으려 하자 아버지가 나를 슬쩍 밀친다. 끝까지 보여주겠다는 속셈이다.

러닝머신에서 내려온 아버지는 두 팔로 그가 앉아 있는 앞으로 걸어간다. 마침내 아버지가 그를 마주보고 앉는다. 그리고 벗어놓았던 셔츠를 입는다.

이렇게라도 운동을 해야지 안 그랬다간 혼자서 기저귀도 못 갈 게다.

그렇게 말하며 아버지는 두 개 남은 셔츠 단추를 잠근다.

저어……, 제가 시간이 좀 그래서…….

바쁘냐?

예, 오늘 일정이 좀 빡빡하네요.

그래도 그 고기 다 먹고 가라.

그는 접시를 내려다보며 미간을 좁힌다. 아버지는 아무 말 없이 내가 건네준 휴지로 이마의 땀을 닦는다. 그가 또다시 나를 노려본다. 나는 그의 매서운 눈길을 피해 나무젓가락만 만지작거릴 뿐이다. 그때 아버지가 말문을 연다.

방송국서 일한다면서. 종종 너 좀 찾아가도 되냐?

그는 아무 말이 없다.

왜? 다리가 없어서 못 찾아갈 것 같으냐? 지금껏 뭘 봤냐. 두 팔로도 얼마든지 찾아 갈 수 있다, 난.

그게 아니고요. 그게, 그러니까 저의 아버지께서 방송국하고 프로덕션하고 헷갈리신 모양이에요.

— 방송국은 무슨 얼어 죽을 방송국. 명함에는 덕일프로덕션이라 적혀 있는데도 새로 생긴 방송국이라고 바득바득 우겨대는 데야, 원. 아무튼 방송국에 드나드는 낌새니 그나마 다행이다.

그의 아버지와 만나고 돌아온 날 아버지는 그렇게 말했다.

그러니까 헷갈린 것은 그의 아버지일 뿐이다. 그러나 아버지는,

글쎄다, 그게 그거 아니냐?

여전히 헷갈린다는 표정으로 그를 바라본다.

대체 하시고 싶으신 말씀이 뭡니까?

그의 말투가 아예 삐딱하다.

— 그럴 땐 뚝 잘라 말하는 거다. 에두를 것 없이 바로 몸뚱이만 턱, 내놓아야 한단 말이다.

그런 말버릇 때문에라도 사람들은 아버지를 '반토막'이라 부른다. 그리고 반밖에 남지 않는 몸처럼 양심이나 예의 따위가 절반으로 줄어든 아버지를 또한 그렇게 부르곤 했다.

뚝 잘라 말하마. 저 놈 좀 도와줘라.

그렇게 말하며 아버지는 턱으로 나를 가리킨다. 그가 나를 흘끔, 쳐다보고는 이내 고개를 돌린다.

키 말고는 모자랄 것 없는 놈이란 걸 너도 잘 알게다.

그가 난색을 보인다.

뭐든 열심히 한다. 이때껏 그랬다, 저 놈은.

그 말은 도움을 받으려는 아버지 나름대로의 시나리오 대사이긴 하지만 결코 틀린 말이 아니다. 어디 그뿐인가. 키가 영영 크지 않을 것이란 절망감에서 떨어져 나오기 위해 나는

또 얼마나 열심히 몸부림쳤는가 말이다.

프로덕션이라는 게 듣기야 그럴싸해도……, 그러니까 아주 열악하단 말이죠. 물론 우리 쪽에도 저 애 같은 놈이 한 명 있긴 해요. 저 애보다야 키는 크지만요. 빠삐루파를 맡고 있는 놈인데…….

두 살이나 위인 나를 가리켜 '저 애'라 부르는 그의 말에 꿈틀, 내 속의 난쟁이가 움직인다.

난쟁이를 처음 본 건 내 좁은 보폭 사이에서다. 그때, 정수리에 쏟아지던 햇빛이 따가웠던가. 내 두 발이 빠져 있는 난쟁이의 물큰한 몸은 진한 콜타르처럼 보였다. 한껏 보폭을 늘려 걸어보았지만 난쟁이는 내 두 발을 놓아주지 않았다. 작은 키가 원망스러웠다. 그럴 때면 난쟁이도 나처럼 내 작은 키를 나무랐다. 왜 이리 작은 거야? 난쟁이는 늘 물 끓는 소리를 냈다. 해가 지날수록 또래들과 현저히 키 차이가 난다는 것을 깨달을 때마다 난쟁이는 좀 더 큰 소리로 부글댔다. 클 거야, 쑥쑥 자라고 말 거야, 두고 보라지. 그런 난쟁이는 곧잘 아버지와 싸우곤 했다.

'반토막'이 된 아버지는 술을 마실 때마다 두 다리가 잘려나간 뭉툭한 곳을 쓰다듬었다. 늘 안주 대신 무언가를 곱씹는 얼굴이었다. 그날은 멀리 떨어져 있는데도 아버지의 입에서 뿜어져 나오는 술 냄새가 코끝으로 몰려들었다. 넌 언제 클래? 그렇게 말하던 아버지는 술을 마시는 여느 때처럼 뭉툭한 그곳을 쓰다듬고 있었다. 내 시선은 그곳을 매만지는 아버지의 손길에 붙박여 있었다. 그 모습은 영영 사라진 아버지의 두 다리처럼 나는 더 이상 자라지 않을 거라고 빈정대는 것 같았다. 뚜껑을 들썩이는 수증기처럼 난쟁이는 가쁜 숨을 뿜어내며 말했다. 아냐, 절대 아냐, 나는 난쟁이가 아냐, 나는 나야! 그때 내 열 손가락 끝으로 맹렬히 모여드는 살의에 목을 내맡긴 아버지의 눈빛은 섬뜩할 만큼 고요했다. 애야, 걷고 싶다. 잘려나간 아버지의 두 다리가 큰 소리로 집 안을 걸어 다녔다. 그날 이후부터였는지도 모른다. 난쟁이를 잊기 위해 '뭐든 열심히 한다. 이때껏 그랬다', 나는.

그는 여전히 빠삐루파에 대해 말하고 있다. 문득 아버지가 미간을 좁힌다. 그의 빠삐루파가 너무 멀리 갈 요량으로 보였던 모양이다. 빠삐루파와 함께 동화 속으로 빠져들던 그의 말을 자르며 아버지는 주먹 쥔 손으로 방바닥을 내리친다.

## 2

빛을 향해 걷는다. 몸에 스민 눅진 기운을 조금이라도 말려볼 생각에서다. 오후 네 시. '제3 스튜디오'를 빠져나온 나는 홀의 왼쪽 비상계단 출입구와 화장실 입구가 'ㄱ'자 형태로 바라보고 있는 곳을 향해 걸어간다. 그곳에 빛이 남아 있을 것이다.

뻐근한 두 다리가 말을 듣지 않는다. 마음은 급하고 걸음은 더디다. 그런 내 모습은 오리나 난쟁이에 곧잘 빗대어지곤 한다. 상체가 앞으로 쏠리고 두 다리는 늘 뒤로 처진 모습 때문에 혹은 짧은 보폭 때문에. 그 모두가 유난히 작은 키 때문에 듣는 말이다. 연령과 신장의 상관관계로 따지자면 내 키는 평균치에서 한참이나 모자란다. 그러나 나는 사람들이 쑥덕대는 것처럼 내가 난쟁이라고 생각하지 않는다. 초등학교 입학식 날 키 순서대로 줄을 섰던 그때, 분명 나는 '뒤쪽 아이'였으니까. 지금 내 키가 중학교 일 학년 남자아이의 평균 신장에 간신히 턱걸이를 하고 있다지만 괘념치 않는다. 어릴 적, 사람들이 내 까칠한 머리칼을 쓰다듬으며 남자 아이란 어느 순간 훌쩍 키가 크더라는, 증거불충분의 속설을 여전히 믿고 있기 때문이다.

바삐 떠날 채비를 마친 사람처럼 빛은 비상계단 바로 옆 유리창을 사선으로 내리그으며 남아 있다. 빛의 한끝이 날카롭다. 나는 돌아서서 벽에 등을 기댄다.

어둑한 제3 스튜디오 안에서 나는 꼬박 두 시간 십여 분을 서 있었다. NG가 나길 바랐지만 프로그램의 녹화는 단 한 번의 실수도 없이 매끄럽게 끝나버렸다. 말 그대로 서 있다가 나온 셈이다.

서 있는 일은 내 일 중 하나다. 그러나 오늘같이 NG 한 번 없이 프로그램의 녹화가 끝나는 날이면 서 있는 일이 내 일의 전부인 것처럼 느껴진다. 그러면서도 그 일은 내가 받는, 적은 보수와는 하등 관련이 없다. 나 같은 FD보조는 받는 만큼 일해서는 안 된다. 물론 일하는 만큼 받는 것은 더더욱 아니다. 적은 돈이라도 꼬박꼬박 받으려면 더 많이 일해야 하는 것이 불문율이다. 적게 받는다고 일도 그에 맞게 했다간 신참내기 보조에게 일을 뺏기기 십상이다. 설사 일이 없다 해도 이곳저곳을 기웃거려야 하는 이유도 다 그때문이다. 연줄이나 학연 따위의 인맥이란 내게는 무용지물이다. '허드레꾼'으로 불리는 나에게는 안면을 트는 것이 더 요긴하다. 눈에 자주 띄어라! 일 년여의 보조 딱지를 떼고 당당히 FD가 된 '여라칸'의 어록 중 하나다. 나는 그 말을 믿고 따른다.

─NG! 카메라에 나뭇잎이 잡혀, 누가 좀 떼어 내.

─NG! 책상 좀 치워봐, 그림이 안 좋잖아.

조정실에서 소리가 들리면 나는 총알같이 스튜디오를 향해 뛰어나간다. 여라칸의 말처럼 조정실의 누군가는 메인 카메라에 잡힌 나의 모습을 보게 될 것이었다. 나는 그 시선을 의식하면서 일을 해치운다. 이때 무엇보다 중요한 것은 그 일에 적임자라는 인상을 심어주는 것이다. 나를 보고 있던 조정실의 누군가는 스튜디오 안에 난쟁이가 들어왔다고 착각할 수도 있을 테지만 여라칸의 시나리오대로라면 그리 걱정할만한 일은 아닐 것이다. 물론 그 시나리오가 주조정실을 자유로이 드나드는 날을 꿈꾸는 여라칸, 자신만을 위한 것임을 나는 잘 알고 있다. 그럼에도 나는, 그렇게만 된다면야 주조정실의 누군가에게 나를 아주 일 잘하는 FD지망생으로 소개해주는 것은 사소한 것이라는 여라칸의 말을 내심 믿고 있다. 그러나 정작 나를 죄고 있는 것은 여라칸의 그 시나리오다. 거기에는 여라칸 대신 내가 떠맡아야 할 잡다한 일들로 가득하다. 동선을 알려주는 지문이나 그럴싸한 배경음악 따위는 없다. 그래서 나 같은 FD보조에게는 삼, 육, 구라는 말이 따라다닌다.
FD보조는 삼 일을 버티기 힘들고 육 개월을 견디면 겨우 얼
굴이나 알리게 된다. 그리고 구 개월이 지날 쯤 비로소 상대
방은 FD보조의 이름 석 자를 불러준다는 삼, 육, 구.

고개를 돌려 유리창을 쳐다본다. 햇빛에 두 눈이 따갑다.
눈을 끔벅여보지만 부질없다. 두 눈을 부비다 아버지를 생각
한다. 이틀 동안 집에 들어가지 못했다. 아버지에게 전화를 건
다. 통화 중이다. 또 누구에게 조난신호를 보내고 있을까.

—기저귀 값으로 보태달라는 데야 몇 푼인들 안 내놓겠냐.

아버지는 도움을 청한 것이라지만 상대방에겐 뜯긴 것이나
다름없는 돈이다. 그러니 아버지의 전화 한 통은 누군가 보낸
행운의 편지만큼이나 달갑지 않은 것이다. 다시 아버지에게
전화를 건다. 여전히 통화 중이다. 수화기를 든 아버지의 모습
이 내 명치에 걸리고 만다. 휴대폰을 닫는다. 울컥, 목이 멘다.
그때 전화벨이 울린다. 여라칸이다.

너, 어디야?

여라칸은 대뜸 목소리부터 높인다.

어! 거기 꼼짝 말고 있어!

나는 휴대폰을 귀에 댄 채 돌아본다. 여라칸이 내게 오고

있다. 여라칸은 오자마자 내 뒤통수를 가격한다. 딱!

빠져 갖구는. 몰골 봐라. 고작 이틀 밤샘하고 이 꼴이냐? 그 래가지고서야 이 열악한 환경 속에서 어떻게 버티겠어?

여라칸이 그렇게 말하며 주머니를 뒤적인다. 내게 핫브레이크를 내민다. 나는 파란색 포장지의 한 귀퉁이를 이로 뜯어낸다. 땅콩과 초콜릿이 버무려진 핫브레이크는 반쯤 녹아 있다. 두 손가락으로 가운데를 조이자 힘없이 반으로 나눠진다. 핫브레이크를 입에 넣고 우물거린다. 이에 진득진득, 초콜릿이 들러붙는다.

여라칸이 신경질을 내며 휴대폰을 연다.

빠삐, 어딨는지 몰라?

휴대폰의 버튼을 누르며 여라칸이 화난 표정으로 내게 묻는다. 나는 고개를 가로 저으며 침에 버무려진 핫브레이크를 꿀꺽, 삼킨다. 여라칸의 휴대폰은 몇 번이고 열렸다가는 소리 나게 닫히고 만다. 나는 나머지 핫브레이크를 씹으며 여라칸이 내쉬는 거친 숨소리를 듣는다. 여라칸은 갈퀴손을 만들어 연신 저의 머리칼을 박박 쓰다듬는다. 그의 앞에서 나는, 먹는 즐거움은 고사하고 이 사이에 낀 땅콩조각을 파내느라 혀끝이 뻐근한, 핫브레이크를 마침내 삼켜버린다. 여라칸이 나를 바라본다.

너, 말야. 빠삐루파해볼래?

여라칸의 소개로 일하게 된 프로덕션으로 출근을 한 지 삼일째 되던 날, 나는 그를 보았다. 사람들은 그를 빠삐라고 불렀다. 빠삐루파 때문에 그렇게 부른다고 여라칸이 내게 말했다.

빠삐루파는 십오 분짜리 유아프로그램의 주인공이었다. 분홍빛 살갗의 빠삐루파는 커다란 버섯집에서 살았다. 그곳으로 다람쥐와 토끼가, 때론 개구진 외계인과 아이들이 찾아온다. 빠삐루파는 그들과 음식을 나눠먹기도 하고 노래도 부르며 곧잘 춤도 추었다. 얼마 전, 프로그램의 중간 부분에 새로이 끼워 넣은 영어꼭지의 길잡이가 된 뒤로부터는 영어도 배우고 있다. 그러나 빠삐루파는 프로그램의 중심이라 할 수 있는 '빠삐루파와 동화 속으로'란 꼭지에서 단연 돋보였다. 빠삐루파, 빠삐루파. 주문처럼 제 이름을 외치며 빠삐루파는 소용돌이를 부른다. 그리고 그 속으로 두 명의 아이들과 동화여행을 떠난다. 동화 속에서 빠삐루파는 시간과 공간을 초월해 그 어느 누구와도 소통이 가능하다. 빠삐루파, 빠삐루파. 주문 때문이었다. 그것이 마법처럼 모든 것을 이뤄준다. 소용돌이 속에서 빠져나온 빠삐루파는 '쑥쑥튼튼 체조'를 마치고 분홍빛 대문 앞에 선 채 손을 흔들었다. '안녕, 여러분?'으로 시작해서 '내일 또 만나요'까지, 빠삐루파는 그야말로 종횡무진, 프로그램의 곳곳을 누볐다.

한때 연극배우였다고도 하는 빠삐는 유명한 빠삐루파만큼 대접받지 못한다. 빠삐루파의 탈은 소품실 한곳에 고이 모셔져 있지만 탈을 벗은 빠삐는 아무 데서나 토막잠을 잔다. 빠삐루파의 분홍빛 피부는 늘 뽀송뽀송하지만 탈을 벗고 난 빠삐의 몸은 습하다. 그런 빠삐의 곁에 있으면 단내든 땀내든, 꼭 한 가지쯤은 냄새가 풍겼다.

— 가려워 미치겠어요.

그렇게 말하는 빠삐의 얼굴은 울긋불긋, 반점이 퍼져 있었다.

— 긁어도 시원찮고. 이젠 따갑기까지 해요.

빠삐는 내가 등을 긁어줄 때마다 몸을 움찔거렸다.

— 아토피래요. 나, 전에는 그런 것 없었는데.

빠삐는 내게 팔을 펴보였다. 팔이 접히는 곳에 피가 맺힌 상처가 보였다.

— 내가 언제 이랬는지 몰라요. 아마 자면서도 긁는 모양이에요. 약을 발라도 그때뿐이고……. 그놈의 빠삐루파. 그 속에 들어갔다 나오면 이 모양이라니깐요.

빠삐의 피부병은 나을 기미가 보이지 않았다.

— 죽여 버리고 싶어요. 그놈의 뱃가죽을 갈라버리고 뛰쳐 나가고 싶어요.

녹화를 마치고 나면 빠삐는 빠삐루파에 대한 증오심 때문에 얼굴이 더욱 붉어졌다.

— NG! 그게 쓰다듬는 거야? 치고 패는 거지.

아토피 때문인지 혹은 증오심 때문인지 빠삐의 행동은 거칠었다. 자주 NG가 나고 녹화시간은 차츰 길어졌다. 빠삐를 향한 사장의 욕설도 늘어만 갔다. 붉은 얼굴의 빠삐는 늘 햇빛을 찾아다녔다. 녹화 중에 잠깐 틈이 생기기라도 하면 어김없이 스튜디오 밖으로 나가버려 여러칸을 애먹이곤 했다. 물론 빠삐를 찾아나서는 것은 전적으로 내 몫이었다.

마지막으로 빠삐를 본 것은 빛이 드는 창가에서였다. 빠삐의 얼굴은 초췌해보였다. 가까이 다가가자 헝클어진 빠삐의 머리칼에서 지독한 땀 냄새가 났다. 히죽, 웃는 빠삐의 입가는 마른버짐이 피어 있었고 두 눈은 허기진 사람처럼 퀭해보였다. 나는 그의 얼굴을 바라보며 귀엽고 앙증맞은, 늘 행복해보이기만 한 빠삐루파를 떠올렸다.

나는 사라진 빠삐를 생각하며 괜스레 목덜미를 긁는다.

할 거야? 말 거야?

여라칸이 내게 다그친다. 문득, 아버지가 생각난다. 반 토막인 아버지가 내 머릿속을 두 팔로 걸어 다닌다. 아버지가 지나간 곳에는 손자국만이 남는다. 내 머릿속이 아프고 쓰려온다.

뭐 키도 엇비슷하고, 아니 좀 더 작지만……. 예, 예……. 당장 다음 회분 녹화가 문제여서…….

어느새 여라칸은 사장과 통화 중이다.

아, 예……, 그건 그런데요. 얘가 아주 열심히 하거든요, 뭐든지. 즈이 아버지 기저귀 값이라도 벌겠다는 데야 어쩌겠어요, 시켜보는 수밖에요.

여라칸이 휴대폰을 든 채 내게 운 좋은 줄 알라고 입모양으로만 말한다. 마침내 통화를 마친 여라칸이 눈알을 부라리며 내게 소리친다.

뭐해! 빨리 키 높이 운동화 사와!


나는 수건을 이마에 터번처럼 둘러매고 키높이 운동화를 신는다. 빠삐루파의 등 쪽 지퍼를 내린다. 검은 천이 덧대진 빠삐루파의 속은 어둡고 갑갑해 보인다. 여라칸은 어서 들어가라 재촉한다.

빠삐루파의 신발 속으로 내 두 발을 드민다. 팔을 끼울 차례다. 불룩한 배에 비해 빠삐루파의 두 팔은 유난히 가늘다. 손가락은 네 개 뿐이다. 어느 손가락에 내 손가락 두 개를 겹쳐 끼울 것인지 고민스럽다. 여라칸이 벌떡 자리에서 일어나 내 등 뒤로 다가온다. 나는 재빨리 양손을 끼워 넣는다. 여라칸이 서둘러 지퍼를 올려버린다. 지퍼가 뒷덜미에서 멈춘다. 목이 조인다. 여라칸이 빠삐루파의 탈을 들고 내 앞에 선다. 검은 구멍이 보인다. 갓난아기의 머리만한 크기다.

— 머리 뒤쪽 아래가 갈라져 있어요. 그 부분에 고무줄이 덧대어 있어서 벌리기만 하면 되거든요.

빠삐의 말을 떠올리며 나는 입구를 두 손으로 벌린다. 검은 구멍이 입을 한껏 벌리고 있는 것만 같다.

— 어떻게 보긴요, 눈으로 보죠. 멀리서보면 까맣고 동그란 눈이지만 실은 아랫부분이 반달모양으로 뚫려 있어요. 거기루 내다보는 거죠. 잘 보일 리가 있나요, 대충 감으로 찍는 거죠. 그러니까 빠삐루파는 항상 제자리에서 호들갑만 떠는 거라구요.

탈을 쓰자 반달모양의 구멍으로 여라칸이 보인다.

자, 아까 연습한 대로야. 동작은 크게! 그래야 분명해져, 알았냐?

나는 고개를 끄덕인다.

알았냐고!

다시 한 번 고개를 끄덕인다. 그러나 여라칸은 벌컥 화를 낸다.

고개를 끄덕여 보란 말야!

나는 두 손으로 빠삐루파의 탈을 위 아래로 흔들어준다. 탈이 흔들릴 때마다 내 몸이 휘청거린다.

빠삐루파, 빠삐루파! 소용돌이 속으로!

여라칸이 외친다. 나는 소리에 맞춰 한 팔을 높이 들고 빙그르르, 제자리에서 돈다. 어지럽다. 순간, 몸이 기운다.

NG! 대체 몇 번을 말해야 되냐. 팔은 높이 쳐들고 카메라를 향해서 손바닥이 보이도록 활짝 펴란 말이다! 다른 한 손은 엉덩이에서 앙증맞게, 앙증맞게!

하지만 나는 빠삐루파의 엉덩이가 어디쯤인지 감을 잡지 못한다. 엉덩이 뿐인가. 볼에 손가락을 대고 갸우뚱, 고개를 기울이라는 여라칸의 말에 나는 관자놀이를 짚으며 옆으로 쓰러지고야 만다. 여라칸은 의자에 앉아 발끝을 까닥이며 나의 작은 키와 열악한 필에 대해 연신 불만을 터뜨린다.

빠삐루파, 빠삐루파! 소용돌이─, 얏! 친구랑 함께 떠나는 동화 나라! 즐겁고! 재미난! 얘기들! 우리 모두─, 빠삐루파 와 함께!

여라칸의 노랫소리에 맞춰 빠삐루파가 된 나는 춤을 춘다. 숨이 차다. 더운 입김이 얼굴을 뒤덮는다. 하하, 호호, 까르르. 여라칸이 흉내 내는 빠삐루파의 여러 웃음소리에 맞춰 고갯 짓을 한다. 큰 소리로 웃을 때는 탈을 뒤로 크게 젖히거나 앙 증맞은 웃음에는 양 옆으로 살짝살짝 탈을 움직인다. 배를 움 켜쥐고 웃을 때는 고개를 앞으로 숙여주어야 했다. 고갯짓을 할 때마다 무거운 탈 때문에 목이 뻐근하다. 그때마다 어금니 를 문다. 힘주어 문다. 나도 모르게 얼굴이 일그러진다.

여라칸은 쉴 새 없이 NG! 우렁차게 외친다. 키 높이 운동 화를 신은 탓인지 발목이 시큰거린다. 빠삐루파의 커다란 신 발과 키 높이 운동화의 무게까지 고스란히 두 다리로 전해져 온다. 내딛는 발걸음이 무겁다. 무거워서 춤을 추기가 버겁 다. 춤을 춰도 신나지 않다. 내 몸이 축축이 젖는다. 빠삐루파 의 몸에 맞추느라 옷이며 양말이며, 나는 몇 개씩 껴입고 신 었다. 그 생각을 하자 몸이 조여 온다. 갑갑하고 숨이 막힐 지 경이다. 빠삐루파, 빠삐루파. 나는 빠삐루파이다. 주문을 외

듯 나는 속으로 중얼거린다. 신나는 빠삐루파, 행복한 빠삐루파……나를 짓누르는 빠삐루파. 내 키는 자라지 않을 것이다.


3


현관문에 열쇠를 꽂는다. 목덜미가 가렵다. 어깨에 멘 가방을 힘껏 추스른다. 키 높이 운동화가 든 가방은 늘 무겁다. 신발을 벗으며 거실 쪽을 바라본다. 불이 켜져 있는데도 어둑하다. 집 안은 퀴퀴한 냄새로 가득하다. 냄새가 가려움증을 부추긴다.

반쯤 열린 방 안을 기웃거린다. 얄팍한 요 위에 누워 잠든 아버지가 보인다. 아버지의 머리맡에서 멀지 않은 곳에 파수꾼처럼 두 개의 소주병이 나란히 놓여 있다. 나는 킁킁거리며 냄새를 맡는다. 방 안으로 살금살금 걸어 들어간다. 몸을 웅크리고 깔아놓은 요 근처를 살핀다. 비디오테이프가 발끝에 걸린다. 제목도 표지도 없다. 뭘까, 궁금하다. 그러나 코끝에서 더욱 스멀거리는 냄새가 궁금증을 가로막는다.

벽 쪽에 검은 비닐봉지가 있다. 다가가자 역한 냄새가 코를 찌른다. 똘똘 뭉쳐놓은 기저귀가 가득 들어차 있다. 비디오테이프와 비닐봉지를 들고 방을 나온다.

싱크대의 맨 아래 서랍에서 쓰레기봉투를 꺼낸다. 바닥에 앉아 기저귀를 꺼내 쓰레기봉투 안에 넣는다. 최대한, 빈틈없이 채워 넣어야 한다. 그렇지 않으면 새로 꺼낸 10리터짜리 쓰레기봉투는 삼 일은커녕 오늘 하루로 끝장이다. 사실 아버지는 기저귀 차는 일을 그 어떤 일보다 수치스럽게 여긴다. 사람들에게 기저귀 값으로 돈을 받아내면서도 말이다. 내가 없으면 아버지도 별 수 없이 기저귀를 차야 하지만 급할 경우를 제외하고는 혼자서 해결한다. 하지만 내가 없는 이틀 동안 쓴 것 치고는 양이 많다. 두 팔의 힘이 약해지고 있다는 증거다.

아홉 개째 기저귀를 꺼내다가 나는 비닐봉지 안을 들여다본다. 수상쩍은 냄새가 진동한다. 비닐봉지를 거꾸로 든다. 기저귀가 바닥에 쏟아진다. 그 중 가장 얄팍한 기저귀를 집는다. 처음 꺼낸 것처럼 뽀송뽀송하다. 기저귀를 펼친다. 누릿한 흔적이 보인다. 니 에미가 꿈에 보여. 그런 다음 날이면 아버지는 기저귀에 정액을 묻히곤 했다. 아버지의 정액이 묻은 기저귀는 모두 세 개다. 쉰둘에 돌아가신 어머니의 모습이 아버지의 성기를 세 번씩이나 밀어 올릴 수 있었다는 것이 도무지 믿기지 않는다.

불룩해진 쓰레기봉투를 들고 현관문을 연다. 쓰레기봉투를 복도 벽에 기대어 놓고 손을 툭툭, 턴다. 문득 손이 가렵다. 손가락 사이사이를 긁는다. 손바닥 여기저기 살갗이 벗겨지고 있다. 붉은 빼삐의 얼굴처럼 가을보다 먼저 내 몸에 단풍이 들 것이다.

몸을 긁적이며 집 안으로 들어온다. 비디오테이프를 플레이어의 어둑한 구멍 속으로 밀어 넣는다. 나는 벽에 등을 기대고 앉아 텔레비전 화면을 바라본다.

빼삐루파가 분홍빛 대문 앞에서 춤을 춘다. 나는 그 장면에서 두 번의 NG를 냈었다. 열심히 추다가 엉덩이가 닿는 바람에 대문 한쪽이 열려서, 한 번. 대문 열고 안으로 들어가다 빼삐루파의 탈이 걸려 또 한 번. 빼삐루파가 대문 안으로 들어간다. 사실 그 안으로 들어가면 아무 것도 없다. 컴컴한 스튜디오 벽과 만날 뿐이다. 다음 장면을 위해 세트가 세워질 동안 나는 선 채로 벽에 기대 몸을 긁곤 한다. 그러나 뭉툭한 빼삐루파의 손으로 가려운 곳을 긁기란 쉬운 일이 아니다. 그럴 때면 빼삐루파의 탈을 벗어던지고 싶은 간절한 마음마저 가려움을 부추긴다. 화면 속 빼삐루파의 버섯집으로 영어마을 선생님이 찾아온다. 빼삐루파가 반가이 껴안은 장면에서 얼

굴을 살짝 찡그린 선생님 때문에 또 NG가 났었다. 그날 영어
마을 선생님은 무려 일곱 번의 NG를 냈다. 쏘리. 주조종실을
향해 싱긋, 웃을 뿐 내겐 이렇다 할 사과의 말이 없었다. 나는
화면 속 그의 얼굴을 바라보며, 개새끼, 하고 중얼거린다. 리
모컨의 빨리감기 버튼을 누른다. 빠삐루파가 미친 듯이 돌고
웃고 춤춘다. 그 속도에 맞춰 목덜미를 긁는다. 긁어도 시원치
않다. 살갗이 따갑다. 가렵고 따가워서 미칠 것만 같다. 빠삐
루파가 손을 흔든다. 내일 또 만나자고? 나는 리모컨을 집어
던지고 벌떡, 자리에서 일어선다.

　냉장고 문을 열고 물병을 꺼내 뚜껑을 연다. 물을 들이켠
다. 차가운 물이 입에서 넘쳐난다. 넘쳐난 물이 목을 타고 쇄
골 쪽으로 흐른다. 재빨리 고개를 숙이고 손등으로 물을 닦는
다. 바닥에 기저귀 하나가 떨어져 있다. 주저앉아 기저귀를 만
지작거린다. 그놈 참 귀엽더라. 아버지의 말이 떠오른다. 빠
삐루파의 몸짓 하나하나가 실은 그 속에 들어가 있는 나의 힘
겨운 손짓발짓이란 사실을 잊은 채 아버지는 하루에도 몇 번
씩 소용돌이에 휘말려 동화 속으로 빠져드는 것인지도 모른
다. 빠삐루파, 빠삐루파. 나는 기저귀를 만지작거리며 중얼거
린다. 술에 취한 채 빠삐루파를 바라보는 아버지의 얼굴이 내

눈앞에서 소용돌이친다. 소용돌이는 어둡고 습한 빠삐루파의 속에 나를 내려놓는다. 반달 모양의 구멍 밖으로 반토막인 아버지를 내다본다. 아버지의 두 팔은 더욱 더 약해질 것이다. 그럴수록 아버지는 더 많은 기저귀를 써야 하고 하루 종일 수화기를 든 채 누군가에게 기저귀 값을 구걸한다. 아버지는 말랑말랑한 그리움을 곱씹으며 기저귀에 정액만 흩뿌리고 단단했던 팔로 소주병을 움켜쥔 채 빠삐루파와 동화 속을 지치도록 헤맨다. 빠삐루파, 빠삐루파. 나는 빠삐처럼 도망치지 않을 것이다. 빠삐루파, 빠삐루파. 연신 주문을 외우며 일어선다.

러닝머신 앞에 선다. 한 발을 내딛고 그 발에 힘을 옮긴다. 롤러가 구를 듯 움찔거린다. 발바닥에 힘을 주어 롤러를 누른다. 다른 한 발을 낡은 러닝벨트 위에 조심스레 올려놓는다. 숨을 고른다. 오른발을 조금 앞으로 내딛는다. 손잡이를 단단히 잡고 조심스레 걷는다. 드륵드륵. 롤러가 움직인다. 보폭을 조금 넓혀 걷는다. 롤러는 좀 더 큰 소리를 낸다.

러닝머신 위에서 뛴다. 집 안 가득 롤러가 구르는 소리가 진동한다. 멈추지 않고 뛴다. 죽을 힘을 다해 뛴다. 빠삐루파, 빠삐루파, 소용돌이 속으로! 숨이 차오른다. 인터폰이 울린다. 쳐다보지 않고 뛴다. 돌아가는 롤러 소리에 묻혀 벨소리는 희미하지만 제법 끈질기다. 그때다.

뭐여!

아버지의 목소리를 듣는다. 인터폰의 수화기를 든 채 아버지는 벽에 등을 기대고 앉아 있다.

애비 기저귓값 벌려고 하루 종일 일하고 돌아온 내 자식이 운동 좀 하겠다는데!

아버지가 버럭, 화를 낸다.

오
후
의

문
장

1

이사는 K와 무관한 일이었다. 처음엔 그랬다.

집주인이 턱없이 올려버린 월세를 감당할 수 없었기 때문에 이사는 당연했다. 부동산중개인을 따라 몇 군데를 둘러보았고 그 중 적당한 곳을 찾았지만 선뜻 마음이 움직이지 않았다. 동네를 이 잡듯이 뒤져도 이만큼 싼 월세는 찾지 못할 것이라는 중개인의 장담이 대한민국 어디에서도 이만큼 더럽고 냄새나는 곳은 없다는 말처럼 들렸기 때문이다. 그날 이후 몇 차례 중개인의 전화를 받았지만 글쎄요, 하고는 말끝을 흐리는 걸로 나는 이사를 미루고 있었다.

이사하려고 해.

내가 그렇게 말했을 때 친구는 세 번째 손가락에 낀 결혼반지를 만지작거리고 있었다.

그 남자랑 끝났구나?

그렇게 말하는 친구의 눈빛은 반지 한가운데 박힌 다이아보다 더 빛났다. 나는 그건 그냥 이사일 뿐이야, 라고 말하려다가 그만두었다.

그럼 이참에 아예 휴대폰도 바꿔.

왜?

니 휴대폰, 그 남자가 해준 거잖아. 끊을 거면 한 번에 모조리, 뚝! 잘라야 하는 거다, 너.

그런다고 못 찾을 사람 아니야.

그건 두고 봐야 아는 일이고. 그런데 이사는 언제야?

나는 그날로 부동산중개소에 찾아가 그 집을 계약했다. 거길 나오면서 휴대폰은 어떻게 할까, 생각했다. 친구의 말대로 해야 하는 건 아닐까, 생각하다가 그냥 쓰기로 했다. K에게 당신 때문에 나는 어디론가 꼭 꼭 숨어요, 라는 인상을 주기는 싫었다. 그거 날 꼭 찾아달라는 말 같잖아.

집에 도착하자마자 출판사에서 전화가 걸려왔지만 나는 이사 사실을 알리지 않았다. 어디 살아요? 물은 건 내가 대필 작가로 처음 그 출판사에 갔을 때뿐이었는데 그 뒤로 아무도 내

거처에 대해 묻지 않았다. 그래서 출판사에서는 내가 아직도 혜화동 어느 원룸에 산다고 알고 있다. 내가 그곳에 산 건 오년 전이었고 그 뒤로 세 번 이사를 했는데도 말이다.

　좀 기다려 달라구요.
　나는 휴대폰을 귀에 댄 채 방으로 들어와 가방을 바닥에 던졌다. 사실 그렇게까지 삐딱하게 굴 필요는 없었다. 직원은 이제 막 신참딱지를 뗀 사람이다. 출판사와의 인연을 햇수로 따지자면 그 직원은 나보다 훨씬 아래 연배지만 출판사의 위계도면 상 그 직원보다 하등 나을 것도 없는 것이 내 처지이고 보면 내가 그 직원에게 그렇게 사무적이고 약간은 히스테릭하게, 그러니까 원고는 내가 쓰지, 니가 쓰니? 좀 기다려달라는데 그게 그렇게 어려워? 하듯 말할 필요까지는 없었단 얘기다. 하지만 직원과 통화하기 두 시간 전 난 그 집을 계약했다. K와 무관했던 일이 이젠 마치 K 때문에 그래버린 것처럼, 그것에 나는 화가 나 있었던 것이다. 이사하려고 해, 하는 문장이 어떻게 K와 끝났구나? 로 둔갑한 것일까. 이혼을 해도 절대 값비싼 결혼반지는 포기하지 않을 그 친구가 나더러는 휴대폰까지 바꾸라던 이유는 단 한가지였을 것이다. 니들은 불룬이잖아. 그랬다. 나와 K는 그런 사이다. 나보다 열여섯 살이 더 많은 K에겐 아내가 있고 두 아들과 막내딸이 있다. 또 뭐가 있지? 그래, 그에겐 편안한 첫인상이 있고 약간 말랐지만 기타를 치면 좋을 것 같은 긴 손가락과 어느 상황에서도 들뜨지 않을 저음의 목소리와 자기 집에서 가장 커다란 창을 가진 서재를 갖고 있다. 그것 말고도 그는 가진 게 많았다. 언젠가 그가 가진 모든 것이 얼마나 되는지를 가늠하다가 잠이 든 적도 있다. 그가 가진 모든 것은 부유한 가족사와 화려한 그의 경력과 그로 인한 탄탄한 재력과 무관하지 않다. 그럼에도 내가 그것들과 별개로 그를 생각할 수 있었던 것은 그를 사랑하기 때문이었다. 그 남자가 백수라도? 친구는 K가 가진 모든 것을 남김없이 삭제하고도 모자라 더럽고 남루한 그의 모습을 상상했지만 그래도 나는 그를 처음 보았을 때 떠올랐던 단 하나의 문장을 포기하지 않았다. 좋다. 그러나 나는 지금 K가 싫다. 그의 모든 것이 싫다, 라고 생각했을 때 그의 편안한 인상은 천년이 지나도 변함없을 것 같아 지루했다. 기타를 치면 좋을 것 같은 그의 길고 가는 손가락에는 결혼반지의 자국이 또렷했는데 얼마나 오래도록 반지를 끼면 저런 자국이 남을까, 생각하다가 하품을 했다. 나를 만날 때면 어떤 옷이든지 오른쪽 주머니 안에 들어가 있는 결혼반지도 더 이상 나를 자극하지 못했다.

　—나한테 화났니?

　—무슨 말이에요?

　—너답지 않아서. 오늘은 특히. 내가 뭘 잘못했니? 말해봐. 사과해야 할 일이 있으면 그렇게 할 테니까.

　—그런 거 없어요. 음식도 좋았고 차도 안 막히고 바람도 좋았으니까. 다 좋았어요, 다.

　—그렇담 다행이고. 난 또 내가 뭘 잘못한 줄 알고 겁먹었잖아.

　—내일 뭐하세요?

　—내일?

　—네, 내일.

　—내일이라…….

　—당신 결혼기념일이잖아요. 이십 주년 결혼기념일.

　—아……. 잊을 뻔 했네.

　—그거 아세요?

　—뭐?

　—날 만난 몇 년 동안 당신은 해마다 지금과 똑같은 말을

했다는 거. 아, 잊을 뻔 했네, 하고 말이죠. 그리고 그 다음 날 여행 떠났잖아요. 결혼기념으로 사모님과 함께. 이번엔 어디로 가요?

— ……프라하.

— 잘 다녀오세요.

직원과 통화를 마치고 나는 짐을 싸기 시작했다. 모래그림을 머릿속에 떠올리면서. 손가락 사이로 흐르는 모래처럼 짐이 자꾸만 손에서 미끄러졌다.

2

모래그림을 그릴 수 있는 건 추장, 와투아의 부족뿐이었다. 와투아는 사진작가의 청에 따라 모래그림을 찍도록 허락했는데 숙박비의 세 배에 달하는 돈을 요구했다. 육지로부터 한 시간가량 떨어진 섬은 그저 그랬고 때문에 그의 부족은 가난했다. 와투아는 육지와 섬을 오가는 가이드역할을 하면서 돈을 벌고 있었다. 그 돈으로 부족의 궁핍한 살림을 꾸려나갔다.

육지보다 결코 비싸지 않은 거요. 사진작가가 웃으며 고개를 끄덕이자 표정이 한층 밝아진 와투아가 딸을 불렀다. 그들은 '정갈한 막대'를 든 그녀의 뒤를 따라 바닷가로 갔다. 거기에 도착했을 때 해는 하늘에 높이 떠 있고 바다는 눈부시게 반짝였다. 그녀는 와투아를 한 번 바라본 뒤 모래 위에 정갈한 막대 끝을 댔다. 그리고 그림을 그리기 시작했다. 그림은 단 한 줄의 선으로 이루어졌는데 한 번도 끊이지 않은 채 여러 모양들을 만들며 처음 정갈한 막대가 꽂혔던 그 자리로 돌아와 끝이 났다. 사방이 삼 미터도 넘는 거대한 그림이었다. 그녀가 그림을 그리는 중에 셔터를 연신 눌러대던 사진작가는 정갈한 막대를 들고 카메라를 응시하는 그녀에게 정중히 물었다. 뭘 그린 겁니까?

사진작가는 모래그림에 특히나 애착을 갖는다고 했다. 왜 아니겠어, 그 한 장의 사진이 나머지 일흔 두 장의 사진과 맞먹더구만. 유명세에도 불구하고 이 년 전 출판한 책이 별반 호응을 얻지 못한 것을 감안한다면 사진작가가 자신의 열한 번째 책 마지막 장에 모래그림 사진을 싣고자 했던 건 어찌보면 당연한 것인지도 몰랐다.

짐을 풀다가 그만 두었다. 풀지 않은 박스들을 발로 밀어 거실 한쪽 벽으로 몰았다. 그러고 나니 딱히 할 일이 없었다. 이 주 전 내게 전화를 해 원고를 재촉하던 그 직원과 통화를 할까, 생각했다. 그땐 내가 좀 그랬다는 말이라도 해야 할 것 같았다. 그러나 직원이 아, 네, 하지 않고 뭐가 그랬는데요? 물으면 어떻게 대답해야할까, 싶다. 이사는 K 때문도 아니고 K 때문이라고 생각하는 친구 때문도 아니었어요. 그러면 그 직원은 아, 이사 때문에 마지막 원고가 이렇게 늦어지는군요, 할까? 하지만 이사 때문이 아니다. 난 아직도……그 모래그림을 위한 문장을 찾지 못했다. 그 책의 마지막 사진인 모래그림의 문장을 찾느라 수많은 모래알갱이가 꽉 들어찬 머릿속을 매일매일 파헤치는 기분을 당신은 알겠어? 그런 날이면 아무렇지도 않은 손톱 밑이 몹시 화끈거리는 그 느낌을 당신은 이해할 수 있겠냐고. 그러니까 그때 내가 그랬던 건, 그러니까 이사도 뭣도 아닌, 그러니까 그 문장 때문인데……아, 관두자. 휴대폰을 다시 주머니에 찔러 넣는데 초인종이 울렸다. 짧고 굵은 그 땡동, 소리에 나는 놀랐다. 휴대폰을 쥔 채 거실에 서서 꼼짝하지 않았다. 다시 한 번 초인종이 울렸다.

누구세요.

네, 전······.

현관문 밖에서 여자의 목소리가 들렸다. 이사를 한 지 반나절도 채 안 돼 찾아온 그 목소리가 나는 내심 불쾌했다.

누구시냐구요.

네······.

여자는 또 한 번 말끝을 흐렸다. 좋은 말씀이나 기쁜 소식을 전하는 이웃을 자청하는 부류라고 생각했다.

됐어요.

당신의 방문이 달갑지 않다는 걸 알려주기 위해 일부러 슬리퍼를 소리 나게 끌며 부엌 쪽으로 갔다. 개수대에 서서 수도꼭지를 세게 틀었다. 다시 초인종이 울렸다. 매번 저 초인종소리에 놀라게 될 거라고 생각하니 짜증이 났다. 나는 수도꼭지를 잠그고 좀 더 힘 있게 슬리퍼를 끌며 현관 쪽으로 갔다.

왜 그러시는데요.

네, 전, 그러니까 잠깐 뵙고 싶은데.

왜요?

네······, 문 좀 열어주시면 안될까요?

그러고 싶지 않아요.

그럼 여기서 그냥······말할게요. 그 신발장······말이에요.

뭐요?

신발장이요. 지금 서 계신 곳 왼쪽에 있는 신발장…….

신발장의 두 쪽짜리 여닫이문은 손가락 한마디쯤 열려 있었는데 오른쪽 문이 아래로 쳐져 있었다. 나는 문을 닫으려고 손바닥으로 살짝 쳤다.

소용없어요. 신발장 문은 닫히지 않아요. 지난 번 세 살던 사람이 신발장에 페인트칠을 한 뒤로 그렇게 돼버렸어요. 문을 닫은 채로 칠했거든요. 페인트가 마르면서 문이 서로 들러붙어서 열리지 않으니까 잡아 빼다가 오른쪽 문이 살짝 주저앉아 버린 거예요. 문 위에 서랍들도 그래서 뻑뻑한 거구요.

마치 여자가 그러라고 시킨 것처럼 나는 서랍 가운데 달린 작은 아치형 쇠고리를 잡아당겨보았다. 서랍이 힘겹게 끌려 나오다가 멈추고는 그대로 꼼짝하지 않았다.

서랍 양쪽을 동시에 힘껏 쳐야 다시 들어 갈 거예요.

여자가 밖에서 말했다. 그제야 나는 이 집을 보지도 않고 계약을 한 사실을 깨달았다. 지난 번 오셨을 때 본 집들이랑 구조는 똑같아요. 그래도 한번 보실랍니까? 중개인의 말에 나는 고개를 저었고 그대로 계약서에 도장을 찍었던 것이다.

나는 잠금쇠를 풀고 문을 열었다. 여자가 안녕하세요, 하고 인사를 했다.

누구시죠?

전, 그러니까 전 몇 년 전에 이 집에 살았던 사람이에요.

그래서 이 집안을 밖에서도 훤히 보는 것처럼 굴었군, 싶었지만 그래서 더 이상했다. 일 년 전이라면 모를까, 몇 년 전 살았던 사람이 여길 왜? 하는 생각이 들었다.

무슨 일이세요?

드릴 말씀이 있어서요. 그러니까 저 신발장에 대해서…….

신발장이오?

네. 그것 때문에 부탁드릴 일이 있어서 찾아왔어요.

여자가 안으로 들어가면 안 될까요, 하는 시선으로 나를 바라보았다. 나도 모르게 들어오세요, 해버렸다. 여자가 주춤거리며 현관으로 들어섰다. 나는 거실 한쪽에 밀어둔 두 개의 의자를 부엌 개수대 옆에 있는 식탁으로 가져갔다. 의자를 놓고 나니 벽에 붙어 있는 일자형 식탁에 여자와 나란히 앉아야만 할 것 같았다. 이유야 어찌됐든 낯선 사람과 나란히 그것도 바짝 붙어 앉아야 하는 게 마음에 들지 않았다. 여자가 앉기 전 나는 잠깐만요, 하고 식탁을 옮기려고 했다.

그건 안 떨어져요. 붙박이라서요.

식탁을 잡아당기느라 끙끙, 대던 내가 여자를 쳐다보며 아, 네, 했다. 나는 여자에게 앉으라고 말한 뒤 최대한 여자와의 거리를 두기 위해 내가 앉을 의자를 뒤로 뺐다.

몇 년 전에 사셨다면서 이 집에 대해서 하나도 안 잊어버리신 모양이네요.

내가 말하자 여자가 웃으며 고개를 끄덕였다. 하나도, 단 하나도 잊은 게 없답니다, 하는 표정이었다.

그런데 신발장에 대해 하실 말씀이란 게 뭐죠?

여자는 깊게 숨을 들이마셨다. 나는 혹시 여자가 내뱉으려는 것이 불기둥은 아니겠지, 생각했다. 종말이 다가온답니다. 옳은 말씀을 따라 저 신발장 안으로 들어가세요. 그렇게 상상한 뒤 설마, 하며 나는 속으로 웃었다.

신발장에서 그 문장을 보셨어요?

나는 순간 설마가 역시? 하는 생각을 했다. 여자가 뒤를 돌아보았다.

신발장 왼쪽 문에 그게 쓰여 있는데…….

여자는 신발장만 바라보며 그렇게 말했다.

하긴 손잡이 바로 옆이라 못 보셨을 수도 있겠네요. 지난번 여기 살았던 남자도 그랬으니까. 이상해요, 난 정말 잘 보이는데. 여기 앉아 있어도 저기 저 까만 손잡이 옆에 쓰인 그 문장이 정말로 잘 보이는데…….

봤어요. 그런데 그게 뭐요?

여자가 그래요? 하며 나를 쳐다보았다. 물론 나는 그 문장을 보지 못했다. 페인트칠 때문에 신발장이 망가져버린 것도 식탁이 붙박이인 것도 이제야 알았는데 하물며 검은 손잡이 때문에 잘 안 보이는 그 문장 따위를 볼 리 있었겠어.

이 집에 살 때…….

여자는 또다시 깊은 숨을 들이마셨다가 내뱉었다. 여자가 이 집은 주변시세보다 좀 쌌어요, 했을 때 나는 하마터면 그때도 이렇게 더러웠어요? 할 뻔했다. 여자는 동갑내기 남편과 세 살 터울의 남매와 함께 이 집에 살았다고 했다. 삼 년 동안.

아이를 잃어버렸어요.

맞벌이인 부모는 집에 없었고 같이 놀던 누나는 잠들어버렸다. 여자는 식탁의 둥근 부분을 손가락으로 문지르며 아이가 심심했을 거라고 말했다. 그래서 아이는 밖으로 나갔고 돌아오지 않았다. 그게 사 년 전의 일이라고 했다.

미르, 헤르 어덨어……. 그건 동화책에 나오는, 그러니까 제 누나가 읽던 동화책에서 베낀 문장인데…….

식탁의 둥근 모서리를 문지르며 여자는 아이가 이제 여덟 살이 되었다고 말했다. 그 말을 할 때 여자는 조금 웃어보였는데 그때조차 식탁의 둥근 모서리를 문지르는 손은 멈추지 않았다.

전세를 올려 달라는데 그럴 수가 없었어요. 이사를 가면 아이가 못 찾을까봐, 그래서 더 살아야겠는데 집주인도 사정이 여의치가 않았어요. 하는 수 없이 가진 돈에 맞춰서 여기 근처로 이사를 했는데 자꾸만 전세가 올라서……. 지금은 여기서 좀 멀리 떨어진 곳에서 살아요. 하지만 한 번에 오는 버스가 있어서 그다지 힘들지는 않죠. 하긴 더 멀어도 난 상관없어요. 그 문장이 여기 있는 한 난 아무래도 상관없어요. 정말이에요.

여자의 말을 듣고 있으면서 나는, 그러니까 그 문장이 여기 있는 한 그녀가 내 집에 찾아오는 걸 막을 수 없단 말인가, 생각했다.

— 그런다고 못 찾을 사람 아니야.

— 그건 두고 봐야 아는 일이고.

나는 후드 티 주머니에 손을 넣고 휴대폰을 만지작거렸다. 지난 이 주 동안 K에게선 전화도 문자도 없었다. 아마도, 이번 결혼기념 여행은 그 어느 때보다 성대하고 아름다웠던 모양이다. 돌아오고도 남았을 요 며칠 동안 연락이 없는 걸 보면.
미안해, 그래서 전화 못했어.

지난 번 여기 살던 남자가 하마터면 그 위에 페인트칠을 할 뻔 했어요.

네?

여자가 손으로 신발장을 가리켰다.

내가 찾아왔을 때 그 남자는 신발장 앞에 쭈그려 앉아 서랍을 칠하고 있었거든요. 착한 사람 같았어요. 내 말을 다 듣고 난 뒤에 그 문장만 남기고 칠하겠다고 했거든요. 실제로도 그랬어요. 내가 혹시나 해서 다음 날 찾아왔었거든요.

네. 그런데 혹시 저 문장, 그러니까 그게 쓰여 있는 신발장 문을 떼 달란 말씀인가요?

아, 아니에요. 문을 떼긴요. 전 그냥 지우지 말아달라고……. 혹시나 눈에 거슬린다든지 그러셔서 그 위에 페인트 같은 걸 바르실까봐, 제발 그러지 말아달라고 부탁드리러 온 거예요. 어떻게 생각하실지 모르겠지만 아니, 어떻게 생각할 지 잘 알아요. 하지만 저건 딱 하나 남은 거예요. 아이를 찾느라 반은 미쳐 살았는데 어느 날 남편이 아이의 짐을 몽땅 버렸어요. 그날

난 남편을 죽일 뻔했어요. 아, 미안해요, 이런 말까지 하다니.

괜찮습니다. 저라도 그랬겠는 걸요, 뭐.

그렇게 말해줘서 고마워요.

여자는 이 집에 새로운 사람들이 이사를 올 때마다 찾아왔다고 했다. 그리고 신발장에 쓰여 있는 그 문장에 대해 말했다. 지금 내게 한 것처럼 말이다. 여자는 지금껏, 아무도, 그 문장을 지우지 않았다고 말했다.

여자가 가고 난 뒤 나는 신발장 문을 살펴보았다. 지금껏, 아무도……, 감히 지울 수 없었던 아이의 문장이 거기 있었다.

3

그게 그렇게 중요합니까?

직원이 그렇게 말했을 때 난 좀 우스웠다. 그건 내가 하고 싶은 말이거든? 나는 휴대폰을 귀에 댄 채 개수대 위쪽 선반을 열었다. 연결고리에서 녹슨 쇠 소리가 났다.

솔직히 모래그림은 그 부족 사람들이면 누구나 그릴 수 있는 거였어요. 카메라를 만지게 해주면 그걸 그려주겠단 아이도 있었다던 걸요? 그러니까 내 말은 추장이 자기 딸을 앞세운 건 더 많은 돈을 받으려고 했기 때문이란 거예요. 왜냐면 그 여자는 추장 딸이니까요. 그건 추장의 지위와 맞먹는 거라구요. 아무리 그 추장이 관광객을 상대로 가이드나 하며 사는 신세가 돼버렸지만 말이에요.

몇 개의 접시와 유리잔들과 머그컵들을 차례로 집어넣었다. 선반 안 구석에 누렇게 찌든 때가 보였지만 시선을 돌려버렸다. 그럴지도 모르지. 추장 딸이니까 더 비싼 돈을 요구할 수 있었을 것이다. 직원의 말대로 지금은 관광객을 상대로 가이드 역할이나 하는 추장이지만 그래도 추장은 추장이니까. 가난한 부족을 책임져야 하는데 무슨 짓을 못하겠어. 그런데 말이야, 추장이 자신의 딸을 지목한 이유가 구차한 이유에서라면 당신이 우리 쪽, 우리 쪽, 하는 출판사가 사진작가의 유명세에 매달린 것도 같은 맥락이지 않을까. 올해 출판한 책들마다 줄줄이 초판을 겨우 소화해냈던 쓰디 쓴 기억이 있는 출판사니까. 하긴 사진작가를 섭외하려고 일 년 넘게 물밑 작업을 한 출판사나 대필 작가라는 조건을 수락한 나나 다를 게 뭐 있니. 선반 문을 닫을 때 다시 쇳소리가 났다.

사진 보셨으니까 아시겠지만 분명 아침이잖아요. 추장 딸이 옷을 갈아입느라 시간이 좀 지체되긴 했지만요. 아, 그리고 그분 말씀으로는 정갈한 막댄지 뭔지에 추장이 축원을 하느라 또 좀 시간을 써버렸대요, 한 십 분쯤? 뭐 그건 중요한 게 아니고.

커피를 마시려고 무선주전자를 찾았다. 어디에 뒀더라? 이사한 지 사흘이나 지났는데도 풀지 못한 짐이 반이나 되었다. 무선주전자는 식탁 아래 짐에서 찾았다. 직원은 계속해서 뭐라고 중얼거렸다. 늦어지는 원고에 대한 충고 같기도 하고 원고를 미루는 나에 대한 질책 같기도 했다. 커피봉지를 무선주전자 안에서 발견했다. 이게 왜 여기에 있지? 커피봉지를 꺼내고 주전자에 물을 받았다.

그러니까 우리 쪽에선 언제까지 릴렉스하게만 있을 수 없다는 겁니다. 그간 우리 출판사랑 일해 보셨으니까 잘 아시잖아요. 책 하나 만드는 게 생각만큼 그렇게 단순하지 않다는 거.

직원이 아, 골치 아파, 하는 투로 말했다. 나도 그래. 그와 헤어지려하는데 그게 그렇게 생각만큼 단순하지가 않더라구. 오늘 아침 나는 K의 문자를 받았다. 화났니? 나는 휴대폰의 글씨 모양과 크기를 바꿔가며 그 문자 메시지를 읽었다. 화났니? *화났니? 화났니?*…… 글씨 모양과 크기에 따라 문장은 때론 장난스럽고 둥글었으며 딱딱하게 보이기도 했다. 그게 아니야. 답장에 그 문장을 써넣고는 글씨모양과 크기를 바꿔가며 읽어보았다. 그게 아니야, 그게 아니야, 그게 아니야……. 내가 화난 건, 당신이 매번 결혼기념일을 잊지 않았으면서도 잊은 척하는 것 때문도 아니고 결혼기념일에 맞춰 여행을 가는 것 때문도 아니고 그 어느 때보다 이번 여행이 길고 값비싸서도 아니며 늘 여행에서 돌아오면 기죽은 듯 용서를 구하는 당신 태도 때문도 아니야. 친구는 불륜이 좋은 건 딱 하나밖에 없다고 했다. 딸린 자식이 있길 하니 법적으로 정리해야 할 일이 있길 하니. 언제든 헤어질 수 있잖아. 정상적인 부부관계라면 그거 정말 어렵다고 말할 때 친구의 표정은 한탄처럼 보였지만 그게 나를 포함한 이 세상 모든 불륜들을 향해 치켜세우는 가운뎃손가락 같은 의미란 걸 느낄 수 있었다. 언제든 헤어질 수 있는 사이. 그래, K는 나를 만나는 동안 한 번도 그 문장에서 자유롭지 못했을 것이다. 멋진 장소를 알고 있는데 이런 데로 데리고 와서 미안해. 음식을 잘하는 유명한 곳이 있는데 거긴 단골이라서……, 미안해. 멋지게 차려입고 나와야 하는데 등산복차림이라니……정말 미안해. 오래 같이 있어주고 싶은데……정말이지 미안해. 한여름에 겨울코트를 걸친 것처럼 늘 내 앞에서 진땀을 빼던 K. 괜찮아요, 난 괜찮다구요, 정말이지 괜찮다니까요. 그렇게 말할 때면 K는 고맙다고 말하면서 또 어김없이 미안해, 했다. 코트를 벗으면 좋을 텐데. 그걸 벗어버리면 땀 같은 건 흘리지 않아도 될 텐데. 나는 K의 불륜이 애처로웠다. 그래서 그의 말끝마다 붙는 그 미안해, 라는 문장을 지우기 위해 애썼다. K를 사랑했으니까. 도무지 그 많은 미안함이 어디서 우러나오는지 K는 끝도 없이 미안해, 하고 그걸 끊임없이 지워야만 하는 건 내가 그를 사랑하기 때문이었다. K는 알까. 자신이 얼마나 불륜다웠는지를. 사람들이 손가락질하는 그 불륜답게 나를 만나는 동안에도 불안해하고 초초해하며 하나에서부터 열까지 죄다 미안함으로 무장하지 않으면 안 될 것 같이 굴었던 걸. 당신, 그거 아세요? 내게조차도 미안해, 하며 나를 사랑하는 것에 죄 지은 듯 머리를 조아렸다는 사실을. 그럴 때마다 나는 다른 사람도 아닌 K가, 내가 사랑하는 K가 내 감정을 조롱하고 있다는 느낌을 받곤 했다. 그러나 내가 K와 헤어지려는 것은 그때문이 아니다. 그게 아니야. 그게 아니라구……. 나는 더 이상 K를 사랑하지 않는다. 그래서 헤어지려는 것이다. 어떻게 하면 K에게 불륜이 끝난 게 아니라 사랑이 끝났단 걸 말해줄 수 있을까.

우리 쪽에선 말이죠, 아, 잠깐만요, 급하게 전화가 들어와서요.

직원이 전화를 끊었다. 물이 시끄럽게 끓었다. 머그잔에 커피를 타서 거실로 갔다. 베란다가 있는 방으로 가려다가 흘끔 신발장을 쳐다보았다.

— 가끔, 절대 자주는 아니고요, 아주 가끔 와서 저걸 보면 안될까요? 마음이, 그러니까 제 마음이 아주 너덜거릴 때만…….

나는 신발장으로 가 허리를 구부렸다. 미르, 헤르 어딨어? 세로로 써내려가기에는 손잡이가 걸렸을 테니 아마도 아이는 허리를 오른쪽으로 틀어 내리고(물론 그때 왼손은 신발장 어딘가를 꽉 부여잡고 있었겠지, 안 그러면 몸이 무너질 게 뻔하니까) 손잡이를 따라 한 자 한 자 써 내려갔을 것이다. 여자의 말처럼 아이는 아직 글을 쓸 줄 몰랐던 것 같다. 그래서 자음과 모음의 간격이나 그것들의 비율을 완전히 무시할 수 있었을 것이다. 그렇지 않고서야 어떻게 미르와 헤르 사이, 마치 이건 정말 중요한 거야, 하듯 정중앙에 그렇게 크고 까만 쉼표를 찍을 수 있단 말인가. 이걸 베껴 그리느라 한참이나 애먹었겠군, 아래로 내리긋는 획마다 흔들린 걸 보면. 세 개의 'ㅇ'은 정확히 처음과 끝이 맞물렸는데 그러려고 애쓴 흔적이 역력했다. 잘 그리고 싶었던 모양이었다. 마지막 물음표는 아주 반

듯했는데 둥근 머리가 반쯤 손잡이 밑으로 들어가 있었다.

　— 남편은 아무것도 아니라고, 그건 그냥 낙서일 뿐이라고
했어요. 그 말을 들었을 때 마치 아이가……, 살아있는 아이가
쓸모없는 휴지처럼 잔뜩 구겨져서……, 나도 못 알아볼 만큼
잔뜩 구겨져서는 어딘가 내버려져 있을 것만 같았어요. 그 뒤
로 남편을 볼 때면 자꾸만 눈앞에서 아이가 구겨지는 거예요.
얼굴도 몸도 팔과 두 다리도 다 구겨져서 형체를 알아 볼 수
없는 아이 모습이 떠올라서 더 이상 남편을 볼 수 없었어요.
그래서……이혼했어요.

　커피는 식었고 식은 걸 마시려니 좀 그랬다. 커피를 개수대
에 쏟아버리고 머그잔을 씻었다. 다시 전화할 것 같았던 직원
에게선 오후가 지나도록 아무런 연락이 없었다. 혹시 내 쪽에
서 먼저 전화하길 바라는 건 아닐까, 생각했다.

　— 그게 그렇게 중요합니까?

　나는 직원에게 전화를 하는 대신 짐을 풀기로 했다. 짐을
푸는 동안 간간이 모래그림을 생각했다.

　— 솔직히 모래그림은 그 부족 사람들이면 누구나 그릴 수
있는 거였어요.

　나는 신발장을 돌아보았다. 미르, 헤르 어딨어…….

— 남편은 아무것도 아니라고, 그건 그냥 낙서일 뿐이라고
했어요.

휴대폰에 문자메시지가 들어왔다. 장갑을 벗고 웃옷 주머
니에서 휴대폰을 꺼내 확인했다. 친구가 보낸 거였다. 이사는
언제 하니? 친구에게 이사한 사실을 알리지 않았단 걸 깨달았
지만 미안한 마음 같은 건 없었다. 메시지를 삭제하면서 지금
이라도 직원에게 전화를 할까, 싶었다. 언젠가 직원이 지나가
는 투로 이번 책이 그 사진작가의 마지막 책이 될 지도 모르
겠다고 했던 게 생각났다. 사진작가는 칠십이 넘은 사람이다.
애들 장난감도 아닌 바에야 그 나이면 카메라가 무거울 만도
하겠지. 직원의 말이 사실이라면 이번 책은 사진가로서의 인
생여정을 정리하는 그의 마지막 문장쯤 되겠단 생각이 들었
다. 두렵겠네. 단순하든 복잡하든 두려움은 하나의 의미밖에
는 없다. 두렵다……는 것. 아, 글쎄 나도 그렇다니까.

휴대폰을 주머니에 넣고 목장갑을 다시 꼈다. 먼지 때문인
지 재채기가 났다. 목장갑을 낀 손으로 코 밑을 문질렀다. 개
운하지 않았다. 짐을 풀다가 결국 목장갑을 벗어버렸다. 목장
갑 안의 텁텁한 느낌이 사라지자 손이 한결 편했다. 문득 짐을
풀기가 싫어졌다. 엉덩이를 밀며 벽으로 가 등을 기댔다. 한동

안 가만히 있었다. 머릿속이 텅 비어버린 것 같았지만 싫지는 않았다. 이제 무얼 한다지? 고개를 돌려 베란다 쪽을 바라보았다. 저녁이 되어가고 있었다. 나는 자리에서 일어나 부엌으로 갔다. 개수대 아래 문을 열자 음식점 스티커 몇 장이 붙어 있었다. 휴대폰으로 음식을 시키고 다시 거실로 와 짐을 풀었다. 빈 상자 하나를 납작하게 접고 있을 때 초인종이 울렸다. 벨소리에 놀라는 바람에 상자를 거실바닥에 떨어뜨렸다.

문을 열고 보니 여자가 서 있었다. 여자가 안녕하세요, 인사를 했다. 한숨이 나는 걸 억지로 참았다. 들어오세요, 라고 할 수밖에. 여자가 거실에 서서 짐들로 어지러운 바닥을 내려다보았다.

짐 정리 하시는 중이었나 봐요.

네.

나는 여자를 거실에 두고 부엌으로 와 개수대에서 물을 틀었다. 왜 틀었는지 나도 잘 몰랐다. 물을 잠그고 무선주전자를 가져와 다시 물을 틀었다. 왜 무선주전자에 물을 받는지 잘 몰랐지만 어쨌든 주전자 코드를 꽂았다. 그리고 손잡이 위에 달린 버튼을 눌렀다. 그러자 불현듯 아, 여자에게 차를 대접하면 되겠군, 하는 생각이 떠올랐다. 화가 좀 누그러졌다.

커피밖에 없는데, 괜찮으시겠어요?

안 그러셔도 되는데…….

여자는 아직도 바닥을 내려다보고 있었다. 나는 여자를 바라보며 안 그랬다간 짐이라도 같이 풀자고 할까봐 그래요, 속으로 말했다. 식탁의자에 올려놓았던 짐을 내려놓고 여자에게 앉으라고 말했다. 여자가 그럴까요, 하며 앉았다. 시선은 여전히 짐들로 어지러운 거실바닥을 바라보면서 말이다. 어쩐 일이냐고 말할까, 하다가 그만 두었다. 마음이, 그러니까 자신의 마음이 너덜거릴 때 찾아오겠다던 여자니까. 그런데 사흘 만에? 절대 자주는 아니고 가끔, 아주 가끔이란 게 여자에겐 사흘이었던 모양이었다. 아이가 여덟 살이 되었다고 했던 게 기억났다. 사흘 간격으로 너덜거리는 여자의 마음은 그럼 사 년 전엔 어땠을까. 여자에게 커피를 타주었다. 여자는 그게 무슨 귀한 대접이라도 되는 듯 찻잔을 받아들었다. 그때 초인종이 울렸다. 여자는 별로 놀라지 않았다. 그게 더 놀랍다고 생각하며 나는 누구세요, 했다.

배달원이 가고 나자 나는 좀 난감했다. 그걸 알아차렸는지 여자가 어서 드세요, 했다. 같이 드실래요? 하고 싶지는 않았다. 나눠 먹기가 싫을 만큼 배가 고파서가 아니라 여자랑 같이 먹는 게 어색해서였다.

　나중에 먹죠, 뭐.

　여자는 한사코 그냥 드시라고 했다. 면도 아니니까 불을 리 없다고 말해도 여자는 빨리 드세요, 식잖아요, 했다. 지금이라도 같이 드실래요? 할까 싶었지만 그 말이 목에 걸려 나오질 않았다. 여자는 또, 그걸 알아차렸는지 이른 저녁을 먹었다고 했다. 그냥 마실 삼아 차나 한잔 마실까, 해서 왔다고도 했다. 거짓말인 걸 알았지만 그거 거짓말이죠? 하지 못했다. 그릇을 덮은 비닐을 떼어내며, 여자는 차를 마시고 나는 밥을 먹는 걸 상상했다. 여자와 밥을 나눠 먹는 것만큼 어색하고 불편한 상상이었다. 여자가 자리에서 일어나 커피 잔을 바닥에 내려놓았다. 그리고 비닐을 벗긴 음식접시를 가져가 식탁 위에 올려놓았다. 순식간의 일이라 나는 멍하니 여자가 하는 행동을 바라만 보았다.

　주인이 서서 먹을 순 없잖아요. 전 바닥에 그냥 앉으면 돼요.

　여자가 그렇게 말하고는 나를 의자에 앉혔다. 물론 순식간의 일이었다. 여자는 바닥에 앉아 어서 드세요, 하는 표정으로 나를 올려다보았다. 하는 수 없이 밥을 먹기 시작했다. 밥을 먹으면서 도무지 이 상황을 뭐라 해야 할지 생각이 나질 않았다.

그러다가 흘끔 돌아보았다. 여자는 어느새 신발장 앞에 가 있었다. 쪼그려 앉은 여자의 등이 부드럽게 굽어 있었다. 그때 휴대폰이 울렸다. 주머니에서 휴대폰을 꺼내 통화버튼을 눌렀다.

아까 제가 어디까지 말했죠?

직원이 밑도 끝도 없이 그 말부터 꺼냈다. 나는 자리에서 일어나 부엌 쪽으로 가며 우리 쪽에선 말이죠, 아, 잠깐만요, 급하게 전화가 들어와서요, 라고 대답해주었다. 그러자 직원은 잠시 말이 없다. 나는 고개를 돌려 여자를 바라보았다. 여자는 여전히 신발장 앞에 쪼그려 앉아 있었다.


4


여자의 마음이 너덜거리는 주기는 일정치 않다. 일주일이 될 때도 있고 이틀이 될 때도 있고 내 집을 다녀간 그 다음 날 초췌한 몰골로 초인종을 누르기도 했다. 하긴 그게 뭐 생리하는 거냐, 주기를 따지게. 여자의 얘기를 들은 사람이라면 그것이 심리적인 요인에 의해 영향을 받는 주기란 것쯤은 누구나 다 알 것이다. 그래서 그 불규칙함은 불규칙한 생리주기와는 다른 대접을 받는 거다. 그래, 이해 못할 거야 없지. 그럼에도 소스라치게 뒤를 돌아보게 하는 초인종소리만큼이나 그녀의 방문은 늘 내 신경을 곤두세웠다.

— 끊을 거면 한 번에 모조리, 뚝 잘라야 하는 거다, 너.

그때 친구의 말은 분명 K에게 해당하는 거였지만 그즈음 나는 그 대상에 여자를 포함시켜 생각하던 중이었다. 나는 언제든 여자의 방문을 거절할 수 있다고 장담했었던 것 같다. 언제든 그럴 수 있다고 생각하면서 나는 매번 여자에게 문을 열어주었다. 여자가 내 집으로 오기 위해 아니, 그 문장을 보러 오기 위해 뒷전으로 밀린 그녀의 삶이 어떨지 추측하기란 그리 어려운 일이 아니라서. 너무도 쉽게, 너무도 빤히 내다보이는 그녀의 깨진 일상이 나로 하여금 이제 그만 오실래요? 하는 소리를 입 밖에도 내지 못하게 했던 것이다. 계약기간을 다 채우지도 못하고 이사를 간 사람의 얘기와 이 동네를 이잡듯이 다 뒤져도 이만큼 월세가 싼 집은 못 구할 거란 이유가 여자와 무관하지 않다는 것을 알게 되었으면서도 말이다.

나는 신발장 앞에 앉아 그 문장을 바라보았다. 미르, 헤르 어딨어…… 아이의 누나가 읽던 동화책 14페이지 두 번째 단락 다섯 번째 줄에 있는 거라고 했다. 왜 그 문장이었을까.

동화책에는 꼭 있을 법한 잘 살았답니다, 란 문장을 놔두고
왜 하필 미르, 헤르 어딨어, 였니. 니네 엄마가, 널 잃어버린
니네 엄마가 그 문장에 갇혀버렸잖아. 꽁꽁 묶여서 꼼작도 하
지 못한 채 거기, 그 문장에 갇혀 살잖아.

휴대폰에 낯선 번호가 떴다. 받고 보니 사진작가였다. 그에
게서 전화를 받으리라곤 생각지도 못했던 탓인지 저절로 등
이 곤두섰다. 간단한 인사말을 나눈 뒤 사진작가가 헛기침을
했다. 사진작가는 내 나이가 칠십하고도 셋이요, 했다. 나는
아, 네, 했다.

작가님 나이가 몇입니까?

나는 떠듬거리며 서른하고도 하난데요, 했다. 사진작가는
그게 무슨 큰 문제가 되기라도 하는 음, 하고는 말이 없었다.
조금은 불쾌했지만 내색할 수 없었다. 내 나이가 뭐? 하기엔
사진작가는 너무 나이가 많았다.

난 그 나이에 사진 찍고 있었소, 물론 그 전부터 사진을 찍
었지만.

네…….

난 사진밖에 몰라요. 사진 말고는 별로 아는 게 없다고 해
도 과언이 아니지.

네……

살면서 세상이 몇 번은 변한 것 같은데 나는 오로지 사진만
찍었소. 그래서 책을 낼 때마다 작가님 같은 분이 필요했던
겁니다.

네……

말수가 적다더니 정말 그런 것 같군.

네……에?

웃자고 한 얘깁니다. 작가님이 너무 긴장한 것 같아서요.
나 별로 대단한 사람 아니오. 그러니 편하게 얘기합시다.

아, 네.

그건 그렇고. 대체 뭐가 문제길래 그렇게 오래 뜸을 들이는
거요? 나야 사진만 아는 사람이니 작가들에 대해 이러저러 할
말은 없지만 난 그 모래그림을 처음 봤을 때 꼭 낙서 같다는
느낌을 받았는데. 작가님은 그런 생각 안 들었소?

……

사진작가와 통화를 마친 후에도 나는 신발장 앞에 멍하니 앉
아 있었다. 머릿속이 텅 빈 것 같기도 했고 투명한 물질로 꽉 찬
느낌도 있었다. 눈앞에 미르, 헤르 어덨어, 란 문장이 보였다.

— 해가 지고 있다. 추장 딸이 그렇게 말했을 때 난 좀 의아했어요. 왜냐면 그 모래그림에는 해처럼 보이는 것도 있고 산처럼 보이는 것도 있고 바다처럼 보이는 것도 있길래 그날 아침, 바닷가풍경을 그렸겠거니 생각하던 참이었거든. 하지만 그건 그림이기 이전에 하나의 문장이었던 거요. 나는 와투아에게 그것이 그들의 문자인지 물었어요. 고대 이집트의 상형문자 같을지도 모른다는 생각이 들었거든. 그랬더니 와투아가 말하길 문자? 우리는 그런 거 몰라요, 하는 거라. 그래서 내가 그럼, 다른 사람들이 이게 그 문장을 뜻하는지 어떻게 아느냐고 했더니 추장이 피식, 웃으면서 말해주면 된다는 거라. 난 이건 해고 이건 산이고 이건 바다 같은데요? 했는데 추장은 그냥 어깨만 으쓱 해보이더군. 마치 그건 니 생각이지, 하는 투였어요. 솔직히 난 좀 실망스러웠어요. 갑자기 낙서가 생각나서 이게 뭐야! 하는 심정이었거든. 물론 낙서라 해도 그처럼 훌륭하고 아름다운 낙서는 세상 천지에 없겠지만.

— 남편은 아무것도 아니라고, 그건 그냥 낙서일 뿐이라고 했어요.

나는 자리에서 일어나 방으로 갔다. 가방에서 휴대폰을 꺼내 메시지수신함을 뒤졌다. K가 보낸 메시지를 다시 한 번 확

인했다. 화났니? 그 이후로 K는 아무런 연락이 없다. 이 정도
라면 연락두절은 내가 아니라 K쪽에 가깝다. 그런 생각을 하
자 초인종 소리를 들은 것만큼 그 사실이 놀라웠다.

— 내가 놀란 건 와투아의 그림 때문이었어요. 와투아는 서
비스! 하면서 모래 위에 그림을 그렸소. 크기는 딸의 것보다
훨씬 더 크고 복잡했는데 딸이 그린 것과는 생판 다른 거였
소. 그게 뭐냐고 물었을 때 와투아가 한 말이 아직도 잊히질
않습니다. ……해가 지고 있다. 똑같은 문장이지만 누가 그리
느냐에 따라 다 달랐던 거요. 그건 그들이 문자를 공유하는
규칙 따위가 없다는 말과도 같아요. 한마디로 제멋대로인 거
지. 하지만 그래서 자유로운 거요. 그들은 거기에 집착하지 않
아요. 모래 위에 그리는 것도 그걸 의미하는 거요. 물이 차오
르면 모래그림은 사라지지. 하지만 언제든 다시 그릴 수 있어
요. 크기나 모양, 그 어느 것에서도 얽매이지 않는 그들의 문
장은 끊임없이 나타났다가 사라지고 또 나타났다가 사라지는
거요. 그게 바로 모래그림이지.

K를 만났다. 그는 좀 마른 듯 보였는데 여행 후유증과 장염
이 겹친 탓이라고 했다. 그가 이젠 괜찮다고 말했을 때 나는
다행이라고 말해주었다. 한 시간가량 우리는 서로가 연락두

절 상태였던 그 기간과는 아주 무관한 얘기들을 주고받았다. K가 말할 때 나는 열심히 그의 얘기를 들어주었다. K도 그랬다. 내 얘기를 듣고 난 K가 그랬구나……, 말했을 때 나는 이제 그만 집으로 가야겠다는 생각을 했다. 어떤 문장의 끝에 마침표를 찍는 것처럼 아주 자연스럽고 당연하게. 자리에서 일어서기 전 나는 K에게 이별을 고했다. 만약 K가 거의 울상이 된 채로 뭐, 뭐라고? 혹은 어떻게 그럴 수 있니? 하는 따위의 반응을 보였다면 친절하게 그동안 연락두절의 이유를 설명하리라고 생각했었다. 그러니까 내가 그린 모래그림은 이제 더 이상 당신을 사랑하지 않아요, 라는 문장이었던 거예요, 라고 말이다. 그러나 그는 그렇게 하지 않았다. 그의 마지막 문장이 나와 똑같았단 사실이 나는 좀 의외였긴 했지만 추장, 와투아가 사진작가에게 그랬던 것처럼 그건 니 생각이지, 하듯 내 자신에게 어깨를 으쓱해보였다.

나는 K와 헤어졌다. 친구는 그 얘기를 듣고 아주 무덤덤했는데 마치 거 봐, 내 그럴 줄 알았다니까, 하는 표정이었다. 담엔 깨끗한 남자 만나. 아내도 없고 자식도 없는 쌈빡한 총각으로다가 말이야. 친구의 입에서 총각, 하는 소리를 들으니 괜히 웃음이 났다. 친구는 뭐 먹고 싶은 거 없어? 했다. 고기를 먹고 싶다면 소 한 마리를 통째로 가져올 것 같은 친구의 표정이 꽤나 진지했다. 그래, 니가 불륜이라는데 그 그림에 내가 굳이 사랑이라고 박박 우겨 제목 달 일은 아니지.

친구와 만나고 돌아오는 길에 휴대폰을 바꿨다. 새 휴대폰에 적응하기까지 오랜 시간이 걸리지는 않았다. 처음 몇 번은 버젓이 식탁 위에서 벨이 울리고 있는 새 휴대폰을 두고도 가방 속을 뒤지느라 허둥댔지만 말이다. 여자처럼 가끔, 절대 자주는 아니고, 아주 가끔 내 마음이 너덜거릴 때 K가 생각나 새 휴대폰을 만지작거렸는데 그때마다 그 기계가 마치, 난 새 거거든요? 하는 것 같아 피식, 웃는 것으로 감정을 달랬다. 나는 새 휴대폰으로 몇몇 사람들에게 이사 사실을 알렸다. 출판사 직원은 언제요? 하며 놀랐다. 내가 이사한 게 그렇게 놀라울 일인가, 싶었지만 한편으로는 꽤나 오래 지속된 출판사와의 인연에 대해 미안함도 느껴져 다소곳이 한 달 전이라고 말해주었다. 그랬더니 아, 그래요, 하고는 더 이상 관심을 보이지 않았다. 직원은 사진작가의 출판기념회가 취소되었다고 했다. 내가 왜요? 하고 묻자 직원은 낸들 알아요, 하고 대답했다. 그리고는 사진작가의 마지막 책, 이라고 보도 자료까지 뿌렸는데 반응이 신통찮은 것에 대해 짜증을 냈다. 책 제목이

《오후의 문장》이어서 주변의 반응이 일몰에 가까운 거라고도 했다. 마치 니가 좀 잘했더라면 이렇게까지 쪽박 찰 걱정까진 안 했을 거 아냐, 하는 투였다. 사진작가의 원대로 《낙서》이든가 아니면 당신 원대로 《아침의 문장》이었다면 대박이었겠어? 하고 싶었지만 그냥 아, 그렇군요, 했다. 그러자 직원은 더이상 싸울 힘도 없다는 듯 사모님이랑 결혼기념 여행으로 그 섬에 가셨대요, 했다. 낸들 아냐고 할 땐 언제고. 그럼 추장 집에 머무시겠네요? 물었더니 직원은 아마도, 라고 말했다. 나는 직원과 이러저러 말을 나누다가 언제 한번 식사나 같이 하자는 직원의 청에 내가 응하는 걸로 통화를 마쳤다. 친구에게 그 얘기를 해줬더니 친구는 그 남자, 법적으로 깨끗하냐고 내게 물었다. 법적으로? 그래, 아내나 자식, 뭐 그런 거 없는 깨끗한 총각이냐고. 나는 법적으로만 깨끗하면 다 되는 거니? 했다. 그러자 친구는 그럼, 니 나이에 뭘 더 바라냐, 했다.

오후쯤 여자가 왔다. 여자는 며칠 전 이사를 했다고 한다. 나는 왜요? 하고 물었다. 마치 여자의 이사가 무슨 큰 의미라도 있는 듯. 전세기간이 끝나서라고 여자가 대답했다. 아, 네. 나는 갑자기 터져버린 풍선처럼 쪼글쪼글해진 기분이 들었다. 그런 기분으로 여자에게 커피를 타주었고 여자는 그걸 마셨다. 그리고 늘 그렇듯 반쯤 남은 커피 잔을 들고 신발장 앞으로 갔다. 나는 개수대에 몸을 기댄 채 여자를 바라보았다. 여자가 신발장 앞에 쪼그려 앉았다.

그 문장 위에 그와 똑같은 문장을 덧쓸 때 나는 좀 떨렸다. 그 위에 무심코 페인트칠을 하는 부주의함과는 생판 다른, 나의 의도적이고 고의에 가까운 행동을 여자는 어떻게 받아들일까, 싶어서. 그 문장을 다 쓰고 났을 때 그것은 좀 더 진하고 그래서 예전보다 뚜렷했지만 어떤 모음은 길이가 조금 더 길거나 혹은 약간 삐뚤어졌다. 똑같을 수야 있겠니. 넌 아이고 난 어른인 걸. 다만 나는, 아이가 그걸 썼을 때나 혹은 내가 그 위에 덧쓰고 나서도 여전히 그 문장이 낙서라는 사실에는 변함없다는 것에 안도감을 느꼈다. 미르, 헤르 어덨어……. 여자는 말없이 가버렸다.

그날 이후로 여자는 내 집에 찾아오지 않았다. 딱 한 번 여자의 것임에 틀림없는 발소리를 들은 적이 있다. 나는 초인종 소리에 놀라지 않으려고 마음먹고 있었는데 끝내 들리지 않았다. 다시 계단을 내려가는 발소리가 들리지 않아 나는 개수대 앞에 몸을 기대고 서서 그 소리를 상상했다. 베란다 밖으로 해가 지고 있었다.

·

K
2
블
로
그

1

오래된 빌라 계단을 내려간다. 현관문 앞에 메모지가 붙어 있다. 잠시 다녀오마. 궁서체의 문장은 이십 포인트가 넘는 크기다. 용지에 출력한 문장의 양 옆을 넉넉히 잡아 자른 뒤 하트 모양의 포스트잇 위에 덧붙여 놓았다. 포스트잇을 떼어내 힘껏 구긴다.

현관 안으로 들어서자 노란 실내등이 켜진다. 어둠이 조금 물러선다. 거실 벽에 붙어 있는 '열심히 살자'라는 문구가 나를 맞는다. 다섯 자로 이뤄진 문구는 집 안 여기저기서 보게 되는 궁서체의 글씨 중 가장 큰 것이다.

갈래머리 시절 붓글씨를 잘 쓰는, 가난한 집의 맏딸이었다는 얘기를 들은 적이 있다. 외할아버지가 던진 벼루에 이마를 찢기고 나서부터 붓을 놓았다던가. 아버지는, 그때 엄마가 붓을 놓지만 않았더라면 꽤나 이름난 서예가가 되었을지도 모른다고 말했다. 그러나 지금, 엄마의 필체는 언제 붓을 쥐었는가 싶게 형편없다. 때문에 작은 달력이나 냉장고 앞에 붙어 있는 '이 달의 좋은 글귀'의 전문(全文), 하다못해 금방 구겨버릴 메모까지 엄마는 컴퓨터의 글꼴인 궁서체에 의지한다.

엄마는 부모님 전상서 혹은 그때가 그리워요, 라는 문장과 어울리는 컴퓨터 글꼴 중 궁서체만한 것은 없다고 잘라 말하곤 한다. 말투는 단호했으나 늘 엄마의 표정은 한껏 느슨해진다. 그 이완의 와중에서 엄마의 기억은 열네 살 적 아버지의 옆 얼굴을 훔쳐보는 동갑내기 계집애로 쏜살같이 달려간다. 붓으로 획을 마무리 지을 때 버릇처럼 좁혀지는 미간과 매끄러운 콧날 그리고 조금은 다부져 보이기 시작한 입매 따위. 엄마는 이제 막 그를 사랑하기 시작한 그때의 계집애가 되어 잠시 동안 머문다. 고왔어, 정말 고왔어. 나를 바라보는 엄마의 눈빛은 내 얼굴에 드리운 열네 살 적 아버지를 찾느라 아득해지곤 한다. 내 두 볼을 감싸 쥔 엄마의 손이 축축해질 때마다 나는 아버지의 열네 살 적 얼굴을 불러온 궁서체가 몸서리치도록 싫었다.

150

나는 거실 벽으로 다가가 다섯 자의 먹빛 글씨를 노려본다. 엄마는 글씨의 크기를 백 포인트로 정하고 모두 열 장을 출력했다. 그리고 글씨를 오려내기 시작했다. 날렵한 가위 날이 궁서체의 둥근 모서리를 조금이라도 파먹으면 다른 용지를 주워들었다. 엄마는 자음과 모음을 정교하게 잘라낸 뒤 백색 하드보드지 위에 붙였다. 열심히 살자. 엄마는 그 문장이 아버지의 마지막 유언이라고 내게 말했다. 아버지가 죽기 훨씬 전부터 늘 입에 달고 살았던 말이었고 내게는 차라리 개나 물어가라지, 싶은 것이었다. 이제 그 문장은 궁서체의 그 어떤 글귀보다 강한, 삶의 정언이 되어 거실 벽에 붙어 있다. 그 앞에 서면 나는 궁서체의 다섯 자를 오려내던 가위처럼 마음 한구석에 날이 선다. 컴퓨터를 가르쳐 주는 것이 아니었어.

'산전수전'이라는 애칭을 달았을 때만해도 웹 서핑이 무슨 뜻인지도 몰랐던 엄마였다. 하지만 지금은 자신의 블로그를 꾸려가는 운영자다. 엄마의 서치(search) 블로그는 서로 다른 12개의 블로그의 운영자들과 이웃을 맺고 있다. 대부분이 엄마처럼 산을 사랑하는 사람들이었는데 그들 중 몇은 전문산악인이라고 했다. 엄마와 그 이웃들은 두 달에 한 번 오프라인에서 만났다. 지식과 정보의 상호 교류를 통해 원활하고 안

전한 산행을 위한 모임이었다. 최신형 산악 장비를 저렴한 가격에 공동구매하는 방법이나 온라인으로 연결된 블로거들의 오프라인 산행을 주도하는 따위의 일들이 구체적으로 논의되고 실행되기도 했다. 엄마는 산악전문서적을 뒤적였고 고가의 산악장비들을 한 푼이라도 싸게 구입하기 위해 발품을 팔아가며 애썼다. 그런 엄마의 서치 블로그에서 단연 이웃들의 관심을 끄는 것은 산행일지다.

아버지가 죽은 뒤 몇 달간 엄마는 산에 오르지 않았다. 그 대신 집 안의 묵은 때를 찾아 부엌과 비좁은 베란다 그리고 두 개의 방을 오가며 쉴 새 없이 몸을 움직였다. 엄마가 손을 댄 가구나 물건들에는 내 방 책상 위에 놓인 컴퓨터도 포함되었다. 엄마는 서치 블로그를 만들었고 그 즈음 다시 산에 올랐다. 이번엔 혼자였다는 산행 소감문을 서치 블로그의 메인 보드 위에 올렸다. 그렇게 산행일지가 시작되었다. 산행일지를 위해 엄마는 조금씩 높고 더 가파른 산을 택했다. 새로운 산행일지가 올려질 때마다 이웃들이 댓글을 달아 그 수고로움을 칭찬해 마지않는다고 엄마는 흡족해했다. 몇 개의 산행일지는 무려 422회나 스크랩되었을 정도로 반응이 좋았다. 엄마는 서치 블로그를 집이라고 불렀다. 그리고 집안 살림을 꾸려나가듯 정성을 쏟았다. 주기적으로 블로그의 메인바탕을 바꾸고 글씨체를 사들였다.

— 굴림체는 영 마음에 들지 않아. 산지기는 은화 네 닢을 주고 개나리체를 사서 쓰는데 내가 보기엔 별루야. 제대로 된 궁서체라면 금화 열 닢을 주고라도 당장 사 버릴 텐데.

엄마는 서치 블로그에 빠져들었고 궁서체에 매달렸다. 나는, 그렇게라도 엄마가 내게 드리워진 열네 살 적 아버지로부터 멀어지길 바랐다.


갈아입은 웃옷의 지퍼를 끝까지 올린다. 전화벨이 울린다. 수화기를 귀에 대고 방을 나온다. 엄마의 목소리는 가볍고 경쾌하다. 부엌으로 와 냉장고 옆 달력을 바라본다. 오늘 날짜 밑에 정기검진결과일이라고 쓰인 붉은 궁서체의 메모를 읽는다. 엄마는 내가 정상이라고, 아무 이상 없다고 말한다. 육 개월 뒤, 예약 날짜를 잡는 중이라고 덧붙여 말한다. 수화기 저편에서 엄마는 기분이 참 좋다고 말한다. 너도 좋지? 엄마가 내게 물었지만 대꾸하지 않는다. 우리, 열심히 살자. 엄마의 말에 저절로 미간이 찌푸려진다. 수화기의 통화마침버튼을 눌러버린다.

거실 벽에 기대 물구나무를 선다. 눈을 감고 숨을 고른다. 골목을 지나는 몇 개의 발소리를 듣는다. 발소리가 내 몸속으로 뚜벅뚜벅 걸어 들어온다.

……넌정상이래.엄마는참기분좋다.너두좋지?무서워할것 없어,피는뽑은만큼다시생겨.알아,나도잘알아.가벼운기침에도 혹은미열에도너를병원으로끌고갔었다는걸.네몸구석구석을 살펴본후에라야집으로돌아오곤했지.정기검진일만되면숨어 버리는,어린너를찾느라꽤나부산스러웠어.그런데참묘하지?나 나,느이아버지나몸속어딘가에,너를찾는데는도통한,그런장치 가있는것같아.혹여기에숨어있지않을까,혹저기에가있는것은 아닐까,거길가보면넌반드시그곳에있었다니까.너에대해서라 면그악스러울정도로열심인우리를치떨리도록싫어한단걸잘알 아.하지만생각해봐.니가누군데.너는우리에게자식이상의의미 야.우리,열심히,아주열심히살자……

사촌지간인 부모는 열심이라는 말을 생의 공통분모처럼 끌어안고 살았다. 아이가 생겼다. 기뻤지만 한편으로는 두려웠다. 아이가 태어나자 그들은 누가 먼저랄 것도 없이 갓난아기의 열 손가락을 꼼꼼히 세어보았다. 백일이 지나도록 아이에 대해 안심할 수 없었다. 그들은 더 이상 아이를 원치 않았다.

두 번째 아이가 정상아일 것이란 확신이 서질 않아서였다. 딱 하나만, 열심히 잘 키우자. 열 손가락도 모자랄 정도로 이사를 다녔다. 가난했던 그들에게 산에 오르는 일은 유일한 사치였다. 그러니만큼 산을 오를 때 무엇이든 열심히 만끽했다. 아이가 학교에 들어갈 나이가 되었을 때 그들은 고향을 찾기로 마음먹었다. 마을은 산에 둘러싸여 있었다. 아이가 그들에게 물었다. 또 산에 가? 1997년 7월 17일, 동성동본금혼조항인 민법 제809조 제1항의 폐지 기사가 각 신문의 사회면을 장식했다. 그간 사실혼관계에 머물 수밖에 없었던 남녀가 법적 부부로서의 지위를 확보하게 되었다. 하지만 그들은 제외되었다. 여느 때처럼 산에 올랐다. 정상에 올라 그들은 맞은편을 향해 고함을 질렀다. 야호— . 나는 팔짱을 낀 채 그들의 뒤에 서 있었다. 멀리 내던진 소리가 되돌아올 쯤 그들은 마주보고 웃었다. 우린 어떻게 되는 거냐고 내가 물었다. 그들은 서로를 바라보며 머뭇거렸다. 그냥, 열심히 사는 거지, 뭐. 아버지는 열심히 사느라 당신 몸에 암이 생긴 것도 몰랐다. 그 사실을 뒤늦게 알았을 때 아버지가 내린 결론은 단 한 가지였다. 열심히 살자, 남은 만큼. 엄마가 고개를 끄덕였다.

　머리가 무겁다. 순간, 두 다리가 무너져 내린다. 바닥에 이마를 대고 머리를 두 팔로 감싸 안는다. 두 무릎을 구부려 턱 가까이에 끌어당긴다. 나는 웅크린 내 몸을 버리고 어디론가 달아나고픈 충동에 휩싸인다. 목이 따갑다. 꾸역꾸역 마른침을 삼켜보지만 기어코 눈물이 나고야 만다. 눈물 많은 건 느이 아버질 닮아서 그래. 기름진 것보다 뒷맛이 개운한 음식을 좋아하는 것은 엄마를 닮아서라고 아버지가 내게 말한 적이 있다. 나도 모르게 왼손에 가위를 쥘 때마다 엄마는 입버릇처럼 아버지를 닮아서라고 말한다. 재채기를 하거나 걸레를 쥐어짜는 손동작, 때론 수화기를 목과 어깨 사이에 끼고 통화하는 모습조차 엄마를 닮아서였거나 아버지를 빼다 박은 때문이었다. 엄마와 아버지의 부분 부분을 뚝뚝 떼어내 빚은 사람처럼, 그래서 나는 엄마이기도 하고 아버지이기도 하다.

2

너, 생리하지, 맞지?

한 선생이 보낸 휴대폰 문자메시지다. 짐작건대 한 선생은 오늘 일을 나의 지독한 생리증후군이 빚은 순간의 실수라고 회원들에게 둘러댄 모양이다. 나를 바라보던 몇몇 회원들의 얼굴표정이 떠오른다. 어쩌면 그들 중 누군가 수련관 홈페이지에 들어가 오늘 일에 대한 목격담을 게시판에 올려놓았을지도 모른다. 오전반 수영강사들의 관리책임을 맡고 있는 처지이고 보면 관장에게 문책을 받는 일에 한 선생은 느긋할 수만은 없을 것이다. 게다가 임신 중인 그녀는 출산 후 다시 라인 배정을 받는 일에 대해 안심하지 못하는 눈치였다.

— 사소한 입소문에도 회원들이 술렁여. 내가 부른 배로 물속에 있는 게 편해서 그런 줄 아냐? 다 회원관리 차원에서라고. 제발 회원들한테 나긋나긋하게 좀 굴어. 내가 보기에 그 여자 꽤나 열심이던데. 누가 너더러 그 여자 수영선수 만들라던?

처음, 나는 여자를 한 선생의 라인으로 올려 보내려 했다. 하지만 한 선생이 맡고 있는 마스터즈반은 모두 고정멤버들이었다. 아무나 올라올 수 없다는 자부심으로 결속되어 있어 텃세가 심한 편이었다. 두 달에 한 번씩 회원들의 라인 이동이 있었지만 한 선생의 묵인 아래 마스터즈반은 늘 제외되었다. 내가 맡고 있는 중급반 두 개의 라인은 이미 인원제한 수를 넘겼다. 초급반이라고 사정이 나을 것도 없지만 애초 상급반으로 가야 할 여자를 그곳으로 보낼 수는 없는 노릇이었다.

한 선생이 내 라인으로 여자를 들이라는 사인을 보냈다.

물을 차는 여자의 발동작은 힘찼다. 여자가 반대편 라인 끝을 향해 헤엄쳐 가는 동안 끊임없이 물이 튀고 사방으로 흩어졌다. 오십 분의 수업 동안 여자는 지칠 줄 몰랐다. 몇몇 회원들은 도저히 못 따라가겠다며 수경을 벗어 올리고 여자에게 길을 비켜주었다. 두 달이 되었을 즈음 여자는 라인의 속도를 조절하는 맨 앞 주자가 되었다. 회원들은 여자의 흐트러짐 없는 자세와 강한 발힘을 부러워했다. 그러나 회원들이 기꺼이 여자와 가까워질 수 있었던 것은 그녀의 다이빙실력 때문이었다. 두 다리 쭉 펴고 하나. 머리 숙이며 둘. 두 팔은 귀 뒤에. 넷, 점프! 다이빙대 위에 올라선 여자는 두 다리를 바들거릴 뿐 물속으로 뛰어들지 못했다. 여자는 뒤로 물러서며 자신의 순서를 다른 회원들에게 내주었다. 여자를 뒤에 남겨두고 거침없이 물속으로 다이빙하는 회원들은 그날만큼 그녀에게 뒤지지 않을 수 있었다.

수업이 끝나고 나면 여자는 나를 기다렸다. 그리고 내게 커피가 든 종이컵이나 섬뜩하리만치 차가운 음료수 캔을 내밀곤 했다. 나는 자판기가 있는 복도 한쪽에 서서 때론 간이의자에 앉아 여자가 준 음료수를 마셨다. 그러는 동안 여자는 제가 건넨 음료의 양만큼, 꼭 그만큼만의 말을 준비해 온 사람처럼 내 곁에서 중얼거리곤 했다. 내가 종이컵의 윗부분부터 조금씩 접어 구기거나 빈 캔의 중간 부분을 손톱으로 퉁기면 무슨 신호라도 받은 듯 말을 서둘러 마치고 자리에서 일어났다. 여자에 대해서 나는, 쿨해서 나쁠 거야 없지 싶은 심정이었던 것 같다. 그래서 매번 나를 기다리는 여자가 싫지도 좋지도 않은, 관계로 치자면 그저 무덤덤하기만 했지만 그 또한 상관없었다. 알 수 없어요, 왜 그런지 몰라요, 혹은 그거 아세요, 선생님? 하는 따위의 말들이 여자가 건넨 음료를 마시는 동안 매번 반복된다는 사실을 깨달았을 즈음이었다.

　여자와 함께 있는 시간이란 대략 십 분 정도였다. 그 시간에 알맞게 음료를 나눠 마시는 일이 다소 불편하기는 했으나 나는 여자의 말을 주의 깊게 듣지 않는 것으로 그 불편함을 상쇄시키곤 했다. 그러나 그 느낌은 주어진 시간에 맞춰 음료를 나눠 마시는 일 같은, 다소 불편함과는 달랐다. 빼버리면 그만일 손톱 밑에 박힌 가시처럼 사소하고 미미했으나 진원지를 알 수 없었기에 더욱 신경이 쓰였다. 코카투.

　― 어머, 걔 기억하시는구나.

　그날 여자는, 내가 처음으로 말을 걸었다는 사실에 기뻐하느라 정작 코카투에 대해 이렇다 할 얘기도 없이 자리를 떴다. 얼마 뒤 나는 여자의 코카투가 유황앵무새라는 사실을 알게 되었다.

— 사랑한다고 말해요, 나한테.

웃고 있는 여자에게 나는 말하는 새였냐고 물었다.

— 남편하고 아들은 가끔 걜 보고 새대가리라고 놀려요. 그런데 선생님, 그거 아세요? 꼭 그게 나한테 하는 말 같아요. 왜 그런지 몰라요. 그냥 기분이 나빠져요.

코카투는 그녀만을 사랑하는 새였다. 나는 그 사실이 믿기지 않는다거나 놀라운 일이라는 생각이 들지 않았다. 다만 코카투의 사랑을 받는 여자는 행복할까, 궁금할 뿐이었다. 사랑이라니. 그 감정에 대해서라면 엄마는 그 누구에게도 뒤지지 않을 만큼 열정을 지닌 사람이었다. 아버지를 사랑했고 나를 낳았으니까. 엄마를 떠올릴 때마다 잔뜩 구겨진 종이컵에 혹은 우그러진 빈 캔의 어딘가에 뾰족한 새의 부리가 숨어 있는 듯 그것을 움켜쥔 내 손이 자꾸만 아팠다.

여자는 물속으로 쉽사리 뛰어들지 못하는 자신에게 실망하면서도 끈질기게 다이빙대 위에 올랐다. 그리고 어김없이 나를 찾아왔다.

— 나도 모르게 눈을 감아버려요. 안 쳐다보면 좀 나을까 싶은 생각이 있나 봐요, 나한테. 그런데 막상 아무것도 안 보이니까 물소리가 더 크게 들려요.

나는 시무룩해진 여자의 옆얼굴을 물끄러미 바라보았다.

— 대체, 왜 그래. 왜 다이빙대 위에 올라가기만 하면 눈을 질끈 감아버리냐구. 다른 애들처럼만 하란 말야. 네 건강을 위해서라고 몇 번이나 말해야 되니. 느이 아버지나 나나 바라는 건 그것뿐야. 수영이 그렇게 싫으면 그만 둬. 다른 운동을 찾아보면 될 거야. 그게 아니라면 뛰어들어. 안 그러면 선생님한테 너를 밀어 넣으라고 말할 거야. 알았니? 알았으면 대답 좀 해봐!

나는 질끈 묶은 머리다발 끝에서 물방울이 목덜미로 떨어지는 것에 진저리를 치고 있었다. 열심히 할게요, 엄마. 엄마는 나를 끌어안고 사랑한다고 말했다. 엄마의 품은 숨이 막힐 정도로 갑갑했다.

두 다리 쭉 펴고 하나. 머리 숙이며 둘. 두 팔은 귀 뒤에. 넷, 점프! 여자는 다이빙대 위에서 떨고 있었다. 나는 여자를 힘껏 밀어버렸다. 열심히 할게요, 선생님. 여자는 그 말이 내 미간을 저절로 찌푸리게 한다는 사실을 까마득히 몰랐을 것이다.

컴퓨터를 켜고 K2블로그로 향한다.

스테파노가 다녀간 모양이다. 메인보드에 올려놓은 아버지의 영정 사진 밑의 댓글을 클릭한다.

아버지가 잘생기셨다. 어머니가 반할 만하시다. 언제 어머니 사진도 올려봐라. 그땐 아버지의 사진처럼 거꾸로 올리지 말길. 거꾸로 된 사진을 보느라 꽤나 목이 아팠다. 10:02 스테파노.

아버지의 영정사진은 돌아가시기 두 달 전에 찍은 것이다. 사진관으로 가기 위해 집을 나서기 전 엄마는 아버지에게 화장을 해주었다. 숱이 드문 이마 쪽으로 가지런히 머리칼을 내려주고 거무튀튀한 아버지의 얼굴 위에 분첩을 토닥였다. 두 눈썹에 검은색 아이펜슬로 숱을 채워 넣었다. 입술에 붉은색 루주를 아주 약하게 펴 바르자 완연한 병색이 조금은 가시는 듯 보였다. 엄마는 아버지를 보며 곱다, 곱다, 연신 중얼거렸다.

스테파노, 그때 엄마는 정말 아버지의 얼굴이 고왔던 것일까. 나는 속으로 중얼거리며 안부게시판을 클릭한다.

K2라기에 산악동호회인 줄 알았답니다. 둘러봐도 산은 없는데 산속처럼 춥네요. 처음 방문 기념으로 사진 하나 퍼드리고 가요. K2봉이 있는 카람코람 산맥의 사진이랍니다. 마음에

쏘옥, 드시길. 14:08 쁘띠.

우연한, 랜덤방문자치곤 꽤나 수다스럽다. 아마 여기저기 돌아다니며 제 블로그 홍보에 열을 올리는 블로거일 것이다. 그러나 쁘띠의 초대는 뜻밖이다. 이제껏 내게 너그러웠던 블로거들은 별로 없었기 때문이다.

K2블로그에 다녀간 사람들은 대부분 산과 무관하지 않다. K2라는 이름 때문이다. 내용과는 상관없이 K2블로그는 여행과 취미라는 카테고리에 속해 있으며 그로 인해 방문자 대부분이 산과 관련된 블로거들이라는 사실에 나는 놀라지 않는다.

보아하니 사연 많은 사람? 나, 산에 간다. 안 좋은 감정이 있으면 내 배낭에 쑤셔 넣어라. 대신 버려 줄 테니. 10:20 산사의 풍경소리.

대체 무슨 블로그가 이 모양이냐. 할 일이 그렇게도 없나, 블로그에 부모 욕이나 하고. 너 같은 자식 낳을까봐 결혼 안 할란다. 22: 38 국밥.

단지 몇 줄의 글을 읽는 수고로움만으로도 K2블로그가 어떤 곳인지를 단박에 깨닫게 된 블로거들이 남기고 간 댓글 또한 내겐 새삼스러울 것 없다. 일면 자연스러운 것이었으므로. 하지만 스테파노의 왜 K2인가, 하는 물음은 쁘띠의 초대처럼 뜻밖이었다. 그제야 아무도 내게 그렇게 묻지 않았다는 사실을 깨달았다. 나는 스테파노의 질문에 K2는 같은 성씨의 내 부모를 일컫는다는 댓글을 달았다.

그렇다면 당신도 K이다. 적어도 K3가 될 수도 있었을 텐데 K2인 까닭은 무엇인가. 19:08 스테파노.

당신은 누구냐고 스테파노는 내게 묻고 있었다.

—너는 우리에게 자식 이상의 의미야. 그걸 모르겠니?

내가 먹은 온갖 종류의 약들은 내 몸 구석구석을 돌아다니며 혹시라도 잠복해 있을지 모를 어떤 병적 징후를 포착하기 위해 애를 썼다. 때론 위벽이 헐었고 장이 탈을 일으켰지만 그들은 멈추지 않았다. 그들이 건넨 약사발을 받아들 때마다 혹은 알약이 든 불투명한 약봉지의 윗부분을 찢어내면서 나는 차라리 병들고 싶었다. 기형의 얼굴로 피가 멈추지 않는 몸의 어딘가를 보란 듯이 내밀고 싶었다. 그렇게라도 그들의 불안이 끊임없는 집착으로 환원되는 매 순간들의 연결고리를 끊어내고 싶었다. 주기적인 종합검진 결과는 늘 정상이었다. 그날 하루만큼 그들은 더할 나위 없이 행복했다. 그들은 내게 사랑한다고 말했다. 그럴 때마다 나는 자주 목덜미가 써늘해졌다. 나는 나일 수 없었다. 그들의 사랑이 온전한 것이었음을 증명하는 가장 명확한 증거로서 존재해야 했다. 나는, 내가 오로지 나여야 하는 이유와 내가 나만일 수 없는 이유 사이에서 부대꼈다. 끝내 찾을 수 없는 병든 유전자에 대한 그들의 집착처럼 나 또한, 나를 나이게 만드는 단 하나의 유전자에 대해 집착했던 것인지도 몰랐다. 그런 내가 K2블로그를 만들었다고 스테파노에게 댓글을 달아주었다. 그리고 며칠 뒤 K2블로그에 스테파노가 다녀갔다.

집에 돌아와 양말을 벗었을 때 산은 늘 내 발바닥에 있었다. 내 발바닥은 이제껏 올랐던 산의 기억으로 가득하다. K2블로그에는 산이 없다. 그러나 당신이 이곳에 쏟아놓은 비명소리와 저주와 욕설은 산의 거친 살갗처럼 내겐 익숙하다. 그래서 이곳에 다녀가면 산에 올랐던 것처럼 마음 어딘가에 물집이 잡히고 상처가 남는다. 16:42 스테파노.

스테파노는 댓글과 함께 사진 한 장을 부려 두었다. 사진파일을 클릭하자 산이 열렸다. 멀게 보이는 산은 보기 좋은 피라미드 모양이었다. 저기 어디에 험준한 산등성이가 있을까, 싶었다.

산사나이들은 동료들이 크레바스(crevasse)에 빠져 숨질 경우 주검을 건지지 않고 그냥 둔다. 하지만 그 주검은 등반

루트 가까이에 있었다. 휴먼원정대는 8천 미터 고산에서 주검을 회수하는 등반사 최초의 프로젝트였다. 자칫 살아있는 생명과 맞바꿀 수도 있는 위험한 일이었지만 그들은 산으로 향했다. 그리고 돌아왔다. 어쩔 수 없이 두 구의 주검을 산에 남겨둔 채 말이다. 그들은 부르튼 입술과 거칠어진 살갗 혹은 동상이 걸린 몇 개의 발가락에서 죽은 자들의 영혼을 보았을지도 모르겠다. 그들의 흐느낌이 길다. 11:23 스테파노.

스테파노의 댓글을 읽으며 나는 문득, 엄마가 신문의 낱장을 가벼이 들추며 간간이 혀를 차던 모습을 떠올렸다.

—쯧쯧, 그토록 애썼건만. 기어코 산이 품어버린 모양이야. 죽은 그 사람들은 이제 더 이상 얼어 죽은 시체가 아니야. 산인 거야. 산이 품어버린 것은 모두 산인 거거든. 그런데 말야, 너. 이 달 초아흐레가 아버지 기일인 거 잊지 않았지?

3

새 모이는 꼭 챙겨야 한다고 말한 뒤 엄마는 서둘러 전화를 끊는다. 새로운 산행일지를 블로그에 올리기 위해 며칠 전부터 엄마는 짐을 꾸리고 있었다. 그러나 정작 아버지의 기일은 잊고 있었던 나는 기일과 겹친 엄마의 산행이 난데없고 당황스럽다. 내가 아버지의 기일마다 집을 비운다는 사실을 엄마는 잊고 있었던 것일까.

먼지로 뿌연 사무실 유리창 밖을 내다본다. 둔덕이 멀고 희미하게 느껴진다. 회색비둘기 몇 마리가 그 위에 내려앉는다.

— 허리 아파 죽겠다. 뭐에 삐쳤는지 며칠째 느이 아버지가 부리로 내 허리를 콕콕 쪼아댄다, 글쎄.

엄마는 죽은 아버지가 새가 되었다고 여긴다. 그래서 아버지의 제사상에는 나물로 가득 채워지고 한쪽에는 새 모이를 담은 조그만 종지가 곁들여진다.

한 선생이 가볍게 내 어깨를 친다. 나는 한 선생의 불룩한 배를 내려다본다. 새가 된 아버지라면 봉분은 꼭 저만큼일 것 같다. 나는 한 선생에게 오늘이 아버지의 기일이라고 말한다. 조금 일찍 퇴근해도 되냐고 덧붙여 묻는다. 한 선생은 하는 수 없다는 표정을 지으며 고개를 끄덕인다.

수련관을 나오자 걸음을 늦춘다. 오늘 하룻밤을 지낼만한 곳이 마땅치 않다. 괜한 바람만 잔뜩 분다. 검은 부츠 위로 먼지가 앉는다. 뒤에서 차의 경적소리가 들린다. 담 옆으로 바짝 붙어 걷는다. 베이지색 중형차가 내 옆에 멈춰 선다. 짙은 색으로 썬텐이 된 차창이 미끄러지듯 내려간다. 운전석에 앉은 여자의 얼굴이 물 위로 천천히 떠오르는 것 같다.

밥 먹으러 가요, 우리.

차 안에 은근한 향내가 감돈다. 흘끗, 여자의 옆얼굴을 훔쳐본다. 내게 음료수를 내밀던 때와는 다른, 어딘가 모르게 다부진 모습이다.

여자가 차를 세운 곳은 수련관에서 조금 떨어진 아파트 단지의 주차장이다. 차에서 내려 잠시 난감해진다. 어떻게든 시간을 보낼 요량이었지 여자의 집에 가려던 것은 아니었다. 여자는 뒤도 돌아보지 않고 앞서 걷는다. 여자를 부를까 망설이다가 내킨 기분으로 따라 걷는다.

현관 안으로 들어서자 여자는 곧장 방으로 들어가 버린다. 주위를 둘러본다. 거실에 놓인 몇 개의 가구들과 거실 창 양옆으로 밀쳐둔 색 다른 두 겹의 실크커튼, 바닥에 깔린 연한 핑크색 카펫 그리고 그 위에 놓인 검은색 교자상 하나. 여자의 집에서 오래된 것이라고는 베란다 창으로 들이치는 햇살과 그녀뿐인 것 같다. 낯선 눈길이 불안한 듯 코카투는 새장 안에서 이리저리 몸을 움직인다. 방에서 나온 여자가 상 아래에 방석을 내려놓으며 편히 앉으라고 말한다.

　남편은 출장 중이고 때맞춘 것처럼 애는 여행을 떠났어요. 하긴 셋이 모여 있어도 우리 집처럼 조용할까. 이 주 전인가, 바로 아래층에 새 사람들이 이사를 왔는데 고만고만한 어린 남자애들이 둘이더라구요. 열한 시가 넘어도 애들 소리가 들려요. 그런데 선생님, 그거 알아요? 나는 그게 싫지 않아요.

　부엌으로 간 여자의 뒷모습이 부산스러워 보인다. 나는 자꾸만 뒤를 돌아본다. 코카투는 박제처럼 조용하다. 여자가 여러 번 음식을 나른다. 둘이 먹기엔 양과 종류가 많은 상차림이다. 음식을 먹기도 전에 속이 더부룩해진다. 여자가 내 앞에 밥그릇을 내려놓고는 마지막 쟁반, 외치며 마주 앉는다. 밥은 쌀알이 보이지 않을 만큼 잡곡이 섞여 있다. 여자가 젓가락을 쥔 채 나를 빤히 바라본다. 나는 주춤거리며 젓가락을 들었지만 정작 팔을 뻗지 못한다.

　잡곡밥 싫으세요? 이를 어째. 잠깐 기다리실래요, 쌀밥 할게요. 금방이면 돼요.

　일어서려던 여자에게 서둘러 손사래를 친다. 여자가 다시 앉으며 어색하게 웃는다.

　불편하신가 보다. 그러실 것 없는데. 그냥 밥 한 끼 대접하려고 그런 거예요. 이왕 그럴 거면 내 집에서 하자, 그런 건데. 혹시 그때 일 때문에 그런 거면 그냥 잊으세요. 나도 가끔 남편을 밀어버리고 싶을 때가 있거든요. 다 큰 애지만 등짝을 후려치고 싶을 때도 많고요. 그 심정……, 말로 표현하기는 뭣한데 그럴 때 있어요.

문득 생각난 듯 여자가 자리에서 일어선다.

다용도실에서 나온 여자의 손에 천주머니가 들려 있다. 여자가 새장 문을 연다. 코카투가 이리저리 몸을 움직인다. 여자는 주머니 안에서 꺼낸 것을 새장 안의 먹이통 안에 부려 놓는다.

사랑해, 사랑해.

여자의 목소리로 코카투가 말한다. 새장 문을 닫아걸고 여자는 창살 하나를 손가락 끝으로 툭툭, 친다. 그리고 어서 먹으라고 말한다.

주머니를 든 채 여자가 내게로 걸어온다. 상 위에 주머니를 내려놓고 여자가 수저를 든다. 그때 인터폰이 울린다. 통화를 마친 여자는 내게 잠깐만요, 말하고는 현관문을 나선다.

상 위에 놓인 주머니를 내 앞으로 가져와 그 안을 들여다본다. 향긋한 냄새가 난다. 새 전용 인공사료가 있다는 말을 어디선가 들은 것 같다. 주머니를 들고 일어선다. 내가 다가가자 코카투는 다시 몸을 이리저리 움직인다. 새장 문을 조심스레 열고 움켜쥔 작은 알갱이들을 통 안에 넣는다.

사랑해? 사랑해?

흠칫 놀라 나는 두어 걸음 뒤로 물러선다.

— 나한테 사랑한다고 말해요.

언젠가 여자가 내게 했던 말을 떠올린다.

돌아온 여자가 편지봉투를 상 위에 내려놓고 밥을 먹는다.

저 새는, 그러니까……저 새가 하는 말…….

사랑한다는 말?

여자는 입을 우물거리며 대답한다. 나는 물끄러미 여자를 바라본다.

놀라셨어요? 언젠가 내가 말했는데. 그런데 선생님. 쟤, 참 예쁘죠?

나는 입을 다문다. 여자는 허기진 듯 밥을 먹는다. 한쪽 볼이 불룩하다. 밥을 먹는 여자의 얼굴 위로 자꾸만 새장 앞에 선 그녀가 어룽댄다. 코카투에게 먹이를 주며 여자는 끊임없이 물었을 것이다. 사랑해? 날……사랑해? 코카투가 자신의 목소리로 되묻는다는 것을 까마득히 잊은 채 말이다. 나는 뒤를 돌아본다. 코카투는 먹이통에서 조금 떨어진 채 가만히 있다. 나는 자꾸만 뒤를 돌아본다. 코카투가 나를 보고 있는 것 같다. 아니, 밥을 먹고 있는 여자를 물끄러미 바라보고 있는지도 모른다.

입을 우물거리며 여자가 나를 쳐다본다. 여자는 쥐고 있던 수저를 내려놓고 접시 몇 개를 내 앞으로 옮겨놓는다. 많이 드시라고 여자가 내게 말하며 웃는다. 울컥, 목이 멘다. 물을 마셔보지만 부질없다. 뾰족한 것이 자꾸만 두 눈가를 콕콕, 쪼아댄다. 나는, 아버지를 닮아서 눈물이 많다고 여자에게 말한다. 여자는 아무 말 없이 고개를 끄덕인다. 나는 여자에게 인공사료 말고 새 모이를 할 만한 것이 있느냐고 묻는다. 여자가 흔쾌히 고개를 끄덕이다 눈을 동그랗게 뜬다.

새 기르세요?

계단을 내딛으며 현관문을 내려다본다. 아무것도 붙어 있지 않은 현관문 앞에 잠시 멈춰 선다. 잠시 다녀오마. 궁서체로 쓰인 문구가 덧붙여 있었던 분홍색 하트 모양의 포스트잇을 떠올린다.

열쇠를 꽂고 손잡이를 비튼다. 안으로 들어서자 실내등이 켜지고 늘 그렇듯 열심히 살자, 라는 문구가 보인다. 쇼핑백을 내려놓고 거실 벽을 향해 걷는다. 실내등이 꺼진다. 더딘 걸음으로 걸어가 거실 벽을 더듬는다. 하드보드지의 귀퉁이를 찾는다. 각진 모서리에 손톱 끝을 드민다. 조금씩 틈을 벌린다. 벌어진 틈으로 손가락 두 개를 넣자 벽에 붙은 하드보드지 한쪽이 들뜬다. 나는 힘껏 하드보드지를 떼어낸다. 보지 않고도 거뜬히 그렇게 살아낼 일이라고 중얼거리며 거실 불을 켠다.

쇼핑백 안에서 세 개의 베주머니를 꺼내 식탁 위에 올려놓는다. 주머니를 연다. 새 모이를 조금씩 덜어내 종지에 담는다. 나는 베주머니를 옆으로 밀쳐두고 카메라를 든다. 세 개의 종지가 액정화면에 가득 차도록 초점을 맞춘다. 그리고 셔터를 누른다.

컴퓨터 전원을 켜고 K2블로그로 향한다. 나는 다시 한 번 카메라의 액정화면을 들여다본다. 화면 속에 세 개의 종지가 또렷하다. K2블로그로 사진을 옮긴다.

아버지의 영정 사진 밑에 새 모이가 담긴 세 개의 종지가 놓인다. 나는 의자에 등을 기대고 앉아 화면을 물끄러미 바라본다. 새가 된 아버지가 뾰족한 부리로 내 눈가를 콕콕 쪼아댄다.

게시판의 N(new)표시가 깜박인다.

스테파노가 다녀갔다. 아버지의 기일이라는 짤막한 문구 아래 사진이 있다. 사진을 클릭한다. 음식이 즐비한 제사상이다. 나는 스테파노가 두고 간 사진 밑에 댓글을 단다.

스테파노. 코카투가 내게 묻는다. 사랑해? 사랑해?라고 아버지가 내 목소리로 묻는다. 새 모이에는 아랑곳하지 않고 자꾸만 내게 묻는다.

·

푸른 수조

1

메틸렌블루가 섞인 수조에 푸른빛이 돈다. 물고기들은 움직임이 거의 없다. 일곱 마리 중 여섯은 수면 바로 아래에 무리지어 있다. 물의 중간쯤에 사는 습성으로 보자면 수면 가까이에 있다는 것은 그만큼 병이 깊다는 증거다. 몸에 난 백점도 너무 많다. 메틸렌블루가 백점병 같은 물고기질병에 효과가 좋은 치료제이긴 하지만 이대로는 몇 시간 버티지 못할 것이다. 한 마리는 무리 아래에 있다. 녀석도 이미 백점병에 감염된 상태다. 다른 물고기들보다 백점이 적은 편이어서 그나마 상태가 나아 보인다.

이 주 정도는 치료해야 해요.

사내는 그렇게 오래 걸리느냐고 내게 묻는다.

물고기들의 백점병은 사람이 걸리는 감기와 같다. 흔하지만 끈질겨서 때론 치명적이기도 하다. 다 나았다고 생각하는 순간 다시 병이 재발한다. 전염성이 워낙 강해서 완치가 되지 않은 상태로 다른 물고기들과 합사시키면 모두 병에 걸리고 마는 것이다. 사내는 별 것 아니었다는 표정으로 피식, 웃는다.

게다가 물고기들 대부분이 궤양성 피부병을 동반하고 있는 상태입니다.

사내의 얼굴표정이 조금은 복잡하게 변한다. 이내 한숨을 내쉬고 두 손을 양 허리춤에 댄다. 병든 물고기를 내게로 가져왔던 몇 안 되는 사람들처럼 사내 또한 치료를 망설이고 있는 게 분명하다.

백점병과 궤양성 피부병 모두 오염된 수질과 관련이 있어요. 여과기를 잘 살펴보셨나요?

사내가 미간을 찌푸리며 여과기는 문제없이 잘 돌아간다고 대답한다. 그리고 문득 생각났다는 표정으로 함께 기른 물고기 두 마리가 얼마 전 차례로 죽었다고 내게 말한다.

수조와 그 안에 장식품들을 소독하셨어요?

사내가 마지못해 고개를 가로젓는다.

백점병의 원인균은 멀티필리어스예요. 치료를 하고 난 후 백점이 사라져도 멀티필리어스의 알이 살아남는 경우가 있어요. 수조나 장식품을 소독하지 않고 그대로 쓰셨다면 아마 남아 있던 알이 부화해서 다른 물고기들을 감염시켰을 거예요. 여기, 꼬리 부분을 보세요. 몸통에 난 두 군데의 궤양 부위보다 작은 것으로 봐서는 병이 계속해서 진행된 것 같아요. 여과기가 잘 돌아간다고 해도 수질은 지속적으로 나빠졌다는 증거죠.

그러나 사내는 이미 내 어깨 너머로 다른 수조들을 살펴보고 있다. 사내가 팔을 뻗고 집게손가락을 곧게 편다.

저건 얼마죠?


2


녀석을 제외한 여섯 마리의 물고기들은 평형감각을 잃고 있다. 수면 위로 떠오르기까지는 얼마 걸리지 않을 것이다. 나는 녀석을 유심히 바라본다. 물고기들의 몸에서 떨어져 나온 멀티필리어스의 알은 번식처를 찾기 위해 수조 안을 떠돌 것이다. 수조 어딘가에 고착되면 스스로 보호막을 만들고 그 안에서 수천 개의 유주세포가 만들어질 때까지 세포분열을 거듭한다. 보호막을 찢고 나온 유주세포는 48시간 내에 새로운 물고기를 숙주로 삼아야만 한다. 무리와 함께 있는 한, 녀석은 그것들로부터 안전할 수 없다. 나는 진열대에서 빈 수조 하나를 꺼낸다.

메틸렌블루의 양을 늘린 수조는 푸른빛이 더욱 짙다. 수온을 섭씨 30도에 맞추고 히터의 버튼을 누른다. 열대어인 녀석에게는 수온 조절이 치료제 못지않게 효과적이고 무엇보다 멀티필리어스의 알은 높은 온도에 견디지 못하기 때문이다. 디지털 수온계의 숫자가 조금씩 올라간다. 온도를 확인한 후 나는 녀석을 뜰채로 건져내 수조에 풀어놓는다. 녀석이 몸을 떨듯 움직인다. 녀석의 몸짓은 새로운 환경에 적응하려는 물고기들의 그것과 다를 바 없지만 지금 녀석에게는 에어호스에서 뿜어져 나오는 작은 기포조차 불안감을 부추길 것이다. 몸을 숨길만한 작은 수초라도 넣어주고 싶지만 치료 중에는 그 어떤 장식품도 위해요소가 될 수 있다. 12시간마다 새로운 격리수조로 옮겨질 녀석은 저 혼자 모든 것을 견뎌야 한다. 나는 에어호스의 세기를 조금 낮춘 뒤 두어 걸음 뒤로 물러선다.

녀석이 살았을 수조 안의 풍경을 떠올린다. 녀석은 물의 중간쯤에서 제 무리들과 모여 살았을 것이다. 활발한 성격의 녀석에게는 수조 바닥에 놓인 굵은 유목이 가장 신나는 놀이터였겠다. 녀석이 신나게 헤엄치다 스쳐 다치는 일이 없도록 돌멩이는 맨들맨들해야 하고 수초는 부드러운 것으로 촘촘히 심어야 한다. 물론 녀석의 놀이터를 방해하지 않도록 한쪽으로 몰아두어야 한다. 수조 안을 비추는 조명은 녀석의 몸 색깔을 더욱 또렷하게 해줄 테지만 녀석은 그것 없이도 충분히 아름다웠을 것이다. 병들기 전까지는 말이다.

　인기척에 뒤돌아본다. 김 씨가 수족관 한쪽에 놓인 책상 의자를 꺼내 뒤로 밀쳐두고 이내 허리를 구부린다. 철제휴지통 뚜껑을 열려던 그녀가 고개만 돌려 나를 올려다본다. 김 씨의 목 주위로 붉은 반점들이 퍼져있다. 나는 재빨리 김 씨의 엉덩이 밑으로 의자를 밀어 넣는다.

　앉아서 하시라니까요.

　김 씨는 의자에 엉덩이를 걸치며 짧게 신음소리를 낸다.

　앉았다하면 일어서기 싫고 일어서려면 앉을 때보다 더 힘드니까 그런 거지, 뭐. 그런데 이건 뭐여?

　김 씨가 책상 위에 놓인 두툼한 꾸러미를 바라본다.

세일전단지요. 틈틈이 돌리라는데 여길 비울 수가 있어야죠. 퇴근 후에나 들고 나가려고요.

나는 전단지꾸러미를 한쪽 구석으로 밀어놓는다.

저 많은 걸 언제 다?

김 씨의 눈이 휘둥그레진다. 나는 속으로 한숨을 삼킨다.

김 씨가 한 발로 철제휴지통 밑의 레버를 밟고 뚜껑이 열린 그 안을 살핀다. 휴지통에는 장식품을 빼낸 작은 비닐봉지와 휴지 몇 개가 전부다. 전단지 몇 장이라도 구겨 넣어둘 걸 그랬나, 싶은 생각이 든다. 사실 10리터짜리 철제휴지통은 늘 반을 채우지 못한다. 김 씨가 하루에 두 번, 수족관에 들러 휴지통을 비워주기 때문이다. 그런데도 김 씨는 휴지통 안이 비었거나 쓰레기가 적으면 실망한다.

— 그냥 쉬었다가 가는 게 미안해서 그러지. 삼 층 담당은 나처럼 중간휴식처가 없어서 화장실 청소도구함 옆에 쪼그려 앉아 쉰다니까.

일 층 매장 담당 청소직원인 김 씨는 매장 복도를 가로지를 수 없다. 그것은 김 씨를 포함한 여덟 명의 청소담당직원들이 반드시 지켜야 할 준수 사항 중 하나이다. 만약 매장 복도를 가로질러야 할 일이 생긴다면 비상계단을 이용해 움직여야

한다. 급할 경우 매장의 중심부에서 먼 외곽 동선을 따라 이
동해야 하고 매장 내의 고객용 무빙워크나 엘리베이터는 절
대 사용할 수 없다. 직원전용 엘리베이터가 있긴 하지만 청소
담당직원들에게는 그림의 떡이라고 김 씨는 말했다. 매장은
넓었고 층마다 직원 수도 꽤 많은 편이었다. 가끔은 고객들도
직원들과 뒤섞여 하나밖에 없는 직원전용 엘리베이터를 이용
하다보니 늘 그곳은 사람들로 초만원이었다. 한 층을 돌고나
면 금세 대형 쓰레기봉투가 불룩해져 그걸 들고 사람들 틈에
끼려면 웬만한 낯으로는 어림도 없다고 했다. 김 씨는 청소담
당직원들이 모두 쥐띠라고 말했다.

— 사람 많은 데로는 못 다니고 늘 눈에 안 띄게 숨어 다녀
야 하잖어, 쥐새끼처럼.

김 씨는 매장에서 서로 마주 보고 있는 두 곳의 비상계단
사이, 절반쯤 되는 곳에 수족관이 있다고 여긴다. 그러나 거
리로 보자면 수족관은 오른쪽 비상계단과 더 가깝다. 그럼에
도 김 씨가 중간휴식처라고 부르는 것은 자신에게 흔쾌히 의
자를 내어줄만한 곳은 수족관뿐이라는 생각 때문이었다. 청
소담당직원들을 위해 지하 삼 층 주차장 한쪽에 휴게실이 마
련되어 있지만 쪽방이라고 불리는 그곳은 점심시간 이외에는

머무를 수 없다. 그렇다고 청소담당직원들 모두가 중간휴식처를 갖고 있는 것은 아니기 때문에 김 씨는 늘 내가 내어준 의자에 깊숙이 엉덩이를 드밀지 못한다. 앉은 채로 휴지통 안을 말끔히 비우고 목장갑 낀 손으로 뚜껑 위를 닦아낸 뒤라야 허리를 편다. 그리고 오 분이라는 짤막한 휴식시간을 갖는다. 그런 김 씨가 하루에 한 번만 들르겠다는 자신과의 약속을 어기게 된 것은 발리클리 때문이다.

김 씨는 진청색 유니폼을 입던 그날을 또렷하게 기억한다.

진한 휘발성의 냄새와 뻣뻣한 감촉. 형광 빛이 도는 웃옷의 하얀 깃이 자꾸만 목덜미에 스쳤다. 청소를 하는 동안 땀이 흘렀지만 옷으로는 잘 스며들지는 않았다. 청소담당직원들은 여름에도 유니폼 안에 얇은 속옷을 입었다. 속옷은 늘 축축했고 유니폼의 냄새는 더디게 휘발되고 있었다. 청소담당직원들의 관리가 민간용역업체로 이전되었지만 유니폼은 그대로였다. 그것을 입고 있던 사람도 똑같았다. 매장측은 매년마다 공개입찰방식으로 청소담당용역업체를 선발했다. 김 씨가 소속된 용역업체는 해마다 입찰가를 낮춰 매장측과 계약을 맺었다. 사람도 유니폼도 바뀌지 않았지만 월급은 줄고 일은 더 많아졌다. 용역업체 소속이면서도 매장 측의 규칙을 따라야 하는 여덟 명의 청소담당직원들 중에서 김 씨처럼 환갑을 넘긴 사람들이 모두 다섯 명이다. 나머지 사람들도 대개는 환갑을 바라본다. 용역업체는 재계약 때마다 청소담당직원들의 나이제한을 심각하게 고려 중이라고 말했다. 청소담당직원들 중 그 어느 누구도 줄어든 월급에 대해 입을 열지 못했다. 어느 날, 손님과 드잡이를 벌인 동료 한 명이 해고되었다. 쪽방에 모인 사람들은 몇 년을 함께 일해 온 동료가 해고되기까지 이틀도 채 안 걸렸다는 사실이 무엇을 뜻하는지 잘 알고 있었다. 김 씨도 할 말을 잃은 채 벽에 등을 기대고 앉아 있었다. 그때 누군가 몸을 긁적이는 김 씨에게 핀잔을 주었다. 김 씨는 바지허리춤을 벌려 보았다. 크기가 제각각인 반점들이 퍼져 있었다. 누군가는 식중독이 아니냐고 물었고 누군가는 땀띠 같다고, 그렇지 않고서야 벨트처럼 허리춤에만 둘러쳤겠냐고 반문했다. 유난히 땀이 많은 김 씨는 고개를 끄덕여줌으로써 땀띠가 아닐까, 하는 그 누군가의 말에 힘을 실어주었다. 식중독을 의심했던 누군가는 발끈 화를 내며 김 씨가 애초부터 좋지 않은 살갗을 타고난 때문일 수도 있을 것이라고 말했다. 김 씨가 고개를 갸우뚱하는 순간 또 다른 누군가가 질 나쁜 유니폼에 대해 말하며 한숨을 내쉬었다. 쪽방에 모인 사람들은 목소리를 죽여 가며 김 씨의 피부병과 질 나쁜 유니폼 간의 상관관계에 대해 의견을 나누었지만 결론을 맺기에는 턱없이 짧은 점심시간이었다.

바지허리춤에 생긴 반점들은 긁을수록 가렵고 따가웠으며 진물이 났다. 슬쩍 피가 맺히기도 했다. 그런 일련의 과정을 겪으며 반점은 거뭇거뭇한 자국으로 남았다. 그 주위로는 하얗게 살갗이 일었다. 반점은 몸, 위 아래로 퍼졌고 급기야 목덜미에까지 차올랐을 때 김 씨는 하는 수 없이 병원을 찾았다. 일 년을 꼬박 동네 피부과를 전전했지만 반점은 가라앉지 않았다. 병원을 옮겨 다닐 때마다 원인균이 달랐고 때문에 처방도 달랐다. 왜 낫지 않을까요, 김 씨는 의사에게 물었지만 글쎄요, 라는 의사의 말을 듣곤 했다. 그 즈음 김 씨는 얼룩이, 라는 별명을 얻었다. 김 씨는 늘 유니폼 주머니 안에 튜브형 피부연고제를 넣고 다녔다. 그것은 그녀가 챙겨야 하는 청소 도구만큼이나 중요한 것이 되었다.

발리클리. 허리춤을 긁적이는 김 씨를 바라보며 나는 그렇게 중얼거렸다. 김 씨가 나를 올려다보았다. 나는 김 씨에게 발리클리가 피부병을 치료하는 물고기라고 말해주었다. 김 씨는 몸을 긁적이던 손을 멈췄다.

186

발리클리를 알게 된 다음 날부터 김 씨는 하루에 두 번씩 수족관을 들렀다. 내가 내준 의자를 마다한 채 대형수조 앞에만 머물렀다. 수조는 월드피쉬가 방송국 주말 드라마의 협찬사가 되면서부터 판매에 주력하는 상품이었다. 수조의 한 유리면에 단색의 백스크린 대신 세계지도가 펼쳐져 있었다.

— 터키가 어디쯤이여?

내 집게손가락 끝에 김 씨의 시선이 매달렸다. 김 씨는 발리클리 카플라자를 찾고 있었다. 그곳은 터키 중부, 캉갈이라는 소도시 근처에 있는 물고기 온천의 정식 명칭이다. 터키의 관광엽서에 빠짐없이 등장하는 파묵칼레온천만큼 유명한 이유는 발리클리 때문이다. 발리클리는 PH7.8에 연중 섭씨 35도를 유지하는 캉갈의 온천수에만 산다. 사람이 키운 것이 아니라 자연적으로 고온의 온천수에 적응된 특이한 물고기다. 발리클리가 세상에 알려지면서 캉갈의 온천으로 사람들이 몰려들었다. 관광객들의 대부분은 피부병을 앓는 환자들이었다. 의사들은, 발리클리들이 왜 환자들의 피부를 먹이로 삼는지 확실히 알 수는 없으나 온천수가 너무 고온이기 때문에 물고기들의 먹이인 플랑크톤의 절대 부족이 그 원인 중 하나일 것이라고 밝혔다. 또한 사람들의 생각처럼 발리클리만이 피부병을 치료한다고는 볼 수 없다고 덧붙였다. 캉갈의 온천수와 햇빛 그리고 발리클리의 입에서 나오는 액체가 적절히 작용해 피부병을 치료하는 것으로 보고 있었다.

— 모든 피부병에 특효가 있는 것은 아니래요. 게다가 모든 환자가 다 나은 것도 아니고 나았던 사람들도 재발한 경우가 많다던 걸요. 거기 사는 터키사람들도 오랫동안 캉갈에서 온천욕을 했지만 완치가 된 사람은 없대요.

— 거길 가려면……. 한 일 년이면 될까? 매달 얼마씩 모아서……아니, 한 달에 얼마씩 애끼면 될까?

수조를 보고 나면 김 씨는 늘 힘이 빠졌다. 그럴 때면 잠시마다했던 의자에 엉덩이를 걸치고 앉아 맞은편 무빙워크를 바라보았다. 김 씨는 무빙워크가 터키행 비행기의 열린 출입구를 향해 오르는 트랩을 쏙 빼닮았다고 여긴다. 김 씨는 의자에 앉아 간단없이 그 위에 올라선다. 조금씩 비행기의 열린 출입구에 가까워지는 김 씨는 더할 나위 없이 기쁜 모습이어서 자신도 모르게 몸을 긁적이고 있는 손길을 종종 잊은 듯보였다. 그러나 비행기에 오르기도 전, 그녀의 나른하고 몽롱한 기운을 깨우는 것은 몸에 퍼진 붉은 반점들이었다. 김 씨는 유니폼 주머니에서 연고를 꺼내 가렵고 쓰라린 반점 위에 펴 발랐다.


이것들은 왜 죄다 비었어?

김 씨가 앉은 채로 의자에서 몸을 틀고는 바닥에 내려놓은 빈 수조들을 가리킨다.

격리수조로 쓸 건데 그 전에 소독 좀 하느라고요.

여섯 개 씩이나? 물고기들이 떼로다가 병든 모양이구만. 그래, 다 고쳐줬어?

아뇨. 여섯은 죽고 한 녀석만 저기에 있어요.

김 씨의 시선이 푸른 수조에 가닿는다.

파르라니 꼭 거기 온천물 같아 보여.

그렇게 말하고는 김 씨는 의자에서 일어나 푸른 수조 앞으로 바투 다가선다. 그리고 뒷짐을 쥔 채 수조 안을 들여다본다.

이 눔도 거기다가 풀어놓으면 단박에 나을 지도 몰라.

이 물고기는 그런 뜨거운 물에서는 못 살아요. 가면 죽을 걸요, 아마.

그럼 여기서는 살란가?

…….

# 3

수조 앞으로 다가가 녀석의 동태를 살핀다. 수면 아래, 녀석은 조용하다. 움직이지 않는 녀석을 보자 수온을 더 높일까, 망설여진다. 수온을 높이면 항체가 더 많이 생성되어 치료가 빨라질 수 있다. 하지만 물고기의 생체대사에 너무 심한 부담을 줄 수 있기 때문에 스트레스가 가중되고 저항력이 다시 떨어질 수도 있다. 메틸렌블루도 더 이상은 쓸 수 없다. 수온을 높일 때의 위험부담처럼 치료제도 사용치를 넘기면 녀석에게는 독이 될 수도 있다. 나는 천천히 녀석의 아가미와 지느러미를 살핀다. 어쩌면 녀석은 잠이 든 것인지도 모른다. 눈꺼풀이 없는 물고기들의 수면 상태를 정확히 판단하기란 어렵지만 잠이 든 동안에는 헤엄을 치지 않고 한곳에 멈추어 있게된다. 몇 시간 전 녀석의 움직임도 잠이 든 상태에서 몸의 평형을 유지하기 위해 가슴지느러미와 꼬리를 흔드는 물고기들의 그것과도 같을 수 있다. 그러나 물고기들의 수면 시간은 사람이 선잠을 자는 것처럼 짧고 얕다. 그에 비하면 녀석의 잠은 너무 길고 깊은 것이다. 혹 잠든 것이 아닐까, 했던 나는 다시 망설인다. 이내 히터의 버튼을 향해 손을 뻗는다. 녀석이 안간힘으로 견뎌 주길 바랄 뿐이다.

박이 성큼성큼 걸어온다. 수족관으로 들어와 철제의자를
빼내 앉는다. 박은 뻣뻣하게 세운 머리칼을 매만지며 한쪽 다
리를 떤다. 박의 시선이 바닥에 놓인 빈 수조들을 빠르게 훑
는다.

뭐야, 이 수조들은?

나는 수조들을 수족관 한쪽으로 밀어 옮긴다.

설마 격리수조?

걱정 마요, 내 돈으로 산 것이니까.

그래? 어쨌든 매출은 올린 셈이군. 그런데 말야, 요즘 젊은
여자들은 월급 모아서 여행도 가고 얼굴도 고친다던데 지영
씨는 병든 물고기들 살려내느라 다 써버리는 거 아냐?

톡톡. 어느 새 박은 책상 한쪽에 밀쳐두었던 전단지 꾸러미
를 끌어내 그 위를 집게손가락 끝으로 치고 있다. 못마땅하다
는 표정이 역력하다. 박이 수족관을 둘러본다.

왜 저걸 한쪽에 처박아 둔 거지?

나는 박의 시선이 멈춰 있는 소형 누드 어항 쪽을 바라본
다. 최근 유행하는 실리콘 장식물로 꾸며 놓은 사각 수조들이
다. 백스크린을 사용하지 않고 어느 쪽에서든 수조 안을 들여

다 볼 수 있다고 해서 누드 어항이라고 부른다. 중저가로 출시된 제품이어서 반응이 좋은 편이지만 나는 수족관 한쪽 후미진 곳에 진열해 놓았다. 애써 찾는 사람들에게도 잘 권하지 않는다. 백스크린으로 가려지는 곳이 없어 수조 안을 들여다보는 사람들이야 편하고 즐거울 테지만 물고기들에게는 그 반대이기 때문이다. 게다가 실리콘의 장식품들은 모두 형광빛이 도는 원색이다. 인공 수초를 대신하는 열대 야자나무 모양의 장식품은 끝이 뾰족했다. 누드 어항의 모든 구성 요소들이 물고기들에게는 장애물이거나 위험 요소인 것이다.

박이 누드 어항을 모두 꺼내 바닥에 내려놓는다. 그리고 수족관에서 가장 눈에 잘 띄는 곳으로 하나씩 옮겨 놓는다. 어떻게든 팔아라, 그것이 네 어미일지라도. 입사동기인 박이 내 상사가 되기까지, 어쩌면 그를 밀어붙인 것은 고비 때마다 자신에게 이르고 다짐해 둔다는 그 말이 아니었을까.

박이 녀석이 있는 푸른 수조에 다가간다. 내가 가로막고 서자 박은 잔뜩 미간을 찌푸린다.

무슨 일로 온 거예요?

박이 다시 의자로 가 앉는다.

수조를 깨버린다나 뭐라나. 방송국에서 갑작스럽게 연락이

왔지, 뭐야. 내 밑에 사람들은 외근 나갔고 관리직들은 책상을 지켜야 한다니 어쩌겠어, 내가 가야지. 간신히 신입 한 명을 빼내 오기는 했는데 왜 여태 안 오는지 모르겠군. 요즘 신참들이라니. 아무튼 물고기도 처리해야 하니까 여긴 신참한테 맡기고 지영 씨가 가줘야겠어. 가져다가 안락사를 시키든 치료를 하든 그건 지영 씨 마음대로 해. 그 정도는 내 선에서 알아서 보고할 테니까 말야.

박은 한쪽 다리를 떨며 수족관 밖을 흘끔거린다.

돌려야 할 전단지가 자그마치 천오백 장이에요. 이 주 전보다 오백 장이나 더 왔더군요. 차라리 신참을 데리고 가지 그래요? 여긴 내가 맡을 테니.

비딱할 때가 아니야. 물고기 치료한다는 입소문이 좀 돈 것 같고 안심하지 말란 말이지, 내 말은. 물고기 죽어 나가는 꼴은 앉아서 못 보는 사람 아녔어? 이번 뒷처리만 맡아 주면 일일보고 하는 틈에 은근슬쩍 지영 씨 얘기 좀 잘해 주려고 했구만서도. 나랑 같은 직급 동료이길 해 아니면 절친한 술친구이길 해. 내가 그래야 하는 이유가 입사동기라는 것 말고 뭐 있어. 가뜩이나 매장 철수 얘기가 심심치 않게 돌더구만. 병든 물고기랑 씨름하기 싫으면 수조 하나라도 더 팔든가.

신입사원이 들어오자 박이 자리에서 일어선다. 박이 농담을 던진다. 신입사원은 웃지 않는다. 머쓱해진 박은 내게 주차장으로 내려오라고 말하고는 수족관을 떠난다. 신입사원은 느린 걸음으로 수족관을 둘러본다. 나는 푸른 수조 앞으로 다가가 디지털 수온계를 확인한다. 섭씨 31.8도. 너무 깊이 잠들지 말라고 녀석에게 속삭인다. 나는 누드 어항 앞에 서 있던 신입사원을 부른다. 신입사원에게 녀석을 눈여겨봐달라고 부탁한다. 내 말에 신입사원이 고개를 끄덕이며 말한다.

보기만 하면 되는 거죠?


4


어둑한 스튜디오 안의 메인 카메라는 수조를 향해 있다. 스튜디오의 한쪽 벽에 기대 서 있는 박은 마른 입술을 혀로 핥는다.

저게 얼마짜리 수존데…….

박은 말끝을 흐리며 머리칼을 거칠게 쓸어 올린다.

월드피쉬가 주말 드라마의 협찬사로 발탁되었을 때 박은 뛸 듯이 기뻐했다. 사장은 그를 영업과장으로 승진시켜주었고 월드피쉬의 입지를 더욱 확고히 넓히는 직원이 되기를 독려했다.

— 주인공의 아버지는 이름난 재력가입니다. 아시겠죠, 무슨 말인지?

제작진의 말에 월드피쉬는 대형 붙박이식 수조를 협찬하기로 결정했다. 짙은 오크색의 최고급 원목과 스틸 재질의 이중 마감재로 수조의 테두리를 두르고 단색의 백스크린 대신 유리 크기에 맞게 세계지도를 제작해 붙였다. 수조 속의 수많은 물고기들이 오대양 육대주를 헤엄쳐 다녔다.

첫 회 방영된 드라마는 화려한 스타 군단의 대거 출연에 힘입어 같은 시간대의 주말 드라마 중 가장 높은 시청률을 기록했다. 월드피쉬의 사무실로 심심치 않게 대형수조에 대해 문의하는 전화가 걸려왔다. 드라마가 방영되는 동안 월드피쉬는 백화점 한 곳과 대형 할인마트에 입점하게 되었다. 대형수조 앞에 '드라마 협찬품'이라는 안내문을 써두었다. 그러나 드라마가 중반부에 이르렀을 즈음 시청률은 가파른 하락세를 나타냈다. 통속적인 삼각구도의 시나리오가 내재한 빤한 결말을 화려한 스타군단의 출연으로 어렵사리 가리고 있다는 연예혹평이 이어졌다. 그러는 사이 스튜디오에 설치된 수조에서 물고기들이 자꾸만 죽어 나갔다.

— 방송국 치들, 녹화 끝나고 스튜디오 전원을 모두 끄는 바람에 물고기들이 죄다 죽었던 일을 벌써 까마득히 잊은 모양이야. 우리가 물갈이하겠다는데 왜 저희들이 귀찮아해? 언젠가 내가, 맡겨둔 먹이 좀 제때에 주라고 스태프한테 한마디 했더니 자기도 바빠서 끼니 거르기 일쑤라고 빈정대더군. 굶어 죽고 숨 막혀 죽고. 그 수조는 그냥 수조가 아냐. 물고기에 돈까지 잡아먹는 수조라구.

드라마 제작진은 늘 새로운 물고기를 원했다. 떨어지는 시청률과 상관없이 재력가의 거실은 여전히 화려했고 재벌 2세가 된 주인공은 어릴 적, 수조를 바라보며 꿈을 키웠던 기억을 지우지 못했기 때문이었다. 시청률이 백화점 입점 확대를 바라던 월드피쉬에게 악재로 작용했지만 계속해서 새로운 물고기를 협찬할 수밖에 없었다. 매 회마다 병든 물고기는 전량 폐기처분하고 수조에 새로운 물고기들을 쏟아 부었다. 새 물고기들은 수조에서 이 주일을 버티지 못했다. 불이 꺼진 어둑한 스튜디오에서 수조의 물고기들은 제 피부색을 잃어 갔다.

지느러미는 썩어 들어가고 비늘이 일어섰다. 병든 물고기들
은 물풀 사이에 몸을 숨기거나 혹은 바위에 몸을 비벼 댔다.
어렵사리 물갈이를 할 때마다 수조의 물은 최고치의 오염도
를 나타냈다. 물고기들은 더 이상 오대양 육대주를 활발히 헤
엄쳐 다니지 못했다. 수조는 손익분기점을 넘어 월드피쉬의
골칫덩어리가 되어 버렸다.

드라마의 조기종영이 결정되었다. 월드피쉬는 안도의 한숨
을 내쉬었다. 그리고 서둘러 매장에 설치된 수조의 안내문에
서 '드라마 협찬품'이라는 내용을 삭제했다.


나는 곁에 서 있는 박을 바라본다. 박이 지금의 자리에 오
르기까지 대형 수조는 더할 나위 없이 좋은 파트너였다. 때문
에 수조가 물고기뿐만 아니라 돈까지 잡아먹는 골칫덩어리가
되었을 때 그 어느 누구보다 수조를 깨버리고 싶었던 사람은
박이 아니었을까, 생각해본다. 이제 수조는 드라마의 마지막
회분을 남겨둔 채 사라질 것이다. 박이 또 다시 머리칼을 쓸
어 올린다. 박의 얼굴이 지친 듯 보인다.

수조에 물감 풀어. 한 번에 가야 하니까 색깔을 잘 맞춰.

프로듀서가 주조종실로 이어진 나선형 계단을 오르며 소리

친다. 수조 양 옆 놓인 간이 사다리 받침대에 올라선 두 사람이 계단 쪽을 향해 고개를 끄덕인다.

대사 다 외웠어요? 수석이 조금 무거우니까 힘껏 던지세요. 유리가 깨지고 물이 흘러나오고 물고기들이 파닥이면 그 중 제일 작은 놈으로다가 한 마리를 발로 밟는 거예요, 아셨죠?

계단 중간쯤에 멈춰선 프로듀서가 대본을 쥔 채 서 있던 중년의 여배우를 향해 외치듯 말한다.

시늉만 하라는 거야, 아니면 진짜 밟아 죽이라는 거야?

리얼하게 가야죠.

몰라. 살아 있는 걸 어떻게 그래.

어차피 죽을 거래요. 병에 걸렸답니다. 이래 죽으나 저래 죽으나. 안 그렇습니까, 월드피쉬?

네!

박이 계단을 향해 힘차게 대답한다. 주조정실로 올라간 프로듀서는 스튜디오 마이크를 통해 다시 한 번 외친다.

자, 한 번에 갑시다!

나는 그 말이 단 한 번에 죽이자고 외치는 것처럼 들린다. 어금니를 힘주어 문다.

스튜디오 안이 고요하다. 잠시 후 거실에 서 있던 중년의 여배우가 수조를 향해 천천히 돌아선다. 그리고 수조를 바라보며 조금씩 흐느낀다. 수조 안 물고기들의 움직임이 심상치 않다. 그녀의 흐느낌이 조만간 어떤 행동으로 이어질지 눈치채고 만 것일까. 흐느낌과 함께 대사를 읊조리던 그녀는 잠시 입을 다문다. 거실 탁자에 놓인 검은 수석을 집어 올리는 그녀의 손이 부들부들 떨린다. 수석을 든 그녀는 녹화 전 프로듀서가 정해 준 위치를 향해 걷는다. 지금 그녀는 수석을 던져 수조의 한가운데를 명중시켜야 한다는 프로듀서의 말을 떠올리고 있을 것이다.

나는 두 눈을 질끈 감는다. 날카로운 파열음이 단 한 번 내지른 외마디 비명처럼 내 명치께에 와 꽂힌다. 눈을 뜬 순간 중년의 여배우는 거실 바닥을 내려다보고 있다. 수조 밖으로 쏟아져 나온 물고기들이 거실 바닥 여기저기서 펄떡거린다. 그녀는 오른발을 내딛는다. 그리고 그 발에 온몸의 무게를 신는다.

굿! 다음 씬은 십 분 후에 갑니다.

주조정실의 프로듀서가 마이크를 통해 다음 장면 준비를 서두른다. 스태프들과 박이 스튜디오를 향해 달려간다. 박이 나를 소리쳐 부른다.

깨져버린 수조는 흉물스럽다. 날카로워진 유리 틈으로 수초가 길게 뺀 혀처럼 늘어져 있다. 물이 빠져버린 수조 안에 두어 마리의 물고기가 몸부림치고 있다. 사람들은 물이 흥건한 거실 바닥에 쭈그려 앉아 걸레질을 하느라 분주하다. 박도 검은색 정장바지의 밑단을 성마르게 접어올리고 걸레질을 한다. 나는 플라스틱통을 들고 다니며 바닥에 흩어져 있는 물고기들을 주워 담는다. 걸레질을 하던 사람들 중 더러는 물고기들을 주워 가까이에 놓인 통에 던져 넣는다. 그 통 위에서 걸레를 쥐어짜기도 한다. 물고기와 더러운 물이 함께 뒤섞이고 있다. 나는 통을 일일이 뒤져 가며 물고기들을 옮겨 담는다. 내가 들고 있는 플라스틱통에 물고기들이 꾸역꾸역 차오른다. 빈 통 안에서 물고기들이 펄떡거린다. 물 좀 없을까요. 사람들에게 묻지만 흘끔 올려다볼 뿐 대답하지 않는다.

무슨 물?

박이 미간을 찌푸리며 말한다. 나는 박에게 들고 있던 플라스틱 통을 기울여 그 안을 보여준다. 박은 대답 대신 옆에 놓인 플라스틱 통을 내게로 민다. 더러운 물이 반쯤 차 있다. 나는 쭈그려 앉아 통의 한쪽을 잡고 기울인다. 더러운 물을 물고기들이 담겨 있는 통에 따른다. 물고기들이 몸을 부딪치는 소리가 잦아든다. 그러나 물고기들은 두 시간을 버티지 못할 것이다.

내 앞으로 걸레 하나가 툭, 떨어진다. 박이 나를 내려다보고 있다. 박은 내 앞에 떨어져 있는 걸레를 향해 턱짓을 한다. 나는 흠뻑 젖은 걸레를 쥐어짠다. 순간 손바닥이 따끔하다. 걸레질을 멈추고 손을 살펴본다. 아무 것도 찾을 수 없다. 걸레를 펼쳐 본다. 작은 유리 파편 몇 개가 스튜디오의 조명 불빛에 반짝인다. 그때 누군가 내 앞을 지나 수조를 향해 걸어간다. 남자는 수조 앞에 멈춰 서자 들고 있던 망치로 수조의 남은 유리를 힘껏 내리친다. 사람들이 놀란 듯 고개를 쳐들고 일제히 수조를 바라본다. 남자는 틀만 남은 수조 안의 모든 것을 바닥 아래로 쓸어 낸다. 유리 파편 위에 물고기가 펄떡인다. 나는 재빨리 일어나 통을 들고 수조 앞으로 달려간다. 바닥에 떨어져 있는 두 마리의 물고기를 서둘러 통 안에 넣는다. 남자가 나를 물끄러미 바라본다.

자꾸만 손이 따끔거린다. 걸레를 내려놓고 손을 살펴본다. 손끝으로 매만져 보지만 날카로운 감촉은 찾을 수 없다. 나는 따끔거리는 곳에 입을 댄다. 그리고 조심스레 혀로 핥는다.

뭐야, 더럽게.

나는 쭈그려 앉은 채로 박을 올려다본다. 박은 들고 있던 걸레를 통에다 던져 넣는다.

젠장, 못 해먹겠네.

박은 물고기가 든 통을 발로 툭, 걷어차고는 돌아선다. 그리고 스튜디오 밖으로 나가버린다. 나는 통 안에서 걸레를 빼내고 그 안을 들여다본다. 몇 마리인지 모를 물고기들이 꿈틀거린다. 물고기들의 살갗, 어딘가에도 자잘한 유리 파편이 파고들었을까. 아가미에 혹은 비늘 사이, 어쩌면 어떤 녀석들은 이미 몇 개의 자잘한 유리 파편을 저도 모르게 삼켜버렸는지도 모를 일이다. 따끔거리는 손을 움켜쥔다.

발리클리. 그 녀석이라면 깊이 박힌 유리 파편을 쉽게 찾을 수 있을까. 물에 잠긴 내 손을 향해 녀석들이 몰려올 것이다. 내 손에 녀석들의 매끄러운 몸이 스친다. 한 녀석은 내 손에 입 맞추듯 주둥이를 갖다 댄다. 녀석의 예민한 입술에 유리 파편의 날카로운 감촉이 묻는다. 따끔거리는 통증은 곧 녀석의 입안으로 빨려 들어갈 것이다. 꿈틀, 녀석이 몸을 뒤튼다.

202

## 5

녀석은 누운 채로 물에 떠 있다. 손톱 끝으로 푸른 수조의 유리를 톡톡, 친다. 알 수 없는 일이다. 녀석의 죽음이 그다지 슬프지도 놀랍지도 않다. 어쩌면 나는 녀석에게 미안해해야 하는지도 모른다. 녀석을 미련 없이 버린 사내가 미웠다. 나는 녀석을 살리기 위해 치료제를 수조 속에 쏟아 붓고 수온을 높이 올렸다. 사내가 또 다시 새로운 물고기들을 찾아 수족관으로 올 때까지 녀석이 버텨주기를 바랐다. 사내를 푸른 수조 앞으로 데려가 보란 듯이 살아 있는 녀석을 보여주는 순간을 꿈꿨는지도 모른다. 아니, 녀석이 죽을 거란 생각은 틀렸다는 사내의 자백을 받아 내고 싶었던 것은 아닐까. 수조가 더욱 짙푸르러지는 매 순간마다, 조금씩 올라가는 디지털 수온계를 바라볼 때마다 나는 녀석의 예견된 죽음을 애써 감추고 있었을 것이다.

푸른 수조를 바닥에 내려놓는다. 흔들리는 물에 녀석의 몸이 따라 움직인다. 나는 푸른 수조에 오른손을 담근다. 활짝 편 손가락으로 천천히 수조 안에 물살을 만든다. 녀석은 누운 채로 물살에 몸을 맡기고 있다. 녀석이 푸른 수조의 유리에

가 닿는다. 나는 녀석을 향해 부드러운 물살을 보낸다. 발리클리, 발리클리. 녀석을 바라보며 낮은 목소리로 중얼거린다.

언제 왔는지 김 씨가 내 옆에 쭈그려 앉는다. 그리고 플라스틱 통 안을 들여다본다. 이미 죽어버린 물고기들을 내려다보며 김 씨는 긴 한숨을 내쉰다.

나는 끊임없이 녀석을 향해 물살을 만들어 보낸다. 녀석은 물살을 타고 캉갈로 향할 것이다. 녀석을 향해 발리클리가 헤엄쳐 온다. 발리클리는 녀석의 주위를 맴돌며 가벼이 몸을 부딪거나 비벼대기도 한다. 녀석은 누운 채로 발리클리의 입술에 몸을 내맡긴다. 내 손에서 빠져나간 작은 유리 파편이 녀석의 비늘 사이에서 반짝인다.

화이트 아웃

# 1

개구리가 운다. 내리는 빗소리가 함께 뒤섞인다. [개구리 명] 양서류 무미목(無尾目)의 참개구리과,……통틀어 이르는 말. 올챙이가 자라…….] 나는 사전을 덮는다. 폐기능이 썩 좋지 않은 개구리는 피부 호흡에 의지한다. 축축한 피부는 대기 중 산소를 공급받기에 좋은 상태다. 낮보다는 밤이, 맑은 날보다 지금처럼 비가 내리는 날씨가 개구리에겐 더할 나위 없이 좋다. 그러니까 개구리는 지금 기분이 좋아서 우는 것이다. 숨쉬기 편하니까. 손가락 사이에서 볼펜이 핑그르르, 돈다. 볼펜이 떨어져 책상 위에 구른다. 사전의 둔탁한 모서리에 맞아 멈춰선 볼펜을 물끄러미 바라본다. 한때, 볼펜을 떨어뜨리지 않고 쉼 없이 돌려댄 적이 있다.

— 볼펜 돌릴 시간 있으면 머리 좀 돌려 봐.

부장은 의자 등받이에 몸을 기대며 말했다.

— 이 책이 나오면 누가 먼저 보는지 몰라서 이래? 애 엄마들이 먼저 훑어. 그런 다음에라야 책을 산다는 건 이 바닥에선 기초상식이야. 없는 걸 만들라고 한 것도 아닌데 왜 이렇게 버벅대는 건가?

부장은 책상 위에 놓인 원고를 내가 서 있는 책상 끝으로 밀었다.

— 남이 판다고 딴 구멍 찾아 파는 놈치고 대박나는 거 못 봤다. 딴 데 팔 시간도 없고 우린 그럴 돈도 없어. 묻어갔다는 말 듣기 싫어서 돈 먹는 하마처럼 자존심 내세우지 말란 말이야. 어떻게든 끼어서 파. 뭐 색다른 것 없나 파보라구. 비틀든지 꼬든지 아니면 갖다가 붙이든 제발 어떻게 좀 해 봐봐.

원고를 들고 돌아서는 내게 부장은 요즘 추세에 맞추라고 덧붙였다. 나는 자리로 돌아와 앉아 볼펜부터 찾았다. 색다른……것. 사전을 펼쳤다. 〔색—다르다형종류가 다르다. 보통과는 달리 특이하다.〕

볼펜을 돌릴 때마다 손목에 통증이 느껴졌다. 일의 진척이 더뎠다. 볼펜은 쉼 없이 내 손가락 사이에서 돌아가고 통증은 팔꿈치로 어깨로 진행되었다. 사진과 세밀화를 곁들여 싣고 스토리를 만들었다. 그러나 온갖 종류의 혼합물이라 해도 좋을 휴대용 동물백과사전은 결국 만들어지지 않았다. 모든 것이 백지화되었다는 사실을 통보받았을 때 차라리 다행이란 생각이 그 어느 감정보다 앞섰다. 그 감정이 사라지고 나자 배가 고팠다. 깜빡 잊고 있던 약속이 불현듯 생각난 사람처럼 자리를 박차고 일어났지만 사무실을 나오던 나는 그 약속을 매번 어긴 사람처럼 마음이 무거웠다.

건물 앞 계단에 햇빛이 쏟아지고 있었다. 계단 위에 서서 깍지 낀 두 손을 이마에 댔다. 손차양을 비껴 올려다본 하늘은 두터운 먼지층 때문에 몹시 탁했다. 주위를 둘러보았다. 거리는 매끄러운 유리표면처럼 입체감이 느껴지지 않았다. 먼지층을 뚫고 내려온 짱짱한 햇빛이 비비탄처럼 길바닥에서 튀었다. 나도 모르게 발가락이 움츠러들었다. 깍지 낀 손을 풀고 두어 걸음 뒤로 물러섰다.


사전 옆에 나뒹그러져 있는 볼펜을 주워든다. 손가락 사이에 끼고 돌려본다. 몇 바퀴 돌아가지도 못하고 볼펜이 튕겨나간다. 열 바퀴만, 열 바퀴만 돌아라. 나는 열심히 손가락을 움직인다. 손목이 뻐근해진다. 자꾸만 볼펜을 떨어뜨린다. 내 손가락 사이에서 볼펜이 쉼 없이 돌아가던 기억마저 의심스럽다. 볼펜이 빠져나간 오른손을 바라본다. 어쩌면 나는, 시간이 흐를수록 내가 살아있다는 사실조차 믿을 수 없게 될지도 모른다. 재빨리 사전을 끌어당긴다. 맨 뒷장을 펼쳐 내 이름을 확인한다. 볼펜을 들고 그 위에 덧쓴다. 몇 번이고 내 이름을 눌러 쓴다. 그때 노랫소리가 눅눅한 밤기운에 섞여 방충망의 비좁은 그물코를 뚫고 들어온다. 개울가에 올챙이 한 마리, 꼬물꼬물……. 바로 위층, 201호 아이다. 나는 아이의 노랫소리에 귀를 기울인다. 그때 동물백과사전에 끼워 넣었던 동요가 뭐였더라. 도통 생각나지 않는다. 위험해, 어서 이리 와. 여자가 아이를 부른다. 아이는 베란다 앞에 바짝 다가서 돌확을 내려다보고 있을 것이다.

돌확은 작은 분수대모양이었다. 나는 베란다 앞에 서서 물끄러미 그 낯선 물건을 바라보았다. 그 옆에 서 있던 여자가 돌아섰다. 처음 보는 얼굴이었다. 여자는 201호에 새로 이사 왔노라고 말했다. 201호요? 나는 선 채로 위를 올려다보았다. 바로 위층, 201호엔 물이 끓는 주전자 속 같던 다섯 식구가 살았는데. 밤이면 늘 부글대는 소리가 끊이질 않았었다.

나는 방충망을 사이에 두고 여자와 어색한 인사를 주고받았다. 그리고 더 이상 시선을 둘 곳이 마땅치 않아 돌확을 바라보자 여자는 돌확을 뒤로 가리며 섰다.

— 전에 살던 집 마당에 두었던 건데 새 집에는 마땅히 둘 곳이 없어서요.

베란다와 담벼락 사이의 폭 좁은 공간은 잡풀이 무성했다. 늦은 밤, 사람들의 악다구니가 그곳으로 곤두박질치기도 했다. 한여름이면 모기떼가 들끓고 아침이면 누군가 창밖으로 내던진 자잘한 쓰레기가 잡풀 속에 숨어 있었다. 나는 그곳이 돌확 같은, 잘 가꿔진 정원에나 어울림직한 소품이 놓일 마땅한 자리일까, 생각했다.

며칠 뒤, 201호에 사는 남자가 나를 찾아왔다.

— 뒤뜰에 텃밭을 만들었으면 하는데요. 아이가 집에만 있어선지 투정이 이만저만이 아니라서. 그런 거라도 만들어 눈길을 끌어주면 좀 나을까 싶어서 그럽니다만, 어떨는지요.

— 뭘요?

— 그러니까 뒤뜰에 작은 텃밭을 만들어도 될까요?

나는 현관에 서서 뒤를 돌아보았다. 나는 그곳의 주인도 아닐뿐더러 그곳의 주인이 누구인지도 몰랐다. 아무도 그곳에 신경을 쓰지 않았고 눈길조차 주지 않았다. 그런 곳을 뒤뜰이라고 부른 사람은 남자가 처음이 아니었을까. 돌확 주위를 맴도는 아이가 보였다.

— 아마, 그래도 괜찮을 겁니다.


식탁의자에 앉아 베란다 밖을 바라보면 돌확과 텃밭이 보였다. 빛이 좋은 날이면 그곳에 201호의 사람들이 나와 있었다. 쪼그려 앉아 텃밭을 가꾸는 남자의 등은 언제나 부드럽게 휘어있었다. 여자는 남자와 말을 주고받으며 웃었지만 시선을 늘 아이에게서 떠나질 않았다. 아이가 돌확 주위를 토끼처럼 뛰며 맴돌았다.

세 사람이 있는 베란다 창밖을 바라볼 때면 눈이 부셨다. 그럴수록 내가 있는 곳은 더욱 어두워졌다. 그럴 때면 나는 한 편의 영화를 보고 있는 것 같은 착각이 들었다. 각자의 역할을 놀라우리만치 잘 소화해내는 탁월한 연기자들. 그들의 얼굴을 향해 누군가 떨리는 두 팔로 치켜든 반사판이 빛을 퍼붓고 더, 더! 행복하게! 주문을 외치는 감독의 말소리를 미세한 틈에 교묘히 숨긴 채 쉴 새 없이 돌아가는 필름. 행복해 보이지? 그런데 그게 다 일까? 그게 다가 아닌, 그래서 처음부터 널 속이고 말거야, 미리 준비되어 있었던 비참한 결말. 내가 상상한 영화 속 그들의 행복은 흥행대박을 위해 언제든 어디서든 어떻게든 쉽고 간편하게 대본에서 삭제될 수 있는 삽화였다.

나는 돌확과 텃밭에 나온 201호의 사람들을 보지 않기 위해 베란다의 버티컬을 걷지 않았다. 얼마 후 작은 텃밭에서 잎을 밀어올린 푸성귀에 환호성을 지르는 아이의 목소리가 베란다 밖에서 들려왔다. 그리고 돌확에는 금붕어가 살게 되었다. 그 즈음 201호의 여자가 다시 나를 찾아왔다.

— 미싱을 들였어요. 소리가 요란할 거예요. 죄송해요.

그렇게 말하며 여자는 내게 잡채가 든 그릇을 내밀었다.

— 무얼 만들 건데요?

그릇을 건네받으며 나는 여자에게 물었다. 여자의 얼굴이 붉어졌다. 그저 웃기만 할 뿐 대답이 없었다. 나는 그릇을 든 채 돌아서야 하나 말아야 하나 난감했다.

— 가끔 밤에도 어쩔 수 없이, 아니 되도록 낮에 다 끝내도록 할게요. 죄송해요. 대신 뭐든 박아드릴 게요. 셔츠 단추나 바짓단 같은 거, 뭐든 주세요. 그냥 박아드릴 게요.

여자는 고개를 들지도 못하고 두 손을 가지런히 모은 채 말했다. 여자가 돌아가고 난 후 나는 잡채그릇을 식탁 위에 올려놓았다. 잠시 후 초인종이 울렸다. 여자였다.

— 저, 그거요, 잡채. 상하기 쉬워요. 지금 안 드실 거면 냉동실에 얼려버리세요. 먹을 만큼씩만 나눠 얼리세요. 먹을 때마다 녹여서 데워 드시면 그럭저럭 한 끼 음식은 되거든요.

나는 식탁 의자에 앉아 잡채그릇을 바라보았다. 여자는 내가 혼자라는 사실을 알아차린 모양이었다. 여자는, 혼자 살면서도 제 먹고 사는 일쯤 잘 꾸려나가는 사람도 얼마든지 있는데 내가 그런 부류의 사람이 아니란 것까지 훤히 꿰뚫었는지도 몰랐다.

방을 나온다. 냉장고의 손잡이를 잡는다. 문을 열고 잠시 머뭇거린다. 이렇게 주위가 습한데도 왜 목이 마른지 알 수 없다. 냉장고 안에 두 조각의 케이크가 눈에 띈다. 얼려 두세요. 음식을 줄 때마다 여자는 그 말을 잊지 않는다. 냉장고 문을 닫는다. 아, 물병. 돌아보지만 냉장고를 다시 열고 싶지는 않다. 그대로 방으로 들어간다. 케이크의 잔상이 줄래줄래 따라온다.

여자는 내게 늘 많은 양의 음식을 건네준다. 잊을만하면 음식이 든 그릇을 들고 나를 찾아온다. 그러나 나는, 여자가 건네준 음식을 단 한 번도 먹은 적이 없다. 그저 바라만 본다. 음식은 대개 식탁 위에서 혹은 냉장고 안에서 상해버리기 일쑤다. 때론 집안에 퍼진 음식 냄새가 가시기도 전에 버린 적도 있다. 밤이 오길 기다려 쓰레기통에 음식을 버리고 돌아오면서 나는 몇 번이고 되뇌이곤 한다. 201호는 좋은 이웃이다, 라고. 그들에게 혼자 사는 나는 늘 안쓰러운 존재였을 것이다. 그러므로 여자가 내게 건네주는 음식들은 그 이상의 의미를 갖고 있는 것이다. 하지만 그들은 모른다. 그 음식들이 잊고 있던 기억을 모조리 일깨운다는 사실을 말이다. 이를 테면 내 아이의 돌 잔칫상에 올려졌던 떡의 알록달록한 색깔과 어떤 과일이든 정수리에 톡, 하고 칼집부터 내던 아내의 버릇 따위. 여자가 건네준 음식들은 그게 뭐든 꼭 하나씩은 생각나게 만든다. 그러나 음식의 기름 냄새가 가시고 푸릇푸릇 곰팡이가 필쯤이면 그것이 일깨웠던 내 기억은 모조리 과거형이란 사실을 깨닫게 된다.

나는 의자에 앉아 사전을 끌어당긴다. 뭉툭한 모서리를 손가락으로 쓰다듬는다. 케이크 조각의 뾰족한 끝이 내 마음을 콕콕, 찌른다. 사전을 들춘다. 촛불을 끄려고 한껏 숨을 들이마신 아이의 불룩한 양 볼이 떠오른다. 사전을 소리 나게 덮어버린다. 통증이 손목을 휘감는다. 손가락 사이에서 쉼 없이 돌아가는 볼펜의 환영을 본다. 통증은 팔을 타고 어깨로 목덜미로 이어진다. 드르륵, 드르륵. 201호에서 미싱이 돌아가는 소리가 요란하다. 두 손으로 머리를 감싸 쥔다. 두 눈을 질끈 감고 어금니를 힘주어 문다. 통증에 뒤섞인 불안감이 내 안에서 부푼다. 검은 뒤집개를 손에 쥔 여자의 모습은 불안감 속에서 점점 또렷해진다. 음식 만드는 일에 서툰 여자 때문에 뒤집개의 검은 손잡이는 불에 덴 상처투성이다. 여자는 음식을 만들다 말고 재봉틀 앞에 앉는다. 천이 덧대어진 솜의 두툼한 끝자락을 박다가 검지손톱의 한가운데에 바늘이 꽂힌다. 여자는 비명을 지르고 집 안 가득 음식이 타는 매캐한 연기가 고여 있다. 아이가 유행가를 멋들어지게 부르고 남자는 돌아오지 않는다. 부글부글. 201호에서 소리가 끓어오른다. 소리는 음충처럼 바닥을 긴다. 벽을 타고 오른다. 벽에 걸린 201호 가족사진의 테두리가 썩고 있다. 썩은 틈을 비집고 소리가 스며든다. 사진 속 그들의 얼굴 위로 검버섯이 핀다. 행복 끝. 영화의 엔딩자막처럼 그 말이 내 머릿속에 떠오른다.

216

나는 고개를 세차게 젓는다. 그러나 불온한 상상을 멈출 수 없다. 그렇게 나는 표백의 순간을 맞이한다.

늘 그렇듯 주위는 눈부시도록 하얬다. 빛 때문이었다. 빛이 오면 그림자는 사라졌다. 나를 둘러싼 모든 사물은 한 컷의 필름처럼 부동의 자세였다. 사전 속 단어의 풀이말처럼 건조하고 냉랭하게 보였다. 현실감도 존재감도 느껴지지 않았다. 나는 화이트 아웃을 만난 극지의 누군가처럼 불안에 떨었다. 어디로 가야 할지. 갈 곳이 있기나 한 건지 모르겠다. 생각은 두서가 없고 결말조차 예측할 수 없었다. 미처 눈치채지 못한 생의 틈에 빠져버린 것 같았다. 그림자를 찾아 봐. 극지의 흐린 날, 구름층을 통과한 빛이 빙설면과 구름 사이에서 난반사(亂反射)를 멈추지 않으며 내게 속삭였다. 그림자를 지운 건 너잖아. 균형감각을 잃은 나는 떨리는 목소리로 빛에게 말했다. 빛은 대답 대신 속도를 높였다. 구석구석 내 몸을 뒤졌다. 빛이 지나간 자리마다 생채기가 났다. 쓰리고 아팠다. 저절로 몸이 움츠러들었다. 뒤틀리고 말렸다. 언젠가 내가 뜯어내 버린 사전의 낱장처럼 내 몸이 잔뜩 구겨졌다. 희망이나 행복 따위의 단어들의 각진 모서리에 찔려 내 몸이 따끔거렸다. 몸을 펴, 움직여 몸을 펴. 오래도록 그 소리에 부대껴온 사람처럼 나는 피곤했다.

눈을 뜬다. 몸이 축축하다. 숨을 내쉰다. 한 팔을 이마에 올리고 눈을 감는다. 빗소리가 여전히 드세다. 눈시울이 뜨겁다. 큰 숨을 들이쉬고 내쉰다. 과장된 호흡을 여러 번 반복하지만 참을 수 없을 만치 슬퍼진다. 소리 내서 운다.

가까스로 일어나 의자에 앉는다. 사전이 보이지 않는다. 주위를 둘러보다 바닥에 떨어져 있는 사전을 줍는다. 떨어질 때 몇 장이 구겨졌나 보다. 한 장 한 장 반듯하게 펴고 있는데 위층에서 소리가 들린다. 아이가 뛰는 모양이다. 시계를 본다. 남자가 돌아올 시간이다. 사전을 뒤진다. 〔콩2 (부)단단한 바닥에 작고 무거운 물건이 떨어지거나 부딪쳐 울리는 소리. 콩콩―거리다(―대다) (자)(타)아이들이(복도를)콩콩거리며 뛰어다닌다.〕 사전을 밀어낸다. 물끄러미 그것을 바라보며 생각한다. 사전에는 없는 것. 아이는 남자 때문에 뛴다. 이른 새벽에 나가 늦은 저녁에야 돌아오는 남자의 얼굴을 보기 위해 아이는 늘 잠을 미룬다. 이제 막 시계 보는 법을 배운 아이는 남자가 돌아올 무렵이면 벽시계 밑에서 공처럼 튀어 오르곤 한다. 아이의 발소리가 들렸다가는 안 들리고 또 그러다 다시 소리가 들린다.

나는 의자에서 일어나 베란다로 나간다. 방충망을 조심스레 연다. 밤이 무겁다. 나는 베란다 난간을 넘는다. 맨발에 질척한 느낌이 들러붙는다. 돌확이 있는 곳으로 걸어간다. 돌확 안의 금붕어들은 꼼짝하지 않는다. 돌확 속으로 손을 넣는다. 움직여, 움직이라니까.

201호를 올려다본다. 미싱이 돌아가는 소리는 들리지 않는다. 거실에서 흘러나오는 불빛이 밝다. 슬그머니 몸에 한기가 돈다. 그 집에 들어가 눕고 싶다. 남자가 건네주는 옷으로 갈아입고 여자가 만든 따듯한 꿀물을 받아 마신 뒤 아이가 들려주는 자장가에 잠이 들고 싶다. 미치도록 그 집, 201호의 행복 속으로 스며들고 싶어진다.

나는 돌확 속의 금붕어 한 마리를 손에 움켜쥔다.


2


내 아내였던 저 사람, 수척해 보인다. 무슨 말을 하려는 걸까. 괜스레 물컵만 들었다 놓는다. 창밖 풍경은 볼 만하지도 않은데 쉽사리 눈길을 떼지 못하고 있다. 나는 뭐 좋은 얘기라도 없을까, 먼저 입을 떼자니 생각나는 게 없다. 언제부터였더라. 나와 마주 앉으면 저 사람은 늘 눈길을 다른 데 붙박아 두고 나는 지레짐작으로 주눅부터 들어 입을 떼지 못했다. 그때도 지금처럼 뭐 좋은 얘기는 없을까, 나는 생각을 헤아려보곤 했다.

어떻게 지내?

잘 지낸다고 말하려다가 그만둔다. 그렇게 말해도 그게 아니라는 것을 저 사람은 단박에 알아차릴 것이다.

위층에 새 사람들이 이사 왔어.

저 사람, 미간을 약간 찌푸린다. 질문을 비껴나간 대답이기 때문이리라.

그런데?

그렇게 내게 묻는 말투가 비뚜름하다.

참 좋은 사람들 같아.

내 말에 픽, 웃으며 고개를 다시 창밖으로 돌린다. 당신한테 안 좋은 사람들도 있어? 그런 표정이 웃음 끝에 스친다.

뭐하는 사람들인데?

말머리가 그렇게 잡힌 이상 하는 수 없다는 듯 내게 묻는다.

남자는 마을버스 기사고 여자는 집에서 미싱을 돌려.

미싱?

음. 이불 박는대. 남자는 늘 늦게 들어오지만 씩씩해 보여.
아이는 노래를 잘 불러. 처음 들어보는 동요가 아주 많아.

시끄럽겠네.

저 사람, 이제 내가 무슨 말을 한데도 괘념치 않으리란 표
정으로 나를 쳐다본다.

전에 살던 사람들보다야 훨씬 나은 걸, 뭐.

아이는 남자, 여자? 몇 살이야?

남자 아이. 이사 오고 난 뒤에 케이크 두 조각을 받았어. 다
섯 살이 되었다고 하더군.

브라이언보다 두 살 아래네.

브라이언?

해주, 영어 이름이야. 영어학원에 다니면 영어이름 하나씩
만들어.

나는 해주와 브라이언 사이에서 잠깐 혼란스러운 기분이
된다. 그 틈을 비집고 원탁이 떠오른다. 식사 때가 되면 밥상
이 되고 틈틈이 아이의 책상구실도 하던 앉은뱅이 원탁은 지
금도 내 집에 나와 함께 있다. 그 원탁에 앉아 아이는 이른바

선행학습이란 걸 했다. 내가 출판사를 그만두었을 때 아내는 가장 먼저 아이가 공부하던 학습지를 끊어버렸다. 나는 몇 푼이나 된다고 그걸 끊느냐고 호기 있게 목소리를 높였지만 아내의 말은 단호했다. 앞으로 어떻게 살지 안 봐도 비디오야.

해주가 영어학원엘 다니는구나.

영어, 곧잘 해. 담임 말로는 타고난 것 같대.

그렇게 말하고는 나를 뚫어져라 쳐다본다. 그런 말 말고 뭐 다른 할 말 없어? 묻고 있는 표정이다. 지금의 남편보다 나와 산 날이 더 많은 사람이다. 저 사람, 내가 아이를 보고 싶어 한다는 것쯤은 훤히 꿰뚫고도 남는다.

해주 볼 테야? 두 시간 뒤면 이리로 데리고 올 수 있는데.

그 사람이 싫어하지 않아, 나 만나는 거?

그 사람 딸도 제 엄마 만나. 쿨한 사람이야. 만나도 좋다고 했어.

나는 머뭇거린다. 아이를 만나고 나면 진한 오크색 장롱 문에도 아이의 얼굴이 어른거린다는 사실을 저 사람은 모른다. 그런 날이면 나를 따라다니는 아이의 잔상 때문에 눕지도 못한 채 집 안을 서성인다는 사실조차 까마득히 모를 것이다.

저 사람, 화가 난 것 같다. 벌떡 일어서더니 카페 밖으로 나가버린다. 이게 아닌데. 중얼거려보지만 내 앞자리는 이미 비어 있다. 만나자는 전화를 받고 나는 생각했다. 한바탕 밝은 얼굴표정을 짓고 이게 얼마만이냐고 손부터 내밀어야지. 나랑 살 때보다 백 배, 천 배는 얼굴이 좋아 보인다고 내친 김에 너스레를 떨려고 오늘 아침 거울 앞에서 오래도록 서성였다.

나는 물끄러미 창밖만 내다본다. 문득 인기척이 느껴져 고개를 돌려보니 여전히 화난 표정으로 저 사람, 내 앞에 다시 앉는다.

당신 때문에 본론을 까먹었어. 새로 이사 왔다는 당신 이웃 얘기 때매 하려던 얘기를 놓쳐 버렸다구. 자, 이것부터 받아.

통장을 내게 내민다.

양육비 통장이야. 이혼하고 양육비 떼먹는 전남편들도 꽤 많다는데 거르지 않고 넣어줘서 고마웠어.

이걸 왜…….

해주하고 나, 떠나. 캐나다로. 그 사람하고 딸도 같이 가.

아주 가?

거기서 살 거야. 하긴 바라던 바지, 나한테는.

화이트 아웃  223

바라던 바를 이룬 저 사람의 표정이 쓸쓸해 보인다.

다신 안 와?

늦었어. 해주 보여 달란 말 하지 마.

그럼, 이거 넣어 둬. 해주 줘.

아직도 버티는 게 힘으로만 된다고 생각하는 거야? 그럴 거였으면 난 재혼하지도 않았어. 번역 일 한다면서. 어디든 불황이야. 당신이 그걸 비껴갈 재주라도 있는 게 아니면 받아 둬. 나, 갈게.

그렇게 말하며 통장을 내 앞으로 민다. 나는 일어서려는 사람을 다시 앉힌다.

저기……, 사진 있으면 한 장 줘.

저 사람, 눈을 동그랗게 뜨며 잠시 나를 물끄러미 바라본다. 그러다가 이내 핸드백을 연다. 작고 검은 핸드백 줄에 박힌 작은 유리알이 빛났다. 저 사람, 큰 가방을 좋아하는 줄 알았는데.

지갑 속에서 사진을 꺼내들고서 저 사람, 다시 나를 쳐다본다.

함께 찍은 건데 괜찮겠어?

나는 고개를 끄덕이며 사진을 건네받는다. 사진 속에 내 아이는 전과는 썩 다른 모습이다. 아이의 달라진 모습이 내 부재의 기억을 꼬집는다.

해주만 오려서 가져.

사진은 아이의 얼굴만을 오려낼 수 없을 정도로 네 사람의
얼굴이 바투 붙어 있다. 아이의 얼굴만 따로 오려낸다면 저
사람의 오른쪽 볼과 새 남편의 턱과 새 딸아이의 왼쪽 볼이
함께 떨어져 나올 게 분명하다. 오랜 후 동그랗게 잘라낸 내
아이의 사진을 보며 어느 쪽이 저 사람의 볼인지 까닭 없이
궁금할지도 모른다. 저 사람, 눈시울이 붉어진다. 한바탕 눈물
이 쏟아질 듯하다.

당신하고 살 때 나 많이 불안했었어.

이제 나와 헤어졌는데도 창밖을 바라보는 저 사람의 얼굴
이 몹시 불안해 보인다.

알아.

당신이 아는 게 뭔데?

나랑 사는 동안……당신 많이 힘들었다는 거.

그거 내가 지금 한 말이잖아.

그래. 당신이 지금 했던 말, 그 불안감이 나 때문이었다는
걸 잘 알아.

그래서?

그래서 미안했었어.

지금도 미안해?

음, 지금도.

앞으로도?

그렇겠지.

용서가 필요해?

……?

이 모든 게 당신 때문이라며? 그러니까 용서를 해주면 더 이상 안 미안해할 거냐구?"

…….

다 지난 일이라고, 지난 일이니까 하는 말인데 솔직히 내가 수도 없이 당신한테 했던 위로의 말은 오로지 나를 위해서였다고, 따지고 보면 용서받아야 할 사람은 나라고 하면 당신은 더 이상 안 미안해할 거냐구. 살면서 엎어지고 꺾여서 박살나는 게 어디 우리뿐이었냐고 말하면 당신은, 당신은 나처럼 이 땅에서 도망치지 않고 살 수 있겠냐고, 이 나쁜 자식아—!

나는 물로 마른 목을 축이며 저 사람의 눈물이 그치길 기다린다. 기다리다가 문득, 울고 있는 저 사람에게 손수건이라도 건네야 하는 거 아닐까 생각한다. 하지만 내겐 손수건이 없다.

저 사람과 사는 동안 내가 자주 잃어버리는 단골 메뉴 중에 하나가 바로 손수건이었다. 나는 탁자 위에 놓인 플라스틱 통에서 종이를 뽑아 저 사람, 가까이로 민다. 저 사람, 흘끗 종이를 바라보더니 피식, 웃는다.

눈 밑이……그러니까 마스카라가 번졌어.

많이 번졌어?

좀. 그러구 나가면 팬더곰인 줄 알겠어.

저 사람, 핸드백을 열어 작은 손거울을 꺼낸다. 얼핏, 핸드백 안에서 잘 접힌 손수건을 훔쳐본다. 손수건 끝에 달린 흰 레이스가 예쁘다. 하지만 저 사람은 종이를 집어 들고 거무스름한 눈가를 조심스레 눌러 닦는다.

저 사람, 작은 손거울을 다시 핸드백 안에 집어 넣고 아무 말이 없다. 일어날 기미가 보이지 않는다. 내가 먼저 일어서자고 말한다. 저 사람, 일어선 나를 빤히 올려다본다. 한숨을 크게 내쉬고는 나를 따라 일어선다.

나는 밖으로 나와 잠시 두리번거린다. 어디로 가야 할지 모르겠다.

나, 간다.

저 사람, 내게 그렇게 말하고도 선뜻 발을 떼지 않는다. 저도 모르는 생판 낯선 곳에 와 있는 것 같은 얼굴로 주위를 두리번거린다. 지금 우리가 서 있는 이곳이 생의 어디쯤이라 단호하게 말해주고 싶다. 그러나 나는 여전히 저 사람 앞에서 입을 뗄 수 없다.

주민증 꼭 챙겨. 잊지 말고 넣고 다녀. 아무 데서나 팩팩 쓰러지지 말고 되도록이면 병원 근처나 가까운 경찰서 같은 데서 쓰러지라구.

그 말, 저 사람이 내 아내였을 때 자주 써먹던 지독한 농담이다. 그때나 지금이나 웃기지 않는다. 나, 진짜 간다. 그렇게 말하고는 내게서 돌아선다. 걸어가는 뒷모습을 물끄러미 바라본다. 저 사람이 신고 있는 구두가 참 낯설다. 굽이 높다. 아래쪽으로 갈수록 가파르게 가늘어진다. 저 사람, 학습지 선생을 할 때 신었던 낮은 굽의 구두가 떠오른다. 비좁은 현관에서 구두를 벗을 때마다 저 사람은 부은 발을 빼내느라 신음소리를 냈다. 원탁에서 늦은 저녁을 먹고 난 후에도 부은 발등은 가라앉지 않았다. 그때, 바깥쪽이 비스듬히 닳아버린 저 사람의 구두는 지금도 여전히 신발장 한쪽에 놓여 있다.

저 사람, 지하철역 계단을 걸어 내려간다. 하이힐이 보이지 않고 종아리가 그리고 옹송그린 두 어깨가 사라진 뒤 이

욱고 보이지 않는다. 언젠가 내게 엽서 한 통쯤은 보낼 것이다. 제 사는 곳의 수려한 풍광을 담은 사진엽서일 것이다. 잘 살고 있어요. 주머니 속에 사진을 꺼내든다. 아이의 얼굴 위를 손끝으로 매만진다. 이를 드러낸 채 웃고 있는 아이의 표정 어딘가에 긴장감이 배어있다. 웃어요, 활짝. 촬영기사의 채근에 아이는 마지못해 입술을 열었을 것이다. 사진을 내려다보며 훌쩍 커버린 아이의 모습을 떠올려본다. 디어 대디(Dear Daddy). 어쩌면 나는 영어사전 없이는 아이의 편지를 해독할 수 없을지도 모른다. 내 키만큼 자란 아이가 사진 속을 빠져나와 성큼성큼 내게로 걸어온다. 그리고 악수를 청한다. 나는 사진 속 아이의 얼굴처럼 긴장감을 떨치지 못한 채 어색한 웃음을 지어보일 것이다. 더듬더듬 서로의 안부를 묻고 오래된 몇 개의 기억을 퍼즐처럼 맞추다가 끝내 할 말이 없어 입을 다물게 될 것이다. 아이는 다시 사진 속으로 걸어 들어가 일곱 살, 저의 어린 얼굴 뒤로 숨는다.

사진을 주머니 속에 넣고 모서리를 쓰다듬는다. 뾰족한 끝이 손가락에 스친다. 사진의 중심을 두 손가락으로 잡고 천천히 모서리를 잡아당긴다. 주머니 속에서 사진이 돌아간다. 사진 따위는 달라고 하지 말 걸 그랬다. 그 부동의 자세를 못 믿겠다고 말했어야 했다. 더더욱 사진엽서는 보내지 말라고 못 박을 걸 그랬다. 얼굴을 보자, 말했어야 했을까. 내게 와서 어떻게 사는지 말을 해봐. 사진으로는, 사전으로는 도저히 못 믿을 그놈의 희망이나 행복을.

지하철역을 등지고 걷는다. 걸으면서 생각한다. 이제 무얼 한다지. 딱히 떠오르지 않는 대답 대신 담뱃갑을 찾는다. 가게 차양이 만든 거리의 그늘 아래 서서 담배를 피워 문다. 한 개비가 다 타들어갈 즈음 다시 담뱃갑을 찾는다. 웃옷 주머니 안에 손을 넣어보지만 없다. 모든 주머니를 뒤진다. 뒤지다가 통장을 만진다.


은행의 현금자동입출금기 앞에 선다. 통장을 집어넣고 스크린의 버튼을 바라보며 잠시 망설인다. 예금지급의 버튼을 누른다. 비밀번호를 누르세요. 훅, 숨을 들이킨다. 아이의 생일을 떠올리며 네 개의 번호를 누른다. 손끝이 닿을 때마다 기계음이 들린다. 기계가 돌아가고 지급기의 뚜껑이 왈칵, 열린다. 나는 물끄러미 석 장의 만 원권 지폐를 내려다본다. 눈시울이 뜨겁다. 돈을 꺼내라는 경고음이 들린다. 서둘러 돈을 꺼내 움켜쥔다. 뚜껑이 닫힌다. 돈을 움켜쥔 채 손등으로 두 눈을 연신 문지른다.

돈을 넣어둘 곳이 마땅치 않다. 늘 얄팍했던 검정색 지갑을 떠올린다. 거기엔 너무 많은 칸이 있었다. 나는 지갑을 버리고 낱장의 지폐와 동전을 주머니에 넣고 다녔다. 지갑보다 편해 서가 아니라 내가 모르는 사이 돈의 일부가 사라진데도 아쉬울 것 없는 만큼의 적은 액수이기 때문이었다.

담뱃갑을 꺼낸다. 담배를 휴지통에 버리고 그 안에 돈을 접어 넣는다.

은행을 나와 잠시 머뭇거린다. 햇빛 때문에 눈이 부시다. 한 발짝 내딛는 순간 그대로 증발해버릴 것만 같다. 뒤돌아본다. 푸르스름한 유리 너머로 등 돌린 사람들의 모습을 바라본다. 그 중 서넛은 밖을 내다보고 있다. 누군가 길게 하품을 한다. 아저씨, 금붕어도 하품을 해요? 그렇게 내게 묻던 201호 아이의 얼굴이 떠오른다.


― 없다, 없어!

베란다 밖에서 아이의 다급한 목소리가 들렸다. 나는 창가로 가 버티컬을 반쯤 걷고 내다보았다. 돌확 안을 들여다보는 아이는 끝내 울음을 터뜨렸다. 여자가 달려와 아이를 안았다.

아이는 손가락으로 돌확을 가리키며 울었다. 여자가 일어나 돌확 안을 들여다보았다. 여자는 한숨을 내쉬며 허리를 폈다. 베란다에 서 있던 나와 눈이 마주쳤다.

　ー금붕어 한 마리가 없어졌다고 이래요.

아이는 울며 여자를 향해 두 손을 활짝 폈다. 그리고 오른손의 엄지와 검지를 구부렸다.

　ー맞아, 여덟 마리. 그런데 대장 물고기가 없어졌지?

아이는 고개를 끄덕이며 자기가 잘 돌보지 못해서 없어진 것이라고 말했다. 여자는 돌확 옆에 쭈그려 앉아 한쪽 무릎에 아이를 앉혔다.

　ー그런 거 아냐. 절대 너 때문이 아니야. 엄마 말 믿어.

아이는 여자의 어깨에 얼굴을 파묻고 훌쩍였다.

　ー울지 마, 엄마가 대장물고기한테 전화할 게. 다시 돌아오라고 말할 게. 아마 우리한테 다시 온 다고 할 거야. 더 멋진 모습으로 돌아올 거니까 기다려 봐, 응?

여자는 아이의 등을 한참 동안 토닥여 주었다.


수족관을 찾는다. 쉽지 않다. 혹 반대편에 있는 건 아닐까, 싶어 방향을 틀어 횡단보도를 건넌다. 건너자마자 오른쪽으로 걷는다. 오래도록 걷는다. 아무리 봐도 수족관이 있을 거리 풍경이 아니다. 낯선 길을 걷는다.

후텁지근한 날씨 때문에 걸음이 느려진다. 시계를 본다. 한 시간 반이란 시간을 소모해버렸다. 땀이 밴 웃옷이 자꾸만 몸에 달라붙는다. 허겁지겁 버스를 탄다. 노선표를 살펴본다. 낯설다. 집으로 가는 것조차 수월치 않을 것 같다. 하는 수 없이 빈자리를 찾아 앉는다. 냉방이 잘된 탓인지 버스에 탄 지 얼마 안 가 차츰 몸이 움츠러든다. 혹 수족관이 보일까, 차창 밖을 내다본다. 얼마 안 가 속이 메슥거린다. 나는 유리창에 머리를 기댄다. 손바닥이 축축하다. 바지에 손바닥을 문지른다. 금붕어의 안간힘이 되살아난다.

기다리면 언젠가는 와, 꼭 와. 아이는 여자의 말을 믿고 있는 눈치였다. 나는 뛰어노는 아이를 바라보며 돌확 근처에 묻은 금붕어를 떠올렸다. 그럴 때마다 손목의 통증은 힘껏 움켜쥔 내 손안에서 진저리를 치던 금붕어의 안간힘을 일깨워주었다. 〔안간힘圐울화나 고통 따위를 참으려고 하지만 저절로 터져 나오는 간힘. 간힘圐내쉬는 숨을 억지로 참으며 괴로움을 이겨내려고 애쓰는 힘.〕나는 사전을 덮고 욕실로 갔다. 물을 세게 틀고 손을

비벼댔다. 여러 차례 비누칠을 하고 씻어내도 대장물고기의
안간힘은 사라지지 않았다.


　멀리 보이는 수족관은 신기루 같다. '물고기 나라'라는 간
판의 글씨가 뚜렷하게 보일쯤 나는 그것이 헛것이 아니라는
것을 깨닫는다.
　문을 열고 들어가자 비릿한 냄새가 코끝으로 달려든다. 사
내가 다가온다.
　금붕어…….
　몇 마리나 드릴까요?
　서너 마리쯤……돌확에 넣고 키우려고요.
　돌확이오?
　돌을 오목하게 파서 만든 거요. 요만한 아이 키쯤 되는 크
긴데.
　밖에서 키우시게요?
　집에는 들여놓을 자리가 없다더군요.
　하긴, 아무 데서나 키워도 되죠. 물만 잘 갈아 준다면요.
　그러면 오래 삽니까?
　살다 말다요.

나는 그래요? 하며 담뱃갑 안에서 돈을 꺼낸다. 사내가 물
끄러미 나를 바라본다. 잔돈을 받아들고 돌아서려는데 사내
가 잠깐요, 하며 나를 불러 세운다. 사내가 내게 무언가를 건
넨다. 금붕어 먹이가 든 작은 비닐봉지다. 주머니에서 돈을 꺼
내려는데 사내가 손사래를 친다.

그냥 드리는 거예요.

왜…….

제가요, 가끔 필받으면 이러거든요. 우리 마누라는 장사 망
치는 필이라고 하지만요. 잘 키우시라는 부탁이라고 생각하
세요. 뭐, 그것도 좀 그러면 서비스라 생각하시고 다음에 또
들러주세요.

내가 고맙다고 말하자 사내는 며칠 간 먹이 걱정은 안 해도
될 것이라며 웃는다.

금붕어가 든 비닐봉지를 들고 수족관을 나온다. 두 눈이 부
시다. 여전히 속이 메슥거린다. 걸으면서 숨을 고른다. 얼마
안 가 다리의 힘이 빠진다. 그늘을 찾는다. 벽에 등을 기댄 채
쭈그려 앉는다. 주위를 둘러본다. 대체 여긴 어딜까. 거리풍경
은 내 눈 앞에서 자꾸만 메말라간다. 그늘 속의 나는 그림자
가 없다. 손목에 통증이 느껴진다. 통증은 팔을 타고 어깨로

올라온다. 들고 있는 비닐봉지를 바라본다. 물속의 금붕어는 움직이지 않고 있다. 비닐봉지를 흔들어본다. 물만 흔들릴 뿐이다. 금붕어는 안간힘으로 흔들리는 물을 견디고 있는 것인지도 모른다.

더운 바람이 훅 지난다. 주민증, 꼭 챙겨. 아무 데서나 팩팩 쓰러지지 말고 되도록이면 병원 근처나 경찰서 같은 데서 쓰러지라구. 아내의 말이 떠오른다. 움직여, 몸을 움직이라니까. 빛은 난반사를 되풀이하며 나를 다그친다. 나는 안간힘을 다해 그늘 속에서 걸어 나온다. 나의 두 발 아래 검고 또렷한 그림자가 생긴다.

실
러
캔
스

# 1

이곳은 폐쇄되었습니다.

실, 사, 모의 사이트는 사라졌고 컴퓨터 화면에는 짤막한 문구 아래 실러캔스의 사진만이 남겨져 있다. 나는 마우스를 쥔 채 집게손가락을 까닥거린다.

실러캔스를 사랑하는 사람들의 모임. 처음 그 사이트에 접속했을 때 나는 이만 몇 번째 방문자였다. 입구를 클릭하자 화면은 곧바로 실러캔스의 사진과 설명으로 이어졌다. 삼억 오천만 년 전부터 살아온 물고기라니. 공룡보다 일억 년 앞선 것이었다. 1938년, 실러캔스가 마다가스카르 근해에 생존하고 있음이 밝혀졌다는 설명에서 나는 마우스를 멈췄다. 채집된 실러캔스는 화석과는 다른, 새로운 종이라고 했다. 나는 스크롤바를 움직여 화면을 거슬러 올라갔다.

— 아주 오랜 옛날 물속을 누비던 물고기들 가운데 한 무리
가 뭍으로 올라갔다. 이들은 다른 물고기와 달리 콧구멍이 입
안으로 뚫려 있어 공기호흡이 가능했다. 또 가슴지느러미와
배지느러미가 아주 튼튼해서 땅위를 길 수도 있었다. 그러나
뭍으로 올라간 뒤 완전한 등뼈동물이 되기 전 그들은 사라졌
다. 그 과정에서 한 무리가 다시 물로 돌아가 살 수 있도록 진
화했다. 그것이 실러캔스다.

설명에 의하면 심연은 삼억 오천만 년 전이나 지금이나 다
를 바 없는, 일정한 온도와 변함없는 조류라는 최적의 조건으
로 실러캔스를 받아들였다. 그러나 등뼈동물의 흔적을 말끔
히 지울 수 있도록 돕지는 않았다. 기껏해야 지느러미나 비늘
의 모양을 바꾸며 번식하도록 허락했을 뿐이었다. 그럼에도
실러캔스는 자기진화를 멈추지 않고 있다고 쓰여 있었다.

나는 컴퓨터 화면을 비껴 그녀가 앉아 있는 곳을 바라보았
다. 햇살이 창 아래 그녀의 자리를 지나 내가 있는 곳까지 길
게 뻗어 있었다. 나는 그녀에게 전화를 걸었다.

— 코모로 어부들은 그렇게 귀한 물고기인 줄 몰랐답니다.
학자들이 달려가 보니 살은 모조리 뜯겨 나가고 등뼈와 푸른

빛이 도는 비늘만 남아 있더래요. 뼈와 비늘밖에 남지 않은 그 물고기에게 학명을 붙이는 희한한 일이 벌어진 거죠. 라티메리아 차룸나에. 하지만 그 물고기가 실러캔스인지는 단정할 수 없어서 그냥 정체불명의 화석어를 발견했다고만 했대요. 14년 뒤, 실러캔스는 온전한 상태로 포획되었어요. 이쯤이면 살아있는 화석으로 불릴만하죠. 독일에서 발견된 쥐라기시대 석회암에서 새끼 두 마리를 밴 실러캔스의 화석이 나왔어요. 하지만 그 뒤로도 알을 낳느니 새끼를 낳느니 분분했던가 봐요. 1975년이 돼서야 난태생이란 사실이 밝혀졌대요. 새끼들은 삼, 사십 센티 정도 되는데 어미 몸속에서 약 열두 달을 보내고 나오는 것으로 추정된다는군요. 사람과 비슷한 것 같지 않아요? 우리나라도 모로코 정부로부터 실러캔스의 박제를 기증 받았다는데 아이랑 보러 갈래요?

약속 날짜를 잡는 일로 그녀와의 통화가 길어졌으므로 어쩌면 나는 그 순간부터 실러캔스를 잊고 있었는지도 모른다. 가끔 그 사이트에서 보았던 실러캔스의 거칠고 푸른 비늘과 굼뜬 몸놀림이 머릿속에 떠올랐지만 오래 가지는 못했다. 다만, 이 주 뒤의 약속 날짜가 동그라미 쳐진 탁상달력을 볼 때마다 시간은 실러캔스가 견뎌 온 구원한 시간처럼 더디고 굼

뜨게 흘렀다.

사진 속 실러캔스는 무언가에 놀란 듯 지느러미를 활짝 편 채다. 엽서크기만한 사진이어선지 몸길이가 일 미터를 훌쩍 넘고 몸무게만도 팔십 킬로그램이나 되는 물고기라는 것이 믿기지 않는다. 나는 검지 끝으로 실러캔스의 사진을 톡톡, 친다.

모니터 옆에 놓인 전화기에 호출신호가 들어온다. 신호음과 함께 B동 308호의 버튼이 형광빛을 내며 깜빡인다. 잠깐 다녀가우.

사무실 밖으로 나와 계단참에 선다. 빗줄기가 제법 굵다. 휴대폰을 꺼내 액정화면을 들여다본다. 10:32. 약속시간은 아직 멀다. 고개를 돌려 비에 흠뻑 젖은 B동 건물을 바라본다. 대연회장에 나가 있는 박 주임을 부를 걸 그랬나, 싶다. 하지만 308호의 호출이라면 박 주임은 고개부터 젓는다.

나는 들고 있던 종이가방을 내려다본다. 하는 수 없다는 생각이 들자 습한데도 목이 말라온다. 마른침을 삼키며 B동을 향해 걷는다. 사실 이 시간, 노인이 있어야 할 곳은 308호가 아니라 일요음악회가 열리고 있는 대연회장이다. A동과 B동 사이에 있는 대연회장에서는 실버타운의 입주자를 위한 각

242

종 이벤트가 이 주 간격으로 치러진다. 모두 실버타운의 입주자인 노인들을 위한 것이다. 오늘 공연은 꽤나 이름난 지휘자가 이끄는 오케스트라와 몇몇의 성악가들이 출연한다. 불참 의사를 밝힌 것은 308호 노인뿐이다. 박 주임은 음악회가 실버타운 측의 무료이벤트임을 노인에게 거듭 설명해야 했다. 노인은 바쁘다고 했다.

— 참 내. 공짜라는데도 꿈쩍을 안 하셔. 보아하니 잘난 아들 집에서도 평생 손에 물마를 날 없이 살았을 양반이야. 이런 지상 낙원에서도 일이라니, 지겹지도 않나.

308호 노인은 실버타운이 생긴 이래로 가장 저조한 이벤트 참석률이라는 기록을 갖고 있다. 박 주임은 앞으로도 노인의 기록을 깰만한 입주자는 없을 것이라고 농담 삼아 얘기하곤 한다. 308호 노인 때문이기도 하겠지만 독거노인들이 입주해 있는 B동은 부부가 함께 입주해 살고 있는 A동보다 참석률이 낮은 편이다. A동의 세대보다 동선이 짧고 움직임도 적다. 때문에 이벤트 참석률뿐만 아니라 각종 부대시설의 이용 빈도수도 가장 낮고 입주자 절반가량이 가벼운 우울증 증세를 보이고 있다.

— 글쎄 뭐가 불만이냐고. 떡 벌어진 잔칫상에도 웃지를 않

더라구. 아닌 말로다 자식들이 못 살아봐, 그런 생신잔치가 가당키나 해? 여기가 얼마짜리 실버타운인데. 게다가 전화 한 통이면 냉큼 자식들이 달려올 가까운 거리에 있단 말이지. 그런데도 B동 노인들은 상담만 하면 멀리 떨어져 나왔느니 버려졌다느니, 왜 그런 말들을 하는지 모르겠어. 내 자식들이 이런 데로 가주십사 하면 뒤도 안 돌아보겠다, 나는.

그런 박 주임이 제일 신경 쓰는 사람은 308호 노인이다. 박 주임뿐만 아니라 실버타운 직원들에게 308호 노인은 주요 관리대상 1호로 꼽힌다. 실버타운의 각 세대 현관출입문에는 입주자의 문밖출입을 자동으로 감지하는 센서가 부착되어 있다. 열두 시간 동안 입주자의 문밖출입이 감지되지 않을 때 생활리듬체크 시스템이 가동되어 그 사실이 관리사무소에 전달된다. 노인은 입주한 후 처음 한 달 간 무려 네 번씩이나 생활리듬체크 경고를 받았다.

— 이거 보이시죠? 이런 게 화장실 위쪽에도 있어요. 적어도 하루에 두 번은 반드시 드나드셔야 저희들이 안심해요. 안 그러시면 지금처럼 저희들이 달려오게 돼요. 별일 아니라고 하시지만 별일 아니어도 관리규정상 와 봐야 하는 게 저희들이죠. 그런데 이건 뭡니까?

그때 박 주임은 노인에게서 분홍색 보자기에 싸인 음식을 건네받았다.

노인은 음식을 만들 때마다 긴급버튼을 눌렀다. 308호로 달려간 박 주임과 내가, 때로는 응급조치 요원이 노인에게서 건네받은 음식을 들고 사무실로 되돌아오곤 했다. 적절한 주의 조치가 필요하다는 직원들의 생각이 모아졌고 박 주임은 나를 노인에게로 떠밀었다. 그날 오후 나는 308호의 현관 벨을 눌렀다. 노인이 문을 열었다.

— 번거로우시더라도 리모컨을 사용하세요. 이렇게라도 움직여야 한다고 생각하시는 것까진 좋은데 이러시면 생활리듬 체크에서 문밖출입을 하신 것으로 기록이 되거든요. 그러면 일일운동량관리를 제대로 할 수가 없게 되요.

노인은 내게 미안하다고 말하고는 이내 부엌으로 갔다. 사과를 받자고 한 말이 아니어서 나는 머쓱해진 채 소파에 앉았다. 노인이 탁자 위로 찻잔을 내려놓았다. 정말 미안혀, 오늘은 만든 게 하나도 없어서 줄 만한 음식이 읍어. 그렇게 말하고는 노인은 유리창을 닦던 중이라고 덧붙여 말했다. 베란다 유리창 밑에 구겨진 신문뭉치가 몇 개 떨어져 있었다. 나는 허탈한 심정으로 베란다 유리창을 바라보았다.

유리창을 닦는 일이라면 청소대행 업체서비스를 요청하면 될 일이었다. 그것은 입주 시 계약조건에 명시되어 있는 무료서비스였다. 그러나 노인에게는 쓰지 않는 리모컨처럼 그 또한 무용지물일 것이었다. 안방으로 들어갔던 노인이 무언가를 꺼내들고 나왔다. 노인이 내게 손수건을 건넸다. 반듯하게 다려진 정사각형의 손수건은 모두 열 장이었다. 하나씩 나눠 써.

복도에 깔린 특수타일 때문에 내 발소리가 희미하다. 실버타운 복도 전체에 깔린 타일은 응급 시 휠체어나 구급침대가 용이하게 움직일 수 있는 미끄럼방지용이기도 하지만 소리에 민감한 노인들을 고려한 시스템 중 하나다. 나는 내 발소리를 먹어버리는 타일이 마음에 들지 않는다. 그 타일은 가끔씩 내가 허방 위를 걷고 있다는 착각이 들게 한다. 그럴 때마다 나도 모르게 멈춰 서서 내 두 발을 내려다보게 된다. 나는 타일 위에 굳건히 서 있다고 생각하면서도 한편으로는 한 발을 굴러 내 발소리를 확인하고 싶어진다. 타일이 발소리를 먹어버린 것은 어쩌면 실버타운 전체가 공중에 들려져 있기 때문인지도 몰랐다. 지상으로부터 멀어진 낙원. 308호의 현관문 앞에 서서 두 발을 내려다본다. 저절로 발가락이 움츠러든다.

안으로 들어서자 노인이 손을 내민다. 나는 들고 간 종이가방을 건넨다. 노인은 그 안에서 내 옷을 빼내고는 종이가방을 돌려준다. 그리고 내게 거실로 가 소파에 편히 앉으라고 말한다. 거실 바닥에는 앉은뱅이 다리미대가 펼쳐져 있다. 그 옆에 잔뜩 구겨진 마른 손수건 여러 장이 놓여있다.

안방으로 들어갔던 노인이 옷을 들고 나온다. 반듯하게 다려진 직원용 잠바다. 비번이었던 누군가는 얼마 후 노인이 다려준 말끔한 웃옷을 입게 될 것이다. 옷 주인뿐만 아니다. 노인은 비번인 관리사무소직원들의 옷을 늘 세탁하여 다려준다. 직원들에게는 난감한 일이었다. 가족들에게 연락해보았지만 그들도 난감하기는 마찬가지인 것 같았다. 308호에서 호출이 오면 직원들은 하는 수 없이 비번인 누군가의 옷을 노인에게 가져다주곤 한다.

노인이 옷걸이를 안방문 손잡이에 걸며 갈 때 잊지 말고 가져가라고 말한다. 그리고는 다리미대 앞에 앉는다. 잠시 기다리라는 노인의 말에 나는 소파에 앉아 그러마, 대답한다. 불을 켜지 않은 거실은 바깥세상보다 조금 더 어둡다. 나는 물

끄러미 노인을 바라본다. 한쪽 무릎을 세우고 그 위에 잠깐잠
깐 몸을 기댄다. 베란다 유리창에 빗물이 흘러내리고 있다. 빗
물은 노인의 완만한 등선에서 사라진다. 몸속 어딘가로 속속
스며들고 있는 것 같다. 노인이 분무기를 들고 마른 손수건
위에 물을 뿌린다. 노인의 몸속에 한껏 차오른 빗물이 뿜어져
나오는 것 같다. 노인은 손수건의 한 귀퉁이를 잡고 다리미를
서서히 민다. 고열의 다리미 밑에서 물기는 빠르고 가쁘게 증
발한다. 노인은 손수건을 이리저리 매만져 가며 다린다. 손놀
림이 노련해 보인다. 평생을 옷 다리는 일만 하던 사람 같다.
생각건대 노인은 전생에 다리미가 아니었을까. 나는 천천히
주위를 둘러본다. 한마디로 반들거린다. 특수타일이 필요한
곳은 바깥복도가 아니라 308호인 것 같다.

— 깔끔한 분이세요.

그렇게 말하는 노인의 맏아들의 얼굴은 무표정했다. 그러
나 그의 말투는 깔끔한 노인에게 진력이 난 것처럼 들렸다.
다리미 같은 노인이 지나간, 구김살 없는 곳을 내딛을 때마
다 아들 내외는 저절로 발가락이 움츠러들었을 것이다. 자유
로운 보폭이 허용되지 않는 집이란 편히 쉴 수 없는 곳이라는
생각이 들었다. 얼마나 깔끔하냐면 집이 닳아 없어질 정도예

요, 라고 말하며 웃던 며느리의 농담에 나는 진심으로 고개를 끄덕였다.

노인의 맏아들 내외는 지금 유럽여행 중이다.

노인이 다린 손수건을 반으로 접고 접힌 부분을 다리미로 누른다. 손수건이 정사각형의 모양이 될 때까지 접고 다리기를 반복한다. 그런 다음 다린 손수건을 이미 다려놓은 정사각형의 손수건 위에 포개어 놓는다.

벽시계를 바라본다. 약속 시간이 가까워질수록 건물 밖을 나서기가 싫다. 약속은 괜한 것이었고 허튼 짓처럼 느껴진다. 노인이 네 번째 손수건을 다린다. 노인에게 차라리 이 궂은 날씨를 말려달라고 말하고 싶다. 아니, 그녀와의 지지부진한 관계를 고열의 다리미로 바싹 당겨달라고 부탁하고 싶은 심정이다.

다리미가 지나갈 때마다 지글대는 소리가 신경에 거슬린다. 수신 상태가 지극히 불량한 텔레비전 앞에 앉아 있는 것 같다. 나도 모르게 깍지 낀 손에 힘이 쥐어진다. 목이 마르다. 마른침을 삼켜보지만 부질없다. 신, 경, 에, 거, 슬, 린, 다, 생각하는 순간 팽팽하게 당겨진 무엇인가 내 속에서 툭 끊어져 버리고 만다.

뭐하시려고 그걸 또 다리세요?

어쩌면 노인에게 그 말은 왜 사냐고 묻는 것과 다름없을지도 모른다. 노인은 대답이 없다. 그럼에도 나는 참을 수 없으리만치 답답한 심정으로 또 다시 묻는다. 꼭 한 번쯤은 풍선에 바늘 끝을 대고 싶은, 어릴 적 심정으로 돌아가서였을까. 노인이 무슨 말이라도 시원하게 내뱉어 주었으면 싶다. 내 맘이다, 혹은 나는 원래 그런 사람이다, 라는 어깃장 놓는 말이라도 듣고 싶다.

여기 일하러 오셨어요? 편히 쉬시라고 아드님 내외분이 이곳으로 모셔온 거잖아요. 보세요. 여긴 그냥 집이 아니라 최첨단 주거공간이에요. 모든 것이 최적의 조건으로 맞춰져 있단 말이죠. 이젠 여기가 집입니다. 아드님과 살던 그곳이 아니고요. 다시 가고 싶어 하신다는 거 잘 알아요. 하지만 거긴 지금 아무도 없어요. 여행 중인 거 아시잖아요. 아드님이 돌아온다 해도 마찬가지예요. 거긴 잊으시고 그냥 여기서 편히 사세요. 김 기사가 그러더군요. 세탁기에 전혀 물기가 없었던 것 같다구요. 손빨래 하시는 거죠? 그러지 마세요. 앞으로는 세탁기를 사용하세요. 그리고 남은 시간은 자신을 위해 쓰셔야 해요.

그 마지막 대목에서 노인이 고개를 돌린다. 노인의 얼굴은 그 말이 무슨 말이냐고 내게 묻고 있다. 정말 몰라서 묻는 표정 같다. 내 자신을 위해 살라고? 이봐, 생전 듣도 보도 못한 말이야.


## 2


하필이면 골프우산을 집어 들게 뭐람. 사람들이 들고 날 때마다 전철 안으로 습한 기운이 몰려든다. 우산 끝에서 떨어지는 빗물 때문에 바닥 여기저기에 발자국이 어지럽다. 기다란 우산이 자꾸만 신경에 거슬린다. 애써 출입문 위쪽에 매달린 텔레비전 모니터에 눈길을 붙박아 둔다. 요리프로그램이 방영 중이다. 백색의 앞치마를 두른 연예인은 누구에게든 아, 저 요리 잘하는 남자? 라고 알려진 사람이다. 그는 조리대 앞에서 카메라를 향해 느긋하고 노련하게 손을 놀리고 있다. 가끔 마른 행주에 손을 닦을 뿐 앞치마에는 손도 대지 않는다. 그래서인지 그가 두른 앞치마는 잘 차려 입은 옷 같다. 구김살 하나 없는 앞치마를 보다가 노인을 떠올린다.

남자는 재게 놀리는 손만큼이나 쉴 새 없이 입을 움직인
다. 볼륨이 낮게 고정 되어 있어 그의 목소리는 깨알 구르는
것처럼 작게 들린다. 화면 아래쪽에 푸른 줄이 뜬다. 그 위로
하얀 글씨들이 오른쪽에서 왼쪽으로 빠르게 흐른다. 오늘의
기상 속보나 주식시황 같은, 요리와는 상관없는 자막방송은
주기적으로 반복해 흐른다. 고개를 돌린다. 흔들리는 손잡이
를 힘껏 움켜쥐고 눈을 감는다. 온갖 잡음들이 쉴 새 없이 귓
가에 닿는다. 실로폰 소리가 잡음들 사이를 비집고 부표처럼
떠오른다. 휴대폰 문자메시지의 수신음이다. 우산을 의자 옆
구석에 세워두고 휴대폰을 꺼낸다. 상이와 지금 출발. 버튼
을 눌러 메시지를 삭제한다. 문이 닫히고 전철이 출발한다.
세워놓은 우산이 미끄러지며 바닥에 나뒹그러진다. 그녀의
늦은 출발과 나뒹그러진 우산과 전철 안의 습기가 음식은 비
율이 아니라 손맛이라는 남자의 말과 어지럽게 내 머릿속에
서 버무려진다. 의자에 앉은 중년의 사내가 바닥에 길게 누
운 우산을 내려다본다. 나와 눈이 마주치자 이내 눈을 감아
버린다. 나는 휴대폰을 주머니에 넣는다. 그리고 우산을 집
어 든다. 흘끔 올려다 본 텔레비전 화면 속에서 남자는 가스
레인지의 불을 조절하려고 허리를 구부린 채다. 그 모습 뒤

로 손때 묻지 않은 부엌이 보인다. 그 어딘가에서 노인이 왈칵, 문을 열고 나올 것만 같다. 노인의 무표정한 얼굴이 어른댄다.

전철 안에서 행선지를 알리는 안내방송이 흐른다. 출발이 늦은 만큼 그녀는 나와의 약속시간을 지킬 수 없을 것이다. 게다가 그녀는 아이와의 동행에는 반드시 자가용을 이용한다. 비오는 일요일의 교통체증이라니. 전철이 약속시간을 지켜주는 지름길이란 광고 문구에도 그녀는 아랑곳없다. 기관지가 썩 좋지 않은 아이 때문에 먼지 가득한 지하철역을 드나들 수 없다는 게 그 이유다. 주말에는 하나뿐인 아이와 함께. 단 한 번도 그 말을 어긴 적이 없다고 자부할 만큼 그녀는 아이에 대해 각별하다. 그런 그녀에게 금요일 저녁, 약속을 청하는 것은 실버타운의 직원들에게 이미 잘 알려진 금기사항이다. 홍보이벤트실의 회식 또한 모두 그날을 피해 정해진다. 금요일은 그녀가 아이와 함께하기 위한 예비단계로 주말 못지않게 중요한 날이기 때문이다. 참, 유별나기도 하지. 사람들은 그렇게 농담 반 진담 반으로 뒷말을 하곤 한다. 그러나 직장여성인 그녀가 남편과 이혼하고 하나뿐인 지구와 맞먹을 아이의 양육을 책임지고 있으며 홀로 된 채 심한 관절염에 시달리는 친정어머니를 모시고 산다는 대목에 이르면 그 각별함이 유별날 수밖에 없다는 당위성에 고개를 끄덕인다. 실버타운에 입사한 후 '그녀는 어떤 상사인가'라는 대한 내 질문에 꼬리말처럼 누군가에게서 그 얘기를 들었을 때 나조차도 저절로 고개가 끄덕여졌다. 그때, 또 다른 누군가 말했다. 웃기지 말라고. 밑도 끝도 없이 툭, 뱉어 놓은 그 말의 주인을 향해 나와 누군가는 술잔을 들다가 내려놓았다.

— 실적 없었어 봐. 그깟 모성? 기본 값으로도 안 쳐줘, 이 바닥에서.

문득, 내가 앉아 있는 싸구려 술집의 바닥을 내려다보았다. 정말로 더러운 바닥이었다. 시험 삼아 딱 한 번, 나는 그녀에게 금요일에 만나는 게 어떻겠냐고 청한 적이 있다. 그녀는 단호하게 거절했다. 나는 매번 놀라우리만치 독특하고 참신한 아이디어를 내는 그녀와, 아이에게 더할 나위 없이 좋은 어머니인 그녀와, 나의 연인인 그녀가 하루일과표처럼 꼬박꼬박 지켜지고 있다는 사실이 서글펐다.


많이 막히네. 그녀의 문자 메시지를 확인하고는 휴대폰을 다시 주머니에 쑤셔 넣는다. 하필이면. 하필이면 비가 오고 하필이면 긴 우산을 들고 나오고 하필이면 그녀가 자가용을 타고 나오고 하필이면 그녀가 통화 대신 문자 메시지만 날리고 또 하필이면 텔레비전 모니터의 볼륨은 모기 소리만할까, 하필이면, 정말이지 왜 하필이면 나는 아이에게 실러캔스를 보여주자고 했을까. 연신 하필이면, 이란 말이 신 침처럼 입안에 가득 고여 소용돌이친다. 어쩌면 아이를 이용해 그녀와의 지지부진한 관계를 조금이라도 당겨보려던 내 속내가 수포로 돌아가고 있는 것인지도 모른다. 또 하필이면 그때 내 시선은 텔레비전 모니터에 가 닿는다. 지진참사, 육 개월 동안 복구는 지지부진……앞으로 최소 오십이억 달러의 복구비 소요 예상……지원금은 턱없이 모자란다고 피해복구대책위원회가 밝혀.

그때, 나는 알몸으로 침대에 앉아 벽에 걸린 텔레비전을 바라보고 있었다. 화면은 리히터 규모 7.6의 강진의 여파로 진앙지역에서 무려 구십오 킬로미터나 떨어진 도시의 참혹한 모습을 보여주었다. 어느 아파트는 형체도 없이 무너져 내렸다. 욕실에서 나온 그녀는 앞가슴에서 여민 대형수건을 두 손으로 힘껏 움켜 쥔 채 텔레비전을 올려다보고 있었다.

— 어떻게 저럴 수가. 한 순간, 저 많은 것들이, 사람들이,

형체도 없이……. 어째, 이를 어째.

그녀는 연신 끝말을 되풀이했다. 어쩌지 못하고 있는 것은 오히려 나였다. 이미 불룩해진 아랫도리 때문에, 아니 그것이 언제 수그러들지 모를 것이어서 그녀를 불러야 할지 말아야 할지 난감했다. 그녀가 돌아섰다. 그리고 서둘러 벗어 놓은 옷을 입기 시작했다. 그녀는 쫓기듯 지퍼를 올리고 단추를 여몄다.

— 갈 거예요? 이제 막 들어왔는데?

— 애가 걱정 돼.

— 혼자 있는 것도 아닌데 무슨 걱정이에요.

— 봤어? 저기 저 아이, 축 늘어진 저 아이……. 가야겠어. 아이 옆에 있어야 할 것 같아.

— 놀란 것까진 알겠는데 충격치고는 너무 과한 거 아니에요?

내 말이 끝나기 무섭게 그녀가 몸을 곧추세웠다. 나를 바라보는 그녀의 표정은 뭐랄까, 너는 죽었다 깨나도 모를 거라고 말하는 듯 했다. 그녀가 가버린 모텔 방 침대에 우두커니 앉아 나는 텔레비전을 보았다. 뉴스가 끝나고 다음 프로그램이 시작될 때까지 광고가 이어졌다. 지루했다. 나는 침대에서 빠져 나와 주섬주섬 옷을 찾아 입었다.

한 달 후, 그녀는 실버타운의 로열슈트(Royal Suite) 세 채의 분양을 성사시켰다. 40평형대의 로열슈트는 실버타운에서 가장 값비싼 곳이었다. 분양 공고를 낸 지 일 년이 다 되도록 입주하겠다는 사람이 없어 실버타운에서는 입주자를 찾기 위해 여러모로 애쓰던 차였다. 그녀는 홍보이벤트실의 총괄 책임자로 승진했다. 나는 인터넷 메일로 축하한다는 글을 보냈다. 답신은 그 다음날이 돼서야 도착했다. 감사합니다. 그 짧막한 문구는 내가 그녀로부터 얼마나 멀리 퉁겨져 버렸는지를 실감하게 했다.


주머니 안에서 휴대폰이 진저리친다. 수화기 너머에서 그녀가 내게 어디냐고 묻는다. 나는 휴대폰을 귀에 댄 채 고개를 돌려 빌딩을 올려다본다. 까마득하다, 라고 생각하는 순간 얼굴에 빗방울이 떨어진다. 그녀는 아이가 차 안에서 아침에 먹은 것을 게워냈다고 말한다. 나는 지갑 안에 든 종합관람권 석 장을 떠올린다. 내가 머뭇거리는 사이 그녀가 안 되겠어, 라고 말하고는 전화를 끊는다.

나는 빌딩 입구 앞에 서서 핸들을 움켜쥔 그녀의 모습을 상상한다. 우연히도 그녀의 차는 유턴 차선에 잘못 들어서 있다. 또 그때 반대편 차선은 너무도 한가해 불현듯 그녀는 차를 되돌리기엔 그만한 장소가 따로 없다는 생각이 든다. 모든 것을 되돌리기에 적당한 곳. 그녀는 반대편 차선으로 핸들을 힘껏 돌린다. 내 머릿속에서 그녀의 차는 점점 멀어지고 깨알처럼 작아진 뒤 마침내 사라졌다.

몸에 한기가 돈다. 옷을 추스르다가 젖어 있는 바지 밑단을 내려다본다. 바지 주름선이 어느새 둔해져 있다. 차들이 빠르게 지날 때 고열의 다리미 밑에서 지글대던 소리를 들은 것도 같다. 지금쯤 노인은 무엇을 하고 있을까. 나는 지갑에서 종합관람권 한 장을 꺼낸다. 그리고 빌딩 입구로 걸어간다.

지하 수족관 안은 견학 온 아이들로 제법 붐비고 있다. 아이들의 목소리가 탄산가스처럼 여기저기서 보글거린다. 수조 안에 뿜어져 나오는 불빛들은 탐조등 같다. 줄 지어 선 아이들이 수조 앞을 물결처럼 떠밀려간다. 누군가 아이들을 불러 모은다. 아이들은 물고기 떼처럼 소리가 나는 곳으로 몰려간다. 쇼 다이버가 펼치는 환상의 수중 묘기. 수조의 유리막 너머에서 쇼 다이버가 손을 흔든다. 아이들이 활짝 편 손으로 유리막을 두들겨댄다. 잠수복을 입은 쇼 다이버는 검은 물고기처럼 수조 속에서 헤엄친다. 아이들이 쇼 다이버를 따라 움직인다. 내게서 아이들이 멀어진다.

나는 실러캔스의 화석이 있는 출구 쪽을 향해 걷는다.

살아있는 화석. 실러캔스는 바싹 말린 커다란 생선 같다. 손을 대면 금방이라도 부서질 듯하다. 동영상에서 보았던 형형한 푸른빛은 찾아볼 수 없다. 노인의 분무기를 떠올린다. 반쯤 벌리고 있는 실러캔스의 입안으로 물을 잔뜩 뿜어 주고 싶다.

박 주임에게서 전화가 걸려온다. 박 주임은 내게 308호의 노인이 콜택시를 불렀다고 말한다. 운전기사가 실버타운으로 오고 있는 중이라며 어째야 하는지 묻는다. 나는 박 주임에게 노인의 맏아들 내외가 유럽여행 중이라는 사실을 다시 한 번 일깨워준다. 때문에 집은 비어 있으며 당연히 문을 열어줄 사람이 없다고 말한다. 노인을 말려보라는 내 말에 박 주임은 발끈, 화를 낸다. 왜, 안 말렸겠어. 노인이 키 번호를 알고 있다며 고집을 피운다고 박 주임은 신경질적으로 말한다. 아무튼 누구 하나 붙여 보내야겠지? 박 주임이 내게 묻는다. 나는 휴대폰을 귀에 댄 채 한쪽 손을 유리에 갖다 댄다. 검지손톱 끝으로 유리를 톡톡, 친다.

정 가시겠다면야 하는 수 없죠. 본인이 싫다는데 눌러 앉힐 수는 없잖아요.

휴대폰을 끄며 나는 실러캔스 앞으로 바짝 다가선다. 왜, 왜 그러는 건데요. 다시 되돌아가려는 이유가 뭔데요. 거긴 어둡잖아요. 빛이 닿질 않아요. 그런데도 제 발로 가야겠어요?

나는 오래도록 실러캔스 앞에서 머물렀다.


고속 엘리베이터 앞에 아이들이 줄 지어 서 있다. 무심코 그곳으로 향한다. 쉴 새 없이 떠들어대는 아이들과 섞여 떠밀리듯 엘리베이터 안으로 들어간다. 분속 460미터의 고속 엘리베이터는 순식간에 나를 공중으로 들어올린다. 아이들이 유리창에 바투 붙어 있다. 문이 열리자 아이들은 총알처럼 밖으로 튀어나간다. 나는 아이들을 따라 전망대에 발을 들여 놓는다.

통로 한가운데에 한국고사진 특별전이 열리고 있다. 아이들은 눈길조차 주지 않는다. 이 빌딩의 유일한 특징이랄 수 있는, 한강과 서울인근지역을 한눈에 내려다볼 수 있다는 사실에조차 관심을 보이지 않는다. 아이들이 몰려 있는 곳에서 둔탁한 악기소리와 동물의 울음소리가 뒤섞여 들려온다. 관광망원경 앞에 몇몇의 여자들이 아이들과 줄을 서 있다. 아이들의 시선은 자꾸만 노래하는 징검다리나 신비의 소리 쪽으로 향한다. 여자들은 그에 아랑곳없이 아이를 들어 올려 두 눈이 망원경에 잘 맞춰졌는지 큰 소리로 묻는다. 보여? 잘 보여? 아이를 들어 올린 여자의 휜 허리께를 바라보다 그녀를 떠올린다. 휴대폰을 꺼내 그녀에게 전화를 건다. 그녀는 먼 데서 달려온 사람처럼 숨을 몰아쉰다. 시큰한 냄새가 밴 아이의 속옷을 빨던 중이라고 그녀가 내게 말한다.

세탁기는요?

지금껏 속옷은 푹 삶아 손빨래를 해왔다고 그녀가 대답한다. 이제 막 잠든 아이가 깰까봐 그녀는 목소리를 한껏 낮추고 말까지 아끼는 눈치다. 나는, 삶는 기능은 물론 건조까지 풀코스형 최신 세탁기가 흔한 세상이라고 말하려다가 입을 다문다. 그녀도 말이 없다. 갑자기 서먹해진다. 통화가 끊길 것 같아 조바심이 인다. 나는 그녀에게 좀 쉬라고, 주말인데 푹 쉬라고 서둘러 말한다. 그녀가 피식, 웃는 소리가 들린다.

왜요? 왜 웃는데요?

그녀는 할 일이 태산이라고 대답한다.

그러게 나랑 여기 왔으면 좋았잖아요.

그녀가 또 말이 없다. 나는 그녀를 부른다. 그녀가 아주 낮고 무거운 목소리로 자신이 한 아이의 엄마라는 것을 잊었느냐고 내게 말한다.

그럼 나는 기억해요? 내가 어디 있는지 알기나 해요?

아아, 안되겠어. 수화기 저편의 그녀가 한숨을 내쉰다. 그리고 빨래가 식어버린다고 말하고는 전화를 끊는다.

조망대 밑의 계단은 모두 여섯 개다. 유리창을 두들기거나 기대지 마세요. 계단 입구 안내 팻말에 쓰인 붉은색 글씨가 선명하다. 나는 사람들과 섞여 차례를 기다린다. 인솔교사와 함께 계단에 올라선 어린 여자아이는 자꾸만 엉덩이를 뒤로 뺀다. 마침내 울음을 터뜨리고 만다. 하는 수 없이 여자가 우는 아이를 달래며 계단을 내려온다. 계단을 오르는 몇몇 사람들의 발걸음은 조심스럽다. 조망대의 통 유리창 앞에 오래도록 머무는 사람들은 별로 없다. 내 앞에 선 남자아이 두 명이 재빨리 계단을 올라가 조망대 앞에 선다. 한 아이가 발꿈치를 들고 유리창에 이마를 갖다 댄다. 다른 아이는 유리창을 툭툭 치며 키득거린다. 유리창에 이마를 대고 있던 아이가 아, 무서워, 라고 말하고는 쓰러질 것 같은 포즈를 취한다. 옆에서 키득대던 아이가 그에 질세라 새라도 된 듯 두 팔을 벌려 몸을 이리저리 비튼다. 이내 두 아이는 자신의 손자국을 유리창 높은 곳에 남겨두려고 제자리에서 뛴다. 누군가 아이들을 향해 위험하다고 말한다. 한 아이가 뒤를 돌아본다. 나와 눈이 마주친다. 아이는 아직도 제자리 뛰기를 하고 있는 다른 아이의 옆구리를 찌른다. 두 아이는 계단을 뛰듯 걸어 내려와 나를 지나쳐 간다.

나는 계단을 오른다.

조망대 앞에 선 나는 마치 어떤 힘에 떠밀려 공중에 들린 것 같다. 자꾸만 발가락이 움츠러든다. 가까스로 발아래를 내려다본다. 나는 한 순간, 형체도 없이, 무너져 내릴……것만 같다. 경고 문구에도 불구하고 나는 유리창에 두 손을 댄다. 얕은 떨림 같은 것이 손목으로 그리고 서서히 양팔로, 어깨로 퍼진다. 나는 잠시 호흡을 고른 뒤 두 눈을 질끈 감는다. 도시의 잔상이 먹빛으로 물든다. 안되겠어. 먹빛 속의 그녀는 시큼한 냄새가 밴 아이의 속옷을 집어 든다. 이제 막 맏아들의 집에 도착한 노인은 아무도 없는 어둑한 거실에서 소매 끝을 걷어 올린다. 욕실로 들어간 그녀는 솔을 꺼내고 노인은 세면대 앞에서 마른 걸레에 물을 적신다. 물이 끊고 젖은 걸레에는 오래된 먼지가 들러붙는다. 욕실에서 부엌으로 욕실에서 거실로. 삶는 기능에 건조까지 가능한 풀코스의 세탁기와 최대

흡입력의 진공청소기를 등진 채 그들은 쉬지 않고 몸을 놀린다. 움찔, 실러캔스가 움직인다. 먹빛 심연 속에서 천천히 헤엄친다.

카리스마스탭

# 1

피팅룸 앞에 선다. 문에 붙어 있는 전신거울은 자국 하나 없이 깨끗하다. 거울 앞으로 바짝 다가선다. 새로 산 오렌지색 아이섀도는 펄이 너무 많이 섞인 것이 흠이다. 펄감이 짙으면 입고 있는 옷보다 반짝이는 두 눈에 고객들의 시선이 집중되기 때문에 늘 조심해야 한다. 파우치를 열어 브러시를 꺼내든다. 브러시로 눈의 안쪽에서 바깥쪽으로 가볍게 쓸어 낸다. 두어 걸음 물러선다. 펄이 조금 가신 듯했지만 여전히 눈화장이 마음에 들지 않는다.

어제 나는 세 번, 옷을 갈아입었다. 오전에 입었던 샘플옷은 열네 장 모두 두 시간여 만에 팔려나갔다. 가슴선이 깊게 패인 두 번째 샘플옷은 44사이즈가 먼저 팔렸다. 작은 사이즈가 먼저 팔리는 일은 흔치 않았기에 나는 다소 들떠 있었다. 세 번째 샘플옷으로 갈아입은 때가 오후 세 시쯤이었다. 백화점 폐점 시간이 되었을 때 그 옷은 내가 입고 있는 것을 포함해 단 세 장만 남았다. 완판의 기록을 코앞에 두고 마감한 것이 못내 아쉬웠다. 하지만 샵마스터는 내심 만족해하는 눈치였다. 나는 바비보다 먼저 새 옷을 골라 입게 될지도 모른다는 생각에 잠마저 설쳐가며 오늘 화장을 계획했다.

거울을 통해 계산대 쪽을 바라본다. 샵마스터는 계산대 위에 올려놓은 옷들을 살펴보느라 부산스럽다. 어제 내가 눈여겨 두었던, 쉬폰블라우스는 여러 벌의 옷들 중 단연 눈에 띈다. 다른 어떤 옷들보다 많은 양이 들어온 것을 보면 판매주력상품이 분명하다.

바비가 매장 안으로 들어온다. 화장기 없는 얼굴 위에 어제의 고단함이 그대로 남아 있다. 바비는 샵마스터에 목례를 하고 난 후 계산대 옆에 쭈그려 앉아 아래 서랍에 핸드백을 집어넣는다. 나는, 바비를 내려다보는 샵마스터의 얼굴이 잠시 일그러지는 순간을 놓치지 않는다. 바비는 며칠째 똑같은 머리모양을 하고 있다. 윗부분은 과하다 싶을 만큼 부풀리고 뒤통수를 따라 머리칼을 하나로 땋아 내렸다. 새로 들어온 어떤 옷과도 어울리지 않는 스타일이다. 샵마스터의 말처럼 정말 바비의 카리스마는 사라지고 있는 것일까.

바비는 카리스마스탭 6기다. 그녀가 뽑힐 당시 공채 이래 가장 높은 경쟁률이었다는 입소문을 나는 기억한다. 174센티미터의 키에 44사이즈를 소화해낼 수 있는 그녀는 카리스마스탭으로 뽑힌 네 명 중 단연 돋보였다고 한다. 여성의 신체 곡선을 강조한 회사의 브랜드 이미지에 가장 걸맞은 몸매를 지녔다는 찬사가 뒤따랐다. 사람들은 그녀가 회사 본점의 매장으로 발령받을 것이라고 생각했다. 하지만 그녀는 열두 개의 매장 중 매출이 가장 낮은 곳으로 첫 출근했다. 그녀를 처음 본 매장의 스탭들은 바비인형을 떠올렸다. 그녀는 김주연이라는 이름 대신 바비라고 불렸다.

처음, 스탭들은 바비의 완벽한 모습에 고객들이 주눅 들거나 거부감을 느낄지도 모른다고 생각했다. 바비는 하루에 네 번씩 각각 다른 샘플옷을 입었다. 갈아입기 무섭게 바비가 입고 있는 것과 똑같은 옷들이 팔려나갔다. 바비는 당일 매출로는 최고라는 신기록을 세웠다. 없어서 못 팔 지경이라는 즐거운 비명이 그 매장으로부터 심심찮게 들려왔다. 고객들은 바비를 보기 위해서라도 매장을 찾았다. 두 달 뒤 그 매장은 매출실적이 가장 높은 곳으로 급부상했다. 3회 연속, '이달의 우수 매장'으로 선정되기도 했다. 매장의 샵마스터는 그 모든 것이 바비의 카리스마 덕분이라고 소감을 밝혔다. 그리고 바비가 곧 다른 매장으로 떠날 것이라는 소문이 진짜가 아니길 바란다고 말했다. 그러나 소문대로 바비는 매장의 순환근무자로 발탁되었다.

회사 측은 바비의 카리스마가 전 매장으로 퍼져나가길 바랐다. 바비는 카리스마스탭 최초로 샵마스터와 동등한 대우를 받게 되었다. 또한 지금껏 순환근무를 발령받은 카리스마스탭은 바비뿐이라는 점에서 유일했다. 바비는 첫 순환근무지였던 매장에서도 여러 개의 단일상품 완판 기록을 세웠다. 자신의 매장으로 바비를 보내달라는 샵마스터들의 요청이 끊이질 않는다는 소문이 돌았다. 그즈음 나는 새로 들어온 카리스마스탭에게 거울 닦는 일을 넘겨주었다. 매장의 허드렛일에 내심 불쾌해했던 카리스마스탭 한 명이 떠난 지 이틀 만에 들어온 신참내기였다. 카리스마스탭으로 뽑힌 사람들 중 절반은 일 년을 넘기지 못했다. 사람들은 카리스마스탭이라는 화려한 이름과 여느 판매사원보다 많은 월급에 매료되었지만 그들 모두가 꼬박 열두 시간을 서서 일해야 하는 고된 노동을 견뎌냈던 것은 아니었다. 거울을 닦는 힘찬 손놀림에도 불구하고 샵마스터가 신참내기를 믿을 수 없었던 이유는 바로 그 때문이었다.

나를 부른 샵마스터가 모니터 한쪽을 손가락으로 가리켰다. 첫 순환근무지에서 다른 매장으로 옮겨갈 바비에 대한 기사가 사진과 함께 실렸다. 사진의 한 귀퉁이에는 '카리스마 바비'라고 쓰여 있었다.

— 일본에 갔을 때 이런 얼굴의 인형을 본 적이 있어. 어떤 회사에서 만든 것인데 구체관절인형 모두를 돌피라고 부르더군. 우레탄으로 만든 일 미터가량의 인형이야. 날카로우면서도 좁고 예쁜 인중이 특징이지. 그 회사에서는 절대로 이를 드러낸 채 웃는 돌피를 만들지 않는대. 사람처럼 보이는 환상이 깨진다나, 뭐라나. 잘 봐. 얘가 지금 웃는 것 같니, 우는 것 같니? 그래, 모르는 게 당연하지. 그 회사에서도 딱 요만큼의 표정으로 인형의 얼굴을 빚은 거라구. 참, 알다가도 모를 세상이야. 내가 처음 매장에 설 때만 해도 얘처럼 키가 크고 강마른 사람은 뽑지도 않았는데. 아무튼 언젠가 우리 매장으로도 오게 되겠지.

일 년 후 바비는 우리 매장으로 왔다. 그전까지 나는 매장에서 가장 유능한 카리스마스탭이었다. 나는 그날 입어야 하는 옷과 분위기를 정하는 일이 카리스마스탭에게 가장 중요한 전략이라고 생각했다. 나는 고객들의 시선을 끌어모으기 위해 애썼고 그들이 그냥 매장을 지나치도록 게으름을 피우지도 않았다. 단골고객을 확보한 만큼 매출도 안정적이었다. 내가 받아야 할 당연한 대가라고 생각했다. 그러나 나는 바비를 쳐다보는 나의 단골고객의 첫 눈빛에서 욕망을 보았다. 그 눈빛은 바비에 대한 강한 전이와 동화였다. 바비의 옷을 사고 싶다는 생각은 그 욕망의 자연스런 결과물이라고 해야겠다. 내게는 없는, 바비만의 카리스마 때문이라는 것을 깨달았다.

샵마스터가 미영을 찾는다. 지금쯤 미영은 화장실 거울 앞에서 목과 가슴 그리고 어깨와 두 팔에 분첩을 토닥이고 있을 것이다. 미영은 우리들 중 매장 경력이 가장 짧은 신참내기다. 때문에 피팅룸의 전신거울을 닦는 일은 그녀의 몫이다. 요즘 미영은 그 어느 때보다 그 일에 열심이다. 한 달 새 늘어난 삼 킬로그램의 몸무게 때문이다. 미영은 자신의 몸무게가 늘어난 탓을 거울 때문이라고 여긴다. 누구든 그 앞에 서면 키가 커 보이고 날씬해 보이도록 조작된 거울이라는 것을 미영도 잘 알고 있었다. 그럼에도 그 사실을 몰랐던 것처럼 조금씩 몸무게가 늘고 있었던 자신의 모습을 솔직히 비춰주지 않은 거울에 화를 냈다. 미영이 살이 찌고 있었다는 사실을 눈치채지 못한 것은 미영뿐만 아니다. 미영이 입게 되는 55사이즈의 샘플옷이 어느 날인가 바듯하게 보였을 때 그제야 샵마스터는 미영에게 체중계를 들이밀었던 것이다. 체중계에 맨발로 올라 서 있던 미영의 얼굴이 일그러졌고 샵마스터는 매장에 마담사이즈는 없다고 단호하게 잘라 말했다. 그리고 미영에게 오 킬로그램의 체중감량을 지시했다.

— 열흘은 무리가 아닐까요?

— 저대로 가다간 55사이즈가 무리야. 바비는 사 년 내내 44사이즈의 옷만을 입었어. 그게 무슨 뜻인 줄 잘 알 거야. 혜주, 너도 바비와 같은 사이즈의 옷을 입는 처지라고 방심해서는 안 돼. 바비한테 밀리기 싫으면 자기관리에 철저해야 할 거야.

그러나 미영은 체중감량보다 피부화장에 전력했다. 사실 연한 카키베이지색의 피부화장은 미영을 살이 찌기 전의 모습처럼 보이는 효과를 내고 있다. 나도 가끔은 미영의 피부화

장에 솔깃해진다. 바비보다 더 희고 투명한. 하지만 피부화장
으로는 어림도 없는 일이다. 염색이라면 가능할까. 그럴 수만
있다면 나는 창백하리만치 희고 섬뜩하리만치 냉정한 쿨화이
트색의 피부를 갖고 싶다.

내 옆에 서 있는 미영이 다소곳하다. 미영의 옆얼굴을 슬쩍
훔쳐본다. 제 딴에는 몰라볼 것이라고 생각하겠지만 나는 미
영의 피부화장을 단박에 눈치챘다. 샵마스터가 미간을 찌푸
리며 미영을 흘끔거린다. 하지만 샵마스터는 화난 목소리로
바비를 부른다.

오픈하기도 전에 피곤한 기색이면 어떡해? 그건 그렇다 치
고, 김주연 씨. 우리 매장에 온 지 육 개월이 다 돼가지, 아마?

바비가 고개를 끄덕인다. 그녀의 얼굴이 창백하다. 연한 그
린라인의 화장에도 불구하고 생기가 돌지 않는다. 커다란 에
메랄드빛 귀걸이가 바비의 얇은 귓불을 찢고 떨어져 내릴 듯
무겁게만 보인다. 샵마스터는 당일이나 월간 매출 그리고 분
기 중 매출, 그 어느 것에서도 신기록을 세우지 못하는 바비
를 다그친다. 바비는 아무 말이 없다. 늘 샵마스터의 신경을
건드리는 것은 바비의 그 무표정한 얼굴이다.

순환근무하느라 진이 다 빠져버린 거야? 그렇다고 우리 매

장에서 그러면 안 돼지. 어제 혜주가 완판기록을 세울 뻔했다는 것을 주연 씨도 잘 알 거야. 변별력이 없는 카리스마라면 굳이 똑같은 조건의 스탭을 두 명씩이나 있게 할 필요가 없다는 것이 내 생각이야. 어떻게든 기록을 세워!

나는 계산대 옆 옷걸이에 잠시 걸어둔 새 옷을 훔쳐본다. 새 옷은 늘 바비의 차지였지만 오늘만은 다를 것이다. 어제처럼 폐점 시간에 밀려 완판 기록을 놓치는 일 따위는 결코 반복하지 않으리라 다짐한다. 그러나 샵마스터는 바비에게 새 옷을 권한다. 바비가 고개를 끄덕인다. 나도 모르게 한 발짝 앞으로 나간다. 샵마스터가 매섭게 나를 노려본다. 나는 다시 제자리에 서며 고개를 숙인다. 샵마스터는 어제 팔다 남은 옷을 마저 팔라고 내게 말한다. 겨우 세 장이니 정오가 되기도 전에 다른 옷을 입어야 할 것이라고 위로의 말인 듯 덧붙인다.


2


피팅룸의 문이 벌컥 열린다. 여자가 미간을 잔뜩 찌푸리며 나온다.

뭐야, 불이 안 들어오잖아.

여자의 날카로운 목소리에 샵마스터는 잔뜩 긴장한 눈치다. 그도 그럴 것이 여자는 샵마스터가 직접 관리하는 주요 단골고객이다. 샵마스터가 재빨리 피팅룸 안으로 들어가 문을 닫는다. 매장 안의 모든 시선이 피팅룸 앞을 기웃거린다. 잠시 후 샵마스터는 당황스런 표정을 지으며 문을 열고 밖으로 나온다. 피팅룸의 문을 두어 번 열고 닫아보지만 여전히 불은 켜지지 않는다. 자동센서가 고장을 일으킨 것 같다며 샵마스터는 여자에게 정중히 사과를 한다. 여자가 들고 있던 옷들을 계산대 앞 옷걸이 위에 아무렇게나 얹어놓는다. 여자가 고른 세 벌의 옷은 가격대가 높은 것들이다. 샵마스터가 다른 매장의 피팅룸을 권했지만 여자는 귀찮다며 거절한다. 샵마스터는 매장을 나가는 여자에게 꼭 다시 들러달라고 부탁의 말을 건넨다. 여자는 뒤도 돌아보지 않는다. 옷을 고르던 고객들도 손을 멈추고 하나둘 매장을 빠져나간다. 샵마스터의 얼굴이 잔뜩 일그러진다. 미영이 전기실에 다녀오겠노라고 말하고는 재빨리 매장 밖으로 뛰어간다. 나는 맞은편 매장으로 가 잠시 피팅룸을 빌려 쓸 수 있도록 부탁한 뒤 다시 매장으로 돌아온다. 샵마스터는 어딘가로 연신 전화를 한다. 얼마 후 미영이 랜턴 한 개를 들고 매장 안으로 들어온다.

아무도 없어요. 이거라도 켜두면 그럭저럭 옷은 갈아입을 수 있지 않을까요?

랜턴은 무슨. 한두 시간 정도는 앞 매장에 피팅룸 쓰면 돼요. 부탁했으니 별말 없을 거예요.

문득 샵마스터가 옆에 서 있는 바비를 바라본다.

주연 씨. 다른 사람들은 발 벗고 나서는데 당신은 뭐 해? 어서 가서 랜턴 하나 더 가져와.

매장을 나가는 바비를 바라보던 미영이 샵마스터에게 다가간다.

랜턴은 하나밖에 없던 걸요?

내 알 바 아냐.

나는 바비가 사라진 비상계단 쪽을 바라본다.

이 주 전, 본사의 호출로 늦은 출근을 알리는 바비의 전화를 받고 샵마스터의 얼굴은 단박에 일그러졌었다. 점심시간이 지나서야 바비는 매장으로 왔다.

— 오늘 본사에는 무슨 일 때문에 가신 거예요?

다 떨어진 카리스마 때문에 호출당한 것이라는 샵마스터의 비아냥거림을 훔쳐 듣고도 모른 척 미영은 바비에게 말을 건

넸다. 나는 계산대 위에 놓인 컴퓨터 화면에 눈길을 붙박아두고 있는 샵마스터를 바라보았다. 궁금하기는 샵마스터도 나와 마찬가지일 것이었다. 미영의 질문에 바비는 순환근무를 마치게 될 것 같다고 대답했다.

— 그러면 우리 매장에서 쫑 친단 말예요? 다른 매장으로 안 가고 여기에 뼈를 묻는단 말이죠? 농담이에요, 웃으라고 한 농담.

미영이 저 혼자 큰 소리로 웃었다. 나처럼, 미영의 농담이 조만간 사실이 될 것 같다는 기분이 든 때문이었을까. 샵마스터의 얼굴표정이 심상치 않았다. 회사 측은 바비의 특별대우에 관한 판단과 결정을 스스로 자랑스러워했다. 때문에 순환근무를 마치더라도 바비에게 주었던 지위와 급여에 대한 특별대우까지 철회한다고는 확신할 수 없었다. 하지만 바비가 우리 매장의 고정스탭으로 남을 확률은 높았다. 그간의 순환근무 기간으로 따져본다면 석 달 후라야 다른 매장으로 옮겨 갈 것이었다.

샵마스터가 아무 말도 없이 매장을 빠져나갔다. 바비가 매출 신기록 하나 세우지 못하고 순환근무를 마치게 된다면 샵마스터는 매출 부진의 이유로 본사의 호출을 피할 수 없을 거였다. 그나마 자신과 동등한 대우를 받던 바비가 여느 카리스마스탭의 신분으로 돌아간다면 조금은 느긋할 수 있으리라. 미영은 어떨까. 바비가 매장의 어떤 옷도 소화해 낼 수 있는 스탭이라는 사실에 신경을 곤두세우지만 55사이즈의 샘플 옷을 입는 사람은 자신뿐이라는 점에 은근히 만족해하는 눈치였다. 바비가 고정스탭으로 남는다 해도 상관없을 미영이었다. 그러나 나는 샵마스터나 미영과는 달리 방패 삼을 만한 것이 없는 처지였다. 샵마스터는 나와 바비에게 선의의 경쟁을 부추겼다. 하지만 내게 선의란 사치스런 말일 뿐이었다. 내가 입지 못하면 바비가 입을 것이고 그런 바비가 있는 한 나는 매장의 그 어떤 옷에도 자유롭지 못할 것이었다. 되찾지 못하면 빼앗긴 것이며 그것으로 끝일지도 모른다는 생각에 다다랐다. 마음 한구석에 날이 섰다. 미영의 농담처럼 나는 바비의 뼈를 매장 어딘가에 깊숙이 파묻고 싶었다.

샵마스터가 나를 부른다.

이러다간 새로 들인 옷도 재고가 될 판이야. 바비, 아니 주연씨가 입고 있는 옷, 혜주가 입어 봐. 반응이 어떤지 봐야겠어.

옷에 따라 스탭이 정해지면 대개는 이틀이나 삼 일 정도 입게 마련이다. 더욱이 판매주력상품의 경우 일주일간의 판매

실적에 따라 스탭을 바꾸게 되어 있다. 그런데 고작 네 시간만의 교체라니.

주연 씨는 어쩌구요?

순간 샵마스터의 눈빛이 날카로워진다.

잊지 마, 샵마스터는 나야.

나는 옷을 들고 피팅룸 안으로 들어간다. 랜턴을 켜자 둥근 불빛이 피팅룸 천장에 가닿는다. 머리모양이 흐트러지지 않게 조심스레 웃옷을 벗는다. 반응이 어떤지 보겠다는 샵마스터의 말이 또렷하게 떠오른다. 내게 주어진 시간은 바비와 마찬가지로 단 네 시간뿐일 것이다. 그 안에 어떻게든 많이 팔아야 한다. 그렇지 않으면 폐점 시간이 되기도 전에 이 옷은 다시 바비에게 돌아갈 것이다. 피팅룸 안이 갑갑하게 느껴진다. 옷을 입는 동안 조금씩 땀이 난다. 여느 때와는 달리 옷을 매만지는 손길이 서툴다. 벨트를 두르는 손이 떨린다. 허기 때문일까. 아침을 거른 것이 후회스럽다.

샵마스터가 피팅룸의 문을 두드린다. 밖으로 나오자 샵마스터의 시선이 재빨리 내 몸을 훑고 지나간다.

바비가 매장 안으로 들어선다. 빈손이다. 샵마스터는 바비와 눈길도 마주치지 않고 내가 벗어둔 옷을 손가락으로 가리킨다. 그리고는 어서 갈아입으라고 말한다. 바비는 내게서 건네받은 옷을 팔에 걸친 채 나를 물끄러미 바라본다. 미영이 똑같은 사이즈의 똑같은 옷을 입고 있는 나와 바비를 번갈아 바라본다. 기분이 묘하다. 바비는 예의 무표정한 얼굴이다. 문득, 나는 모멸감에 휩싸인다. 저주와 욕설과 험담이 입안 가득 고인다. 마른침을 삼킨다. 파이팅! 나는 바비를 향해 작은 소리로 말한다.

샵마스터와 미영이 늦은 점심을 해결하기 위해 서둘러 매장을 나간다. 나는 피팅룸 거울 앞에 서서 옷매무새를 다듬는다. 바비가 다가와 피팅룸 문을 연다. 피팅룸 안의 짙은 어둠이 조금 물러선다. 문을 반쯤 열어 두고 바비는 간이수납장 위에 걸터앉아 신발을 벗는다. 12센티미터나 되는 통굽의 신발이 철근덩어리처럼 무거워 보인다. 바비는 들고 있던 옷을 바닥에 내려놓고는 두 발목을 번갈아 가며 주무른다. 나는 바비가 걸터앉은 간이수납장을 내려다본다.

오늘도 다이어트바 먹을 거야?

바비가 고개를 끄덕인다. 툭, 하고 머리가 떨어져 내릴 것 같은 힘없는 고갯짓이다.

그거 말야, 다이어트바. 선식 같은 것을 뭉쳐놓은 것 같던데 어디서 팔아?

바비가 나를 올려다본다. 언젠가 보았던 사진 속의 그녀처럼 웃는 듯 우는 듯 알 수 없는 표정이다. 목덜미가 써늘하다. 바비는 내게 다이어트바는 어디에서도 살 수 없는 것이라고 말한다. 집에서 손수 만든 것이어서 그런다고 덧붙인다.

정말? 그걸 네가 직접 만든다는 거야?

바비는 대답 대신 특별하달 것도 없다는 표정을 짓는다. 그리고 무너지듯 한쪽 벽에 몸을 기댄다.

어서 갈아입고 나와. 문을 닫아 줄 테니 랜턴을 켜.

바비가 또 다시 고개를 끄덕인다.

나는 문을 닫으려다가 말고 돌아선다. 바비를 내려다본다. 부풀려진 머리칼 때문에 테두리가 희미하지만 분명 머리칼이 동시에 빠져버린 흔적이다. 바비가 며칠째 머리 윗부분을 과하다싶을 만큼 부풀린 것은 그것을 감추기 위함이었음을 깨닫는다. 나는 조용히 문을 닫는다. 그리고 계산대로 가 아래 서랍을 조심스레 연다. 바비의 핸드백을 열고 다이어트바를 꺼낸다.

나는 매장을 빠져나와 비상계단을 내려간다. 한 층 아래 화장실을 찾는다. 화장실 출입문을 밀고 들어선다. 비어 있는 화장실 안으로 들어가 변기 뚜껑을 내리고 그 위에 앉는다. 핸드백을 열고 다이어트바를 꺼낸다. 가볍지만 단단해 보여서 손수 만들었다기보다는 압착기 틀에서 방금 꺼낸 것 같다.

— 사람이 밥을 먹어야지.

다이어트바를 먹는 바비에게 샵마스터는 그렇게 말했었다. 요즘에 한 끼 정도쯤은 종합영양제로 대신하는 사람들이 많아졌다고 미영이 거들었지만 샵마스터는 미간을 찌푸렸다. 그때 나는 밥을 먹으며 바비의 입안에서 자그락거리는 소리를 엿듣고 있었다. 작은 알갱이들을 시럽으로 뭉쳐놓은 크런치바가 저절로 떠올랐다. 밥을 먹고 있는데도 바삭거리는 크런치바의 단맛이 떠올라 그것을 먹지 않는 한 허기가 가시지 않을 것이라는 엉뚱한 생각에 젖었다.

다이어트바를 내려다본다. 단맛의 상상만으로도 내 식욕을 어지럽히던 크런치바와는 사뭇 다른 느낌이다. 허기진 속이라면 그것을 보는 순간 군침이 돌아야 하는데 전혀 그 반대다. 바싹 마른 건초더미 같다. 어쩌면 이것은 바비에게 한 끼, 밥이 아닌 다른 무엇인지도 모른다. 바비의 인형 같은 얼굴을 떠올리며 다이어트바의 한 귀퉁이를 깨문다. 조심스레 바조각을 씹는다. 순간 저절로 미간이 찌푸려진다. 화장실을 뛰쳐 나와 세면대에 반쯤 으깨진 다이어트바를 뱉어낸다. 수도꼭지를 틀고 양손에 물을 받아 입안을 여러 번 헹궈낸다.

어쩌다 회식자리라도 생기면 바비는 영 입맛을 잃은 사람처럼 굴었다.

—혹시 배고프면 등 뒤에 건전지 끼워 넣는 것 아냐? 어서 먹으라고 한 소리야. 밥이든 건전지든 많이 먹고 힘내서 신기록 좀 터뜨려 봐. 나도 샵마스터들 모임에서 목 좀 빳빳하게 세워 보게.

술기운 때문이기도 했겠지만 그때 나는 옆에 앉은 바비가 인형처럼 보였다. 취기 끝의 오한처럼 자꾸만 소름이 돋았다. 지금 생각해보면 바비가 다이어트바 말고는 무얼 맛나게 먹는 것을 본 적이 없는 것 같다. 다이어트바를 우물거리는 바비를 볼 때마다 크런치바의 바삭함이 떠올라 나도 모르게 먹어보고 싶었다. 너도 먹어보겠니? 내가 다이어트 바를 훔치겠다는 생각을 한 것은 바비가 단 한 번도 내게 그렇게 물어본 적 없었기 때문인지도 모른다.

다시 화장실 안으로 들어가 변기 위에 앉는다. 무릎을 모으고 머리를 수그린다. 그리고 두 눈을 감는다. 바비의 정수리에 나 있던 둥근 반흔이 떠오른다. 어둑한 피팅룸을 밝히던 랜턴의 불빛처럼 바비의 정수리에서 희고 투명한 빛이 빠져나와 위로 솟구친다. 그곳에 손가락을 대보고 싶다. 내 몸이 빛으로 물든다. 나는 바비보다 더 희고 투명한 쿨화이트색의 피부색을 갖게 될 것이다. 아니 바비의 모든 것이, 그녀만의 카리스마가 내게로 옮겨올지도 모를 일이다. 두 팔로 몸을 감싼다. 눈꺼풀이 무겁다.

토막잠의 여운이 길다. 미영은 맞은편 매장의 피팅룸 앞에서 옷을 든 채 서 있다. 매장 안으로 들어서자 샵마스터가 차고 있던 손목시계를 확인한다. 주어진 것보다 더 많은 시간을 써버렸다는 경고의 표현이다. 나는 샵마스터의 눈길을 외면한 채 바비에게 다가가 그녀의 한 팔을 뒤에서 슬쩍 잡는다. 바비의 살갗이 차갑다. 냉동실에서 방금 꺼낸 얼음처럼 이물스럽다. 나는 얼른 손을 빼고 마른침을 삼킨다. 바비가 고개를 돌려 나를 바라본다.

— 일본에 갔을 때 이런 얼굴의 인형을 본 적이 있어. 사람이라면 한번쯤 욕망하는 그런 모습이랄까. 절대로 이를 드러낸 채 웃는 인형은 만들지 않는대. 사람처럼 보이는 환상이 깨진다나, 뭐라나.

나도 모르게 두어 걸음 뒤로 물러선다. 바비는 무슨 일이냐는 표정을 짓는다. 나는 낮은 목소리로 바비에게 말한다.

……웃어 봐.

## 3

폐점 시간이 다가온다. 미영은 신이 나 있다. 완판 기록을
세웠기 때문이다. 미영이 입고 있던 옷은 판매주력상품이 아
니었다. 샵마스터조차 기대하지 않았던 터라 미영의 기분은
최고조에 달해 있다. 바비는 자신에게 할당된 당일 기본매출
액도 다 채우지 못했다. 나는 간신히 평균을 넘긴 채다. 여느
때 같았으면 완판의 기록을, 생각지도 않았던 미영에게 빼앗
긴 사실에 화를 내고 있었을 것이다. 아니 바비를 앞선 것이
그나마 다행이라 자위할 터였다. 하지만 나는 미영보다 뒤처
진 것에 화가 나지도 않고 바비를 앞선 것 또한 기쁘지 않다.
나는 단 한 가지 생각에 매달려 있을 뿐이다.

다이어트바를 입에 넣자마자 까칠한 감촉이 느껴졌다. 씹
을수록 감촉은 날카로워졌고 입안 구석구석을 찔러댔다. 비
릿한 냄새가 진동했다. 맛은커녕 벌레도 슬지 않을 것이란 생

각이 들자 욕지기가 올라왔다. 물로 헹궈낸 뒤에도 입안에는 여전히 께름칙한 느낌이 진득하게 들러붙어 있었다. 어떻게 바비는 그토록 무표정한 얼굴로 다이어트바를 먹을 수 있었을까. 바비를 바라보며 그녀는 누군가에 의해 철저하게 계획되고 만들어진 정교한 캐릭터에 불과한, 어쩌면 진짜 인형일지도 모른다는 생각만 또렷했다. 때문에 사람이 아닌 바비의 속에 톱밥 같은 것이 잔뜩 쌓여있는 상상이 무시로 떠올라 나는 자주 눈을 끔벅이고 비벼댔다. 그때마다 눈 화장이 망가져 틈틈이 거울을 들여다봐야 했다. 거울을 보면 내 앞에는 바비가 서 있었다. 바비의 희고 투명한 피부는 마치 얇은 막과도 같아서 톱밥이 가득 쌓인 그녀의 속이 그대로 들여다보였다.

샵마스터가 바비를 부른다.

주연 씨, 요즘 너무 세게 빼는 거 아냐? 점심도 거르기 일쑤고 뭘 먹는 것을 못 봤어, 내가. 바람 빠진 공 같이 바디라인이 흐트러지고 있잖아. 살을 빼야할 사람은 안 빼고 주연 씨가 그러면 어떡해.

미영이 단박에 얼굴표정이 굳어진다. 샵마스터는 짐짓 모른 척 한다.

샵마스터가 본사에 들어가야 한다며 핸드백을 챙긴다. 오늘은 분기 중 매출실적보고를 위한 마스터들의 정례모임의 날이다. 바비의 저조한 매출실적이 보고될 터였다. 회사 측은 바비가 부하직원이라는 점을 들어 샵마스터에게 매출 부진의 책임을 추궁하려 들 것이다. 샵마스터는 두 시간여의 회의 시간 내내 바비를 다른 매장으로 보낼 방법에 대해 골몰할지도 모른다. 하지만 바비의 카리스마가 되살아나지 않는 한 그 어떤 샵마스터들도 바비를 원하지 않을 것이다. 어쩌면 회사 측은 바비가 아닌 다른 사람을 내세워야 할 때라고 생각할지 모른다.

샵마스터가 매장을 나간 뒤 얼마 후 미영이 화장실 좀 다녀오겠다고 내게 말한다. 화장품이 든 불룩한 파우치백을 들고 있다.

피부화장 하지 말란 말을 벌써 잊었어?

옷에만 안 묻히면 될 거잖아요.

미영이 매장을 나간다. 물끄러미 미영의 뒷모습을 좇다가 고개를 돌려 바비를 바라본다. 바비의 시선은 어느 먼 곳에 붙박여 있다.

힘들어 보여.

멀리 부려둔 시선이 여전하다.

힘들어 보인다고!

그제야 바비가 나를 바라본다.

우리 둘뿐야. 그래서 하는 말인데 정말 살을 빼려고 그러는 것은 아닐 테지?

바비의 입가에 은은한 미소가 머물러있다.

— 영원한 것이 있다면 내게 보여줘.

분명 바비의 목소리였으나 그녀의 입술은 움직이지 않는다.

다이어트 없이도 44사이즈만을 입었잖아. 미영이처럼 갑자기 살이 찐 것도 아니고 그렇다고 살이 찔 기미도 없는데 대체 왜 그래?

— 사람들이 내게서 떠날수록 잊고 있던 허기가 돌아. 왕성한 식욕이 매일매일 눈앞에서 꿈틀 대. 하지만 나는 내게서 떠나가는 사람들의 시선을 그대로 둘 수 없었어. 옷을 팔지 못하면 카리스마스탭으로서의 내 존재는 아무것도 아니니까.

바비는 거울 앞에 서서 부풀려진 머리칼을 매만진다.

너무 말라도 옷 태가 살지 않는다는 것을 잘 알고 있을 거 잖아. 그러다가는 매장의 모든 옷이 다 헐렁해져 버릴 거야. 결국 44사이즈도 못 입게 될 걸.

— 내가 떠나면 이곳으로 누군가는 오게 될 거야. 그 누군

가 떠난다 해도 역시 또 다른 누군가 그 자리를 대신하지. 우리에게 순환은 그런 거야. 늘 채워지지, 빈틈없이.

바비의 부풀려진 머리칼은 매만질수록 자꾸만 갈라진다. 바비의 두 눈이 퀭하다.

여태까지 그 어떤 카리스마스텝보다 최고의 대우를 받아왔어. 지금으로도 충분한 거 아냐?

—신발이 너무 무거워. 매일 통증이 발목에서부터 서서히 위를 향해 넝쿨처럼 기어오르지. 하지만 얼굴을 찡그릴 수 없어. 내 얼굴에는 단 하나의 미소만 남았지. 웃는 듯 우는 듯. 하지만 견뎠어. 견딜수록 많은 옷을 팔 수 있으니까. 폐점 시간이 될 때까지 나는 옷을 파는 것 말고는 아무 것도 생각하지 않았지. 그때까지 내가 단 한 번도 화장실에 가지 않았다면 믿을 수 있겠어?

바비가 나를 향해 돌아선다. 두 눈에 졸음기가 가득하다.

원형탈모증을 앓고 있다는 거 알아. 다이어트바 때문이지?

—벌레도 슬지 않을 거야. 그것을 먹기 위해서는 바삭하고 고소한 크런치바의 단맛으로 내 안의 깊은 허기를 충동질해야 해. 무엇이든 먹기만 해도 좋겠다는 생각을 한껏 부풀려. 그리고 다이어트바를 싼 비닐랩을 벗겨내. 머릿속에 떠올린

단맛의 기운이 사그라지기 전까지 재빨리 먹어 치워야만 해.

바비는 거울에 등을 기대고 두 손으로 얼굴을 감싸 쥔다.

계속해서 먹었다가는 머리는 온통 반흔 천지가 되고 말 거라구. 샵마스터라면 그런 스탭에게는 어떤 옷도 권하지 않을 거야.

— 카리스마스탭에게 옷을 잘 입는 것은 중요하지 않아. 그것은 마네킹이나 할 짓이지. 나는 옷을 팔아야 해. 옷을 팔지 못하면 매출실적은 형편없이 바닥을 칠 걸. 신기록이야말로 그 무엇보다 우선이야. 어떻게든 남김없이 팔아치워야 해. 그럼 대체 내가 뭘 바란다고 생각했던 거야? 이런, 화장실 갈 시간을 놓쳐버렸어. 어서 내 등 뒤의 태엽을 감아 줘. 어서 감아 달라니까. 인형처럼 거기 서서 뭐 해?

혜주씨.

바비가 나를 부른다. 나는 두 눈을 끔벅인다. 그리고 바비의 입술을 유심히 바라본다.

안되겠어. 잠깐 눈 좀 붙일게. 누가 나 찾으면 적당히 둘러대 줘.

순간, 나는 매장을 나서려던 바비의 한 팔을 붙잡는다. 그리고 피팅룸의 문을 열고 턱짓으로 그 안을 가리킨다. 바비가 머뭇거린다.

조금 있으면 전기실 기사가 다시 올 텐데.

나는 웃으며 고개를 가로 젓는다. 샵마스터의 재촉에 하는
수 없이 매장을 다녀간 것뿐이라고 바비에게 말한다. 폐점 시
간 전까지 피팅룸의 불은 켜지지 않을 것이라고 덧붙인다. 어
두운 그 안에서는 모든 것이 자유롭다. 마음껏 입을 벌려 하
품을 할 수도 있고 다리를 외로 꼰 채 앉아 있어도 나무랄 사
람이 없다. 허리를 조이는 벨트를 느슨하게 풀어도, 몸을 조
이는 웃옷의 단추를 풀어헤쳐도 상관없다. 짙은 어둠이 무엇
이든 감쪽같이 묻어줄 것이다. 나는 어서 피팅룸 안으로 들어
가라고 바비에게 속삭인다. 살갗에 닿는 쉬폰블라우스의 감
촉처럼 부드러운 목소리에 떠밀려 바비는 피팅룸 안으로 들
어간다. 간이수납장 위에 걸터앉아 신발을 벗는다. 바비가 랜
턴을 켜려는 순간 나는 그녀의 손목을 잡는다. 작은 불빛에도
잠은 쉽게 달아난다고 타이른다. 바비가 고개를 끄덕인다. 이
내 눈을 감으며 한쪽 어깨를 벽에 기댄다. 나는 바비에게 너
무 깊이 잠들지 말라고 이른다. 바비의 입에서 신음소리 같은
대답이 흘러나온다. 나는 손잡이 가운데의 잠금쇠를 누르고
조용히 문을 닫는다. 그리고 계산대로 다가가 수화기를 들고

전기실 내선번호를 누른다. 전화를 받은 기사는 내일 아침에 나 들러달라는 나의 부탁을 반긴다.

피팅룸 앞에 선다. 문에 붙어 있는 전신거울은 자국 하나 없이 깨끗하다. 그 앞에 서서 머리칼을 돋운다. 은은한 펄감이 이제야 만족스럽다. 몸을 움직일 때마다 쉬폰블라우스가 매장의 불빛을 받아 화사하다. 거울에 귀를 대본다. 숨소리조차 들리지 않는다. 어둠은 바비의 몸에 스며들어 그녀의 희고 투명한 살갗을 물들일 것이다. 무겁고 습한 기운이 바비의 몸을 짓누르고 손가락 하나 까닥할 수 없는 그녀는 깊은 잠에 빠져든다. 거울을 닦기 전 미영은 낡은 마네킹처럼 앉아 있는 바비를 보게 될 것이다.

남김없이 팔아치우는 거야, 바비. 나는 거울 속, 내게 이르며 두어 걸음 뒤로 물러선다.

# 박제된 일상을 유영하는 '백야'의 언어

고인환(문학평론가)

## 1

　김애현의 첫 장편《과테말라의 염소들》(2010)은 탄탄한 이 야기 구조와 섬세한 심리 표현, 경쾌하면서도 무게감 있는 문 장, 날카로운 현실 인식, 세상을 보듬는 따스한 시선 등을 통 해 '지금 여기'의 현실을 실감 나게 포착하고 있다. 특히, 단편 이나 중편의 양식으로도 충분할 만한 이야깃거리를 풍부하고 흥미로운 에피소드의 연쇄로 확장하면서 장편으로 밀어붙이 는 힘은 기본기에 충실한 서사의 진가를 유감없이 보여준다.

　이번에 내놓은 단편들에서는 젊음의 열정을 진중한 문제의

식으로 곰삭인 서사의 향취가 물씬 풍긴다. 서사 양식의 본질에 충실하면서 거기에 새로운 감수성의 무늬를 음각하는 듬직한 작가의식은 '감동과 재미'라는 두 마리의 토끼를 잡는데 기여하고 있다.

김애현의 소설은 익숙하면서도 낯선 풍경을 선사한다. 익숙하다함은 '현실 속에서 현실 너머를 꿈꾸는 서사의 모순된 운명'을 체현하고 있다는 점에서이다. 이를테면, 타자와 소통을 꿈꾸는 교감의 언어, 정체성 탐색의 이야기 구조, 상실과 부재의 흔적을 좇는 서사, 박제된 일상 너머를 꿈꾸는 작가의식 등은 이미 우리 소설이 탐사한 바 있는 익숙한 테마이다. 변한 듯이 보이나 변한 것이 거의 없는 근대적 일상을 탐색하는 데 여전히 유효한 방식이다.

문제는 이를 어떻게 포착하느냐에 있다. 김애현은 근대적 일상을 '지금 여기'의 감수성으로 직조하고 있다. 그는 새로운 매체 환경을 외면하지 않고 그 안에서 소설 언어의 가능성을 탐색하고 있다. 소설의 주요한 배경인 인터넷 카페나 블로그, TV 드라마나 유아프로그램, 랩, 실버타운, 출판사(대필 작가, 기자), 백화점(피팅 모델) 등은 '지금 여기'의 현실을 가장 민감하게 보여주고 있는 무대들이다.

"지상으로부터 멀어진 인공 낙원"에서 박제된 일상을 유영하는 '백야'의 언어를 통해 새삼 소설의 본질을 심문하고 있는 문제적 텍스트 속으로 진입해 보자.

2

〈백야〉는 몸에서 '빛'이 나는 인물의 이야기이다. 그는 아버지의 부재와 유난히 흰 피부 때문에 친구들의 조롱과 비웃음 속에서 불우한 유년기를 보냈다. 이름은 '광채'이다. 어둠이 짙고 깊으면 늘 가위에 눌리곤 하던 어머니가 아비 부재와 가난으로 얼룩진 집안을 밝히겠다고 지은 이름이다. 빛을 한 아름 끌어안는 태몽을 꾸었기 때문이기도 하다. 이렇듯 빛이 나는 현상은 화자의 의지와 무관하지만, 어머니가 아들에게 투영한 욕망을 통해 구체적 실감을 부여받고 있다.

빛은 존재의 "결핍과 과잉 사이"에 존재한다. 흰 피부로 인해 친구들에게 따돌림을 받았지만(결핍), 유난히 하얀 피부는 그만큼 광채를 내기(과잉)에 수월하기 때문이다.

빛은 '눈사람'을 통해 어머니와 이름이 같은 '친절한 금자 씨'와 접속한다. 금자 씨는 "목숨을 건 싸움에서처럼 서로를 향해 욕설을 퍼붓"는 세속의 빛에 상처받은 인물이다. 금자 씨는 '형광맨'의 사진을 보고 화자에게 연락한다. '친절한 금자 씨'의 호출을 통해 세간의 관심(방송국, 병원)에 움츠러들었던 '빛의 덩어리'가 은은하게 주위를 밝히기 시작한다. 금자 씨가 지어준 첫 번째 별명인 '눈사람'은 현재의 소외를 넘어 유년의 기억(최초의 기억)으로 들어가는 관문의 역할을 한다. 눈사람을 통해 화자의 결핍과 금자 씨의 어둠이 만난다. 화자의 빛은 잔뜩 찌푸려진 금자 씨의 미간을 얼마간 부드럽게 만들며 그녀의 어둠을 보듬는다. 이윽고 화자는 금자 씨의 몸으로 들어간다. 그녀의 방이 환해진다. 그녀에 의해 화자는 새롭게 태어난다. 결핍의 존재들 사이의 따스한 소통이 빛나는 장면이다. "사소하고 밋밋한, 그래서 누군가 토를 달아주지 않으면 결코 떠오르지 않는 지난날의 기억"이 소외된 현실의 어둠을 은은하게 밝히는 '백야(눈사람)'의 언어로 몸을 바꾼다. 이를 통해 "버리고 싶었던 것들"이 오히려 자신과 타인을 따스하게 감싸주는 아름다운 빛으로 거듭난다.

〈빠삐루파, 빠삐루파〉 또한 "키가 영영 크지 않을 것이란 절망감"을 부여안고 삶을 견디는 결핍의 존재가 주인공이다.

화자는 어머니를 여의고 두 다리가 잘려나간 반 토막의 아버
지와 함께 산다. 거추장스럽고 짐 같은 존재인 아버지와 뒹구
는 구차한 일상은 눈물겹기까지 하다.

> 넌 언제 클래? 그렇게 말하던 아버지는 술을 마시는 여느 때처
> 럼 뭉툭한 그곳을 쓰다듬고 있었다. 내 시선은 그곳을 매만지는
> 아버지의 손길에 붙박여 있었다. 그 모습은 영영 사라진 아버지
> 의 두 다리처럼 나는 더 이상 자라지 않을 거라고 빈정대는 것 같
> 았다. 뚜껑을 들썩이는 수증기처럼 난쟁이는 가쁜 숨을 뿜어내며
> 말했다. 아냐, 절대 아냐, 나는 난쟁이가 아냐, 나는 나야! 그때 내
> 열 손가락 끝으로 맹렬히 모여드는 살의에 목을 내맡긴 아버지의
> 눈빛은 섬뜩할 만큼 고요했다. 애야, 걷고 싶다. 잘려나간 아버지
> 의 두 다리가 큰 소리로 집 안을 걸어 다녔다. 그날 이후부터였는
> 지도 모른다. 난쟁이를 잊기 위해 '뭐든 열심히 한다. 이때껏 그랬
> 다', 나는(〈빠삐루파, 빠삐루파〉, 90쪽).

화자는 아버지의 "뭉툭한 그곳"을 응시하며 구질구질한 일
상을 타고 넘는다. "영영 사라진 아버지의 두 다리"는 더 이상
자라지 않는 화자의 키와 다를 바 없다. 하여 "잘려나간 아버

지의 두 다리"가 집 안을 걸어 다니는 소리는 "뚜껑을 들썩이는 수증기처럼" 가쁜 숨을 뿜어내는 난쟁이의 절규에 다름 아니다. 아버지와 화자는 한몸이다. 사정이 이러한데 어떻게 아버지의 삶을 외면할 수 있겠는가?

아버지는 쉰둘에 돌아가신 어머니를 생각하며 기저귀에 정액을 묻히고, 빠삐루파의 몸짓 하나하나에 빠져든다. 화자는 이러한 아버지의 판타지를 거부하지 않는다. 다만, 화려한 주문을 외며 마법 세계를 창조하는 '빠삐루파'의 탈을 쓰고 그 안에서 판타지의 이면을 응시하고 있을 따름이다. 그는 행복한 빠삐루파의 세계에 짓눌린 '빠삐'의 삶을 살아내고 있는 셈이다.

"말랑말랑한 그리움을 곱씹으며 기저귀에 정액"을 흩뿌리고 "단단했던 팔로 소주병을 움켜쥔 채 빠삐루파의 동화 속을 지치도록" 헤매는 아버지의 얼굴이 '소용돌이'치며 "어둡고 습한 빠삐루파의 속"에 있지만, 화자는 이러한 구질구질한 삶의 무게에 좌절하지 않고 '러닝머신' 앞에 선다. 그리고 현실의 소용돌이 속으로 죽을힘을 다해 뛴다. 비록 자본의 속도에는 턱없이 모자라지만, 아버지의 뻔뻔한 응원이 있기에 그나마 위안이 된다.

뭐여!

아버지의 목소리를 듣는다. 인터폰의 수화기를 든 채 아버지는 벽에 등을 기대고 앉아 있다.

애비 기저귀값 벌려고 하루 종일 일하고 돌아온 내 자식이 운동 좀 하겠다는데!

아버지가 버럭, 화를 낸다(〈빠삐루파, 빠삐루파〉, 108쪽).

화려한 자본의 논리에 적당히 순응하는 소설과, 그렇지 않고 이윤의 논리를 타고 넘는 지점에서 독자에게 손짓하는 소설은 차원이 다르다. 살아남기 위해 몸부림치는 이와 같은 난쟁이들의 행위가 독자들에게 공감을 불러일으키고 있다면, 김애현의 소설은 확실히 후자의 입장에 서 있다고 할 수 있다.

3

〈래퍼K〉는 '신동래퍼K'의 흔적을 좇는 여정과 자아의 정체성을 탐색하는 과정이 맞물려 있는 작품이다. 화자는 래퍼K를 취재하기 위해 만나는 사람들을 통해, 사표를 내고 자취를

감춘 선배가 그랬듯, 진정 자신의 원하는 삶이 무엇인지 곱씹
어보게 된다.

화자가 취재하는 인물들은 그 면면이 다양하다. 래퍼, 취
업 낙방생, 중학생 소녀, 아줌마, 아저씨 등 '래퍼K'를 증언하
는 인물들은 세대와 취향, 관심이 제각각이다. '지금 여기'를
살아가는 다양한 삶의 모습이 폭넓게 스며들어 있다. 여기에
'래퍼K'와 접촉하는 인물 개개인의 정체성 탐색 과정이 교차
되며 소설의 깊이가 확보되고 있다.

작가는 〈래퍼K〉를 통해 '느낌', '필'의 언어를 꿈꾼다.


느리다고 해서 모든 걸 다 알아들을 수 있는 건 아니에요. 사람들
은 자기가 원하는 것만 들으려는 속성이 있다고 봐요. 빠르든 느
리든 상관없이. 자신이 원하는 것과 다른 얘기는 그냥 흘려버리
는 거죠. 쓰ㅡ, 윽(〈래퍼K〉, 49쪽).


양이 문제가 아니라 질이 문제였던 거죠. 말만 많이 하면 뭐해요.
느낌이 없는 걸(〈래퍼K〉, 58쪽).


난 랩할 줄 모른다, 그런데 알아듣겠더라, 그게 꼭 내 얘기더라,

등등(〈래퍼K〉, 61쪽).

그거야 필받아서 그런 거지. 내 나이쯤 돼 봐, 가슴이 두 귀야. 귀
로 알아들으면 뭘 해, 가슴이 못 느끼면 말짱 도루묵이지. 필은 그
냥 여기에, 여기에 팍! 꽉! 꽂히면 되는 거라구(〈래퍼K〉, 69쪽).

'랩'이 이야기와 노래의 중간 형식임을 감안한다면, 래퍼K
의 흔적을 좇는 여정은 서정을 좇는 서사의 운명을 암시한다
고 볼 수 있다. 래퍼K와 접촉한 인물들은 하나같이 "이제 전
처럼 살지 않을 거예요", "자신을 도로 믿게 되었어요", "이제
원하는 길로 가겠다", "나 하고 싶은 대로 하겠다"라는 대답을
쏟아낸다. 스스로를 재발견하는 계기가 된 것이다. 이처럼 래
퍼K는 이성의 논리로는 좀처럼 이해되지 않는 불가사의한 힘
을 지녔다. 그의 '랩'은 도구적 이성을 넘어서는 '필'의 언어이
다. 문학의 언어는 이와 같은 '느낌'의 언어를 꿈꾼다. 하지만
화자가 래퍼K의 실체를 감지할 수 없듯, 이러한 언어는 결코
현실화될 수 없다. 소설은 다만 그 흔적을 좇을 수 있을 따름
이다. 불가능함을 알고 있음에도 이에 가까이 가기 위해 노력
하는 것, 현실 속에서 현실 너머를 꿈꾸는 서사의 모순된 운

명이다.

〈오후의 문장〉에는 이러한 소설의 운명이 사랑과 불륜, 문명과 자연, 낙서와 문장 사이에 촘촘하게 음각되어 '모래그림'의 언어로 수렴되고 있다.

먼저, 불륜으로 표상되는 '미안해'라는 문장을 '사랑'의 이름으로 지우기 위한 화자의 몸부림을 따라가 보자. 화자와 K의 관계는 소위 말하는 불륜이다. 화자는 K를 처음 만났을 때 느꼈던 '좋다'의 이미지를 '사랑'의 문장으로 간직하고 싶어한다. 하지만 K는 '미안해'라는 말을 연발하며 그들의 관계를 '불륜'으로 낙인찍기에 여념이 없다. '좋다'는 '싫다'에게 자리를 내준다. 이제 K와의 관계를 끝내야 할 때이다. 화자가 그린 모래그림은 "이제 더 이상 당신을 사랑하지 않아요, 라는 문장"이다. 상대가 '불륜'이라는데 그 그림에 내가 굳이 '사랑'이라고 박박 우겨 제목 달 일은 아니다. 이렇듯 서로의 관점을 있는 그대로 받아들이는 것이 소통의 전제이다. 불륜과 사랑은 더 이상 공존하지 못한다.

다음으로 사진작가가 찍은 '모래그림'에 적당한 문장을 찾아가는 과정이다. 화자는 대필 작가이다. 사진작가는 육지와 섬을 오가는 가이드 역할로 생계를 유지하고 있는 와투아 족의 추장과 그의 딸이 그린 그림을 찍어 왔다. "해가 지고 있다"는 의미를 담고 있는 그림은 그린 사람에 따라 분위기가 딴판이다. 추장의 딸이 그린 그림과 추장의 그림은 전혀 다르다. 그들에게는 문자를 공유하는 규칙이 없다. 그래서 의미에 집착하지 않고 자유로울 수 있다. 물이 차오르면 모래그림은 사라진다. 그래서 언제든 다시 그릴 수 있다. 그들의 문장은 끊임없이 사라지고 또 나타났다가 사라진다. '의미'의 속박을 넘어선 자유로운 문장(언어)인 셈이다.

마지막으로 아이의 문장에 갇힌 어미의 깨진 일상을 보듬는 여정이다. 아이를 잃어버린 여자는 화자가 이사한 집에 남겨진 아이의 흔적을 좇아 수시로 벨을 누른다. "미르, 헤르 어땠어……." 아이가 남긴 문장이다. 글을 쓸 줄 몰랐던 아이의 문장은 또 하나의 '모래그림'이다. 엄마는 아이가 남긴 문장에서 벗어나지 못한다. 하지만 누구도 아이의 모래그림에 닿을 수 없다. 거기에 가까이 다가갈 수 있을 따름이다. 화자는 아이의 문장 위에 자신의 문장을 덧쓴다. 똑같을 수는 없다. 다만 아이가 그것을 썼을 때나 혹은 그 위에 덧쓰고 나서도 여전히 그 문장이 낙서라는 사실에는 변함이 없다. 아이의 모래그림에 닿을 수 없다는 사실을 인정하고 거기에 가깝게 다가가기 위해 똑같은 문장을 덧쓰는 행위야말로 '오후의 문장' 같은 우리 시대 소설의 운명이 아닐까.

작가는 이러한 모래그림의 언어를 꿈꾸며 상처받은 영혼들의 깨진 일상을 위무하고 있다.


4


〈실러캔스〉에는 "지상으로부터 멀어진 낙원"을 유영하는 '실러캔스들'의 화석화된 욕망이 투영되어 있다. 판매 실적이 '모성'의 가치를 대신하는 현실에서 인간은 누구나 "살아 있는 화석"이다.

〈카리스마스탭〉의 '바비' 또한 실러캔스의 다른 이름이다. 웃는 듯 우는 듯 알 수 없는 바비의 무표정한 얼굴은 사람이라면 누구나 한번쯤 욕망하는 그런 인형의 모습이다. 인간의 욕망을 자극하는 인형이 철저하게 사람처럼 보이지 않아야 한다는 역설. 인간다운 표정을 포기해야만 인간의 욕망을 자극할 수 있는 셈이다. 인간은 자신의 존재론적 조건을 포기해야만 욕망의 속도에 뒤처지지 않을 수 있다.

— 벌레도 슬지 않을 거야. 그것을 먹기 위해서는 바삭하고 고소
한 크런치바의 단맛으로 내 안의 깊은 허기를 충동질해야 해. 무
엇이든 먹기만 해도 좋겠다는 생각을 한껏 부풀려. 그리고 다이
어트바를 싼 비닐랩을 벗겨 내. 머릿속에 떠올린 단맛의 기운이
사그라지기 전까지 재빨리 먹어 치워야만 해(〈카리스마스탭〉,
290-291쪽).

가상의 욕망이 현실의 욕망을 장악하고 있는 위와 같은 풍
경 앞에서 작가는 소설의 언어를 풀어놓는다.

〈푸른 수조〉와 〈화이트 아웃〉에는 불가능을 꿈꾸는 소설의
언어가 아름다운 무늬로 음각되어 있다. 〈푸른 수조〉에는 이
미 죽어버린 물고기를 '캉갈'로 보내는 화자의 행위가 드러난
다. 소통 부재의 절망적 현실에 맞선 슬픔과 고통의 제의이다.
〈화이트 아웃〉에는 "매끄러운 유리표면처럼 입체감이 느껴지
지 않"는 거리에, '과거형'에 얽매인 부동자세의 일상에, "사전
속 단어의 풀이말처럼 건조하고 냉랭"한 삶에, "미처 눈치채
지 못한 생의 틈에 빠져" 불안에 떨고 있는 박제된 삶에 생기
를 불어넣으려는 작가의 욕망이 오롯하게 음각되어 있다. 여
기에는 "사진으로는, 사전으로는 도저히 못 믿을 그놈의 희망

이나 행복"의 속살을 포착하려는 언어가 꿈틀대고 있다.

김애현의 소설은 화려한 문명의 이면, 즉 어둡고 빛이 닿지 않는 '먹빛 심연' 속을 천천히 헤엄치는 '실러캔스들'의 미세한 움직임을 통해 박제된 도시에 생명력을 불어넣고 있다.

마음을 설레게 하는 사람이 생겼을 때 그 사람과 연애를 하고 싶다면 거울 앞을 떠나지 말아야 한다. 나를 마주 보며 어떻게든 그 사람의 마음에 들고 싶다는 생각이 들었다면 연애의 첫 단추를 끼운 셈이다. 그때쯤이면 이미 거울 앞에서 하루가 짧게 느껴질 것이다. 연애는 브런치가 정확히 아침과 점심의 어디쯤인지, 그 모호한 경계의 불확실성에 대해 탐구하는 것이 아니라 브런치-, 하고 발음할 때 어떤 표정이 되는지, 그런 표정과 어울리는 턱의 각도는 어느 정도여야 하는지, 따위를 고민하는 것이다.

하지만 그 사람과 사랑에 빠지고 싶다면 당장 거울 앞을 떠나야 할 것이다. 왜? 라고 스스로에게 묻지 않았다면 사랑은 이미 시작된 거나 다름없다. 내가 아닌 그 사람만 보는 걸 너무 올드하다고 말하는 친구가 있다면 그가 훗날 사랑에 목숨 건 날 살려줄 명의라 할지라도 그 순간만큼은 우정의 한복판에 과감히 십자가를 꽂아버려야 한다. 그리고 이렇게 말하는 거다. 오늘날, 연애의 기술이 반도체 기술에 버금갈 만큼 눈부신 발전을 했다지만 수백 수천 가지 연애 기술이 내 눈에 그 사람만 보이게 하는, 단지 그거 하나밖에 없는 사랑과 맞먹을 수 없다면 생각해 봐, 누가 더 창피하겠는지. 맞먹는데도 사정은 똑같겠지만.

아무튼 당신은 점점 더 작아질 것이다. 사랑하는 그 사람, 그걸 설명할 수 있는 삶의 긴 문장들과 잘 어울릴 쉼표나 감탄사 혹은 마침표 같은 사이즈로.


여기에 실린 단편들 중 어떤 것은 내가 소설과 연애하던 시절에 쓴 것이다. 그때는 어깨를 작고 부드럽게 만드는 재킷, 크고 동그란 눈매를 표현하는 화장법과 상대방을 사로잡는 말투 혹은 카라멜마끼아또를 귀엽게 발음하는 방법 등등, 으로 부글거리는 머릿속에서 소설이 팝콘처럼 튀어나왔다. 얼마가 지났을까. 내가 쓴 소설들이 작은 알갱이가 새끼손가락 한마디 크기로 부푸는 팝콘처럼, 딱 그만큼의 사이즈란 걸 알

앉을 때 몹시 주눅이 들었다. 기꺼이 소설보다 작아져야겠다고 생각한 데에는 그런 초라한 이유가 숨어 있는 것이다. 내가 작아지는 게 편하기만 했던 것은 아니다. 가끔씩 이러다가 그 누구의 눈에도 띄지 않을 만큼 쪼그라드는 건 아닐까, 싶어서 겁을 먹기도 했으니까.

내가 내 소설 속의 쉼표 혹은 마침표나 감탄사가 되기까지 절대 후회하지 않으리라는 다짐은 얼마 되지 않아 깨져버렸지만 여전히 나는 시도 때도 없이 다짐을 한다. 가장 최근에 한 다짐은 바로 이런 것이다. 내 눈엔 소설만 보여요, 하는 날이 올 때까지 한눈팔지 말자, 라는. 그 바로 전의 다짐은 이랬다. 한눈팔지 않고 소설만 보는 날이 올 때까지 쓰자, 라는. 또, 또 그전의 다짐은 아마도 한눈팔지 않을 각오로 소설만 보이는 그날까지 소설만 보자, 라는 거였을 테고 또, 또, 또 그전엔……

어쩌면 늘 똑같았을지도 모를 그 다짐을 번번이 깨는 게 바로 나란 걸 알면서도 또 매번 나를 눈감아주는, 그 뻔뻔함에 기대어 여기까지 올 수 있었다.


이 책이 나만의 것이 되지 않은 것은 행운이라고 생각한다.

내가 그 행운과 마주치기까지 많은 도움을 받았다. 가족과 은행나무출판사와 선생님과 한수영 작가……(나를 위해 기꺼이 작은 점들이 되어준 많은 분들을 마음속으로만 호명하는 것을 너그러이 이해해주길 바란다).

지금, 창 밖에 눈 온다. 정말 좋다.

김애현

**김애현**  2006년 한국일보에 〈카리스마스탭〉, 강원일보에 〈빠삐루파, 빠삐루파〉, 전북일보에 〈K2블로그〉가 한꺼번에 당선, '신춘문예 삼관왕'으로 큰 화제를 모으며 등단했다. 2008년 〈백야〉로 문예진흥원 창작 기금을 받았으며, 2010년 첫 장편 소설《과테말라의 염소들》을 출간했다.

## 오후의 문장

1판 1쇄 인쇄  2011년 1월 20일
1판 1쇄 발행  2011년 1월 27일

지은이 · 김애현
펴낸이 · 주연선

책임편집 · 오가진
편집 · 이진희 김준하 박은경 김류미
디자인 · 정혜욱 홍세연
마케팅 · 장병수 윤우성
관리 · 윤석호 구진아

도서출판 은행나무
121-839 서울특별시 마포구 서교동 384-12
전화 · 02)3143-0651~3 ｜ 팩스 · 02)3143-0654
등록번호 · 제 10-1522호(1997. 12. 12)
www.ehbook.co.kr
ehbook@ehbook.co.kr

잘못된 책은 바꿔드립니다.

ISBN 978-89-5660-424-4 03810

이 책은 2008년 한국문화예술위원회 문화창작기금의 지원을 받아 출간되었습니다.